KB237145

흑도전사

벽계 新무협 판타지 소설

FANTASTIC ORIENTAL HEROES

흑도전사 1

벽계 新무협 판타지 소설

초판 1쇄 찍은 날 § 2008년 1월 16일
초판 1쇄 펴낸 날 § 2008년 1월 26일

지은이 § 벽계
펴낸이 § 서경석

편집장 § 문혜영
편집책임 § 이재권
편집 § 조수희

펴낸곳 § 도서출판 청어람
등록번호 § 제1081-1-89호
등록일자 § 1999. 5. 31
어람번호 § 제2-1395호

주소 § 경기도 부천시 원미구 심곡1동 350-1 남성B/D 3F (우) 420-011
전화 § 032-656-4452 팩스 § 032-656-4453
http://www.chungeoram.com
E-mail § eoram99@chollian.net

ⓒ 벽계, 2008

ISBN 978-89-251-1132-2 04810
ISBN 978-89-251-1131-5 (세트)

黑道戰士

九天
黑殺隊

흑도전사

1

도서출판
청람

目次

悠悠昊天(유유호천) 曰父曰且(왈부왈차)

無罪無辜(무죄무고) 亂如此憮(난여차무)

昊天己威(호천기위) 予愼無罪(여신무죄)

昊天泰憮(호전태무) 予愼無辜(여신무고)

넓고 높은 서 하늘, 백성의 이버이라 누가 말했던고!

내 무슨 죄를 업고 이 난리에 이 고생인가.

무서워라, 저 하늘. 죄가 없는 이 몸이건만.

크고 넓은 저 하늘, 나에겐 죄가 없다네.

亂之初生(난지초생) 僭始旣涵(참시기함)

亂之又生(난지우생) 君子信讒(군자신참)
君子如怒(군자여노) 亂無遄沮(난무천저)
君子如祉(군자여지) 亂庶遄已(난서천기)
거짓이 행세하는 곳에 민란은 일어나고
난이 난을 일으킴은 임금이 간신을 믿으셨기 때문!
임은 사악한 것을 진노하라! 난은 즉시 그치리라!
임의 복지, 백성에 내리시면 난은 잊은 듯 걷히리라!

사람들이 태평성대(太平聖代)라고 믿었던 건 한순간 거짓이 되었다.

시경(詩經)의 한 구절이 노랫가락이 되어 수많은 인구를 통해 불리어지기 시작한 그 순간부터.

그리고 약속이라도 한 듯 민초들은 일어났다.

억눌렸던 가슴을 열고 가난과 굴욕으로부터 스스로의 명예와 자아를 찾기 위해 분연히 칼을 들었다.

쟁기를 쥔 손이 피가 터지도록 일을 해도 한 뼘의 땅도 가질 수 없는 무력한 가난과 희망을 상실한 고난의 삶, 가진 자는 무한을 가지고, 가지지 못한 자는 절망과 한숨밖에는 갖지 못하는 이 양극의 처절한 체제는 언제까지 세습되며 대물림을 해야만 하는 것일까.

어디서부터 무엇이 잘못될 것일까.

호족(豪族)이었다.

오랜 세월 각 지방의 권력자로 등장한 호족이 당대에 이르러 그 힘이 절정에 이르니 이는 몇 차례에 걸친 정변을 통해 그들의 힘을 필요로 했던 집권자들이 그들을 이용하고 대가로 자치권이나 다름없는 권력을 나누어주면서 시작되었다.

강호오대세가(江湖五大世家).

중원의 대표적인 호족인 강호오대세가는 나라가 뒤집히고 황제가 바뀌어도 막대한 토지와 상권을 바탕으로 몇백 년에 걸쳐 부와 권력을 세습했다.

호위무사들을 양성하여 사병을 키우니 그 힘이 나라를 능히 뒤엎을 만하고 황제도 감히 그들을 건드리지 못하였다.

급기야 백성들의 원성이 하늘에 사무쳐 혼란을 잉태하고, 붉은 두건을 머리에 쓴 자들이 떼로 몰려다니며 관군과 전투를 벌이기도 하고, 마을로 침입해 약탈과 방화를 일삼기도 했다.

홍건적과 같은 습성과 같은 명분을 표방했지만 혈건적(血巾賊)이라 불리었는데, 전국에서 동시 다발적으로 봉기하여 제법 규모를 갖춘 세력들은 성(城) 단위로 점령군이 되기도 했다.

이처럼 전국이 한꺼번에 들썩여 전장을 방불케 하는 피비

린내가 뿌려진 것은 역시 호족들의 횡포에 대한 힘없는 백성들의 오랜 포한 때문이라고 볼 수 있었다.

그러나 힘을 가진 자의 횡포는 그들도 마찬가지였다. 점령군의 횡포는 백성들에게서 군비를 뜯어내기 위한 것이었으므로 더 치열하고 잔혹하게 행해졌다. 헐벗고 굶주린 백성들은 하소연할 곳도 없이 거듭되는 착취와 핍박에 지옥의 아귀(餓鬼)처럼 그 원성을 하늘에 읍소할 뿐이었다.

사태가 이 지경에 이르자 조정은 국력을 모두 동원하여 혈건적 소탕에 나섰는데, 그 세력이 만만치 않아 쉽게 소탕되질 않았다.

그러던 중 혈건적의 배후에 존재하는 세력이 드러났다.

마교(魔敎)!

한때는 황건적을 일으키며 태평도(太平道)로, 한때는 홍건적을 일으키며 배화교(拜火敎)와 미륵교(彌勒敎)로 출현하며 세상을 뒤집어엎으려 한 신흥 종교의 뒤에는 늘 그들이 존재했다. 마교의 역사는 천 년을 이어온 것이다.

어떤 왕조도, 어떤 세도가도, 어떤 세력이라도 천 년을 지켜오지 못한 것을 보면 그들의 끈질긴 생명력이 얼마나 대단한 것인가를 알 수 있었다.

그들이 다시 활동을 시작했다는 사실 하나만으로도 경천동지할 일인데 혈건적의 배후 조종자로서 천하를 삽시간에

혼란에 빠뜨렸으니 황실의 근심이 이만저만한 것이 아니었
다.

황제는 늙고 황실과 신려들은 부패했지만 이 일에 대해서
만큼은 힘을 뭉쳤다. 의지를 하나로 모아 혈건적과 마교의 퇴
치에 온 힘을 기울이니 이를 무림의 흑백양도가 또한 힘을 합
쳐 도왔다.

나라를 위한 일에는 흑과 백이 따로 없었다.

혈건적이 난을 일으키면서 가장 피해를 많이 본 것은 호
족(豪族)들이었다. 난의 중심에 세상을 바꾸려는 굶주리고
헐벗은 천민들이 있었으니 이는 당연한 결과였다. 강호오대
세가만이 혈건적으로부터 스스로를 지켜냈고, 대부분의 규
모가 작은 호족들은 무너지고 말았다.

이에 황실은 무림의 방파들에게 무너진 호족이 대신하던
군수(軍需)라는 확실하고 엄청난 이권을 내걸었다.

흑백양도가 힘을 합쳐 마교와의 싸움을 시작하니 십 년에
걸쳐 중원을 피로 물들였던 혈건적의 세력이 단 삼 년 만에
크게 위축되었다. 이대로 정국이 안정만 된다면 무림 흑백양
도의 힘있는 문파들은 최대의 전성기를 누릴 것이 확실했다.

십팔마궁(十八魔宮).

대화성(大華城).

특히 흑도와 백도의 맹주 격인 거대 방파 이 둘의 입지는

강호를 양분하고 있는 만큼 자금성에 필적할 만한 위상을 가지게 되었다.

그러나 아직은 늙은 황제의 자리를 노리는 화족들의 후계 구도를 둘러싼 싸움과 내전의 후유증으로 천하는 어지럽기만 했다.

*   *   *

만산홍엽(滿山紅葉)이라…….

산은 푸름을 벗고 붉은빛으로 장렬하게 타올랐다. 서쪽 산을 붉게 물들인 낙조(落照)가 산 빛을 더욱 붉게 하니 마치 산은 거대한 불길에 타오르는 것 같았다.

그의 석양을 바라보는 노안(老眼)에도 강렬한 욕망이 불처럼 이글거렸다.

"그래서 네가 그놈을 찾겠다는 거냐?"

주위의 붉은빛과 달리 유난히 노란 황포(黃袍)를 걸치고 검은 수염을 배꼽 어림까지 길게 기른 노인은 같은 색상의 경장을 입은 앳되고 아리따운 계집과 함께 서 있었다.

계집이 황포노인의 팔짱을 끼며 애교를 떨었다.

"아버님은 그가 어디로 갔는지 아는 거죠? 그렇죠?"

황포노인은 무심한 표정으로 고개를 저었다.

"내가 그 녀석이 간 곳을 어찌 알겠느냐? 생각해 보면 썩 마음에 드는 녀석은 아니었지. 누구에게든 굽히는 걸 한 번도 본 적이 없어."

"그래서 강해질 수 있었던 거예요. 아버님 뜻대로 움직이는 꼭두각시가 아니라는 게 마음에 들지 않는 거죠?"

"이 녀석아, 내가 누구냐. 백만 흑도를 이끄는 십팔마궁의 궁주다. 적어도 내게는 굽혀야지. 굽혔어야지."

그의 반복되는 말에 계집의 안색이 창백하게 굳어졌다.

"굽혔어야지라니요? 그에게 무슨 짓을 한 거죠? 그렇죠? 대체 무슨 짓을 한 거예요?"

그녀의 매달려 웅얼거리는 소리는 점점 커지고, 급기야 외침이 되었다.

그런데 십팔마궁 궁주라니?

그렇다면 황포노인이 십팔마궁 궁주 낙일검성(落日劍星) 단목강이고, 계집은 그의 무남독녀인 표향도화(飄香桃花) 단목설이란 말인가.

낙일검성 단목강은 십팔마궁을 구성한 열여덟 흑도 문파 중 가장 큰 세력을 지닌 흑사문(黑邪門)의 문주이기도 한 흑도의 절대고수였다.

십팔마궁의 궁주는 열여덟 흑도 문파의 장문인들이 삼 년씩 돌아가면서 맡기로 되어 있고, 마교와의 전쟁을 수행함에 있어 한시적으로 낙일검성 단목강이 연임하고 있었다.

십팔마궁은 본래 흑도의 강성한 열여덟 문파가 제자들을

발굴하고 키우기 위해 세운 곳으로, 백여 년이 흐르는 동안 십팔마궁에서 배출한 제자들이 걸출한 무용을 자랑하며 흑도의 발전을 도모해 왔다. 당대에 이르러 마교와의 전쟁을 수행하며 전면에 십팔마궁의 제자들이 나섬으로써 흑도의 연합맹으로 재탄생하게 된 우여곡절을 겪었다. 분명한 것은 이제 십팔마궁이 흑도의 중심이며, 그들이 배출한 제자들이 흑도의 중추라는 것이었다.

단목강이 단목설에게 시선을 던졌다. 그의 눈에 은근한 노기가 담겨 있었다.

"조직이란 게 뭐냐? 한 개인의 사사로운 정리 따위는 묻혀야 하는 게 조직이다. 조직을 이탈한 자를 네가 뭐라서 두둔하겠다는 거냐? 난 놈이 떠나는 데 관여한 바 없다."

단목설이 지지 않고 응대했다.

"소녀가 아버님을 몰라서요? 아버님이 필요에 의해서 그를 이용하고 또다시 필요에 의해서 그를 내치려는 걸 모르겠어요? 그가 떠나는 데 관여하지 않았다고요? 최소한 그가 떠나는 건 알았겠죠. 알고 모른 체했을 테고."

"……."

단목강은 무심코 고개를 돌려 그녀의 시선을 외면했다.

단목설의 눈에 그렁그렁 눈물이 괸 채 계속 표독하게 그를 쏘아붙였다.

"왜 그가 우리를 떠났는지, 내 곁을 떠났는지 진실을 말해줘요! 진실을 알아야 나도 뭐든 결정할 수 있을 거 아니에요!"

"놈은… 이제 잊어라. 할 수 없는 천출인 놈… 네게 어울리지 않는다."

단목설이 참을 수 없다는 듯 강경하게 발악하듯 대들었다.

"천출이라니요?! 그가 천한 백정의 자식이라는 걸 몰랐던 일이에요?! 그건 우리 모두가 알고 세상 전부가 다 아는 일이잖아요! 모르면서 나와 짝을 지으시려고 했던 거예요? 처음부터 다 알고 있었던 거잖아요!"

"……"

단목강이 우울한 표정으로 허공을 응시했다.

그는 한참 동안 말을 하지 않았고, 단목설도 조용히 뭔가를 생각하는 듯 침묵을 지켰다.

절제된 대화를 하기 위해서 흥분은 불필요하다는 것을 두 사람 모두 이해하고 있었다.

이윽고, 단목강이 침잠된 음성으로 입을 열었다.

"이번 전쟁에 우린 큰 공을 세웠다. 조정에서도 모른 체할 수 없을 만큼. 황제께서도 흑도 십팔마궁의 혁혁한 공적을 입에 침이 마르도록 말씀하셨다 한다. 그러니 우리 흑사문은 이번 기회에 확고부동한 자리를 잡아야 한다. 이번 기회를 놓치면… 언제 어느 대에 다시 명문 대문파가 될 수 있을지 모른다. 난 결코 이번 기회를 놓치고 싶지 않다. 흑사문을 위해서… 우리 일가를 위해서."

"외람되지만 이번 일로 공적을 치하받는다면 그건 아버님 혼자의 몫이 아니어야 해요. 십팔마궁의 열여덟 문파가 골고루 받아야 하고……."

"넌 그게 가능하다고 믿느냐?"

"예?"

단목설이 뜬금없다는 듯 의혹의 표정을 지었지만 그 표정은 이내 나타난 것보다 빠르게 사라지며 곤혹한 표정으로 바뀌었다.

단목강이 씁쓸한 웃음을 지으며 말했다.

"공이 있다고 모두가 상을 받지는 않는다. 조정에서 있을 논공행상을 두고 벌써 정파 무림의 태산북두인 대화성의 주축 강호오대세가가 조정 대신들과 황실에 손을 쓰고 있다. 우리에게 돌아올 몫은 터무니없을 정도로 작은 것일 거다."

"……."

"틀림없이 그렇겠지. 흑도가 두둑이 상을 받는 걸 대화성이 바라겠느냐, 강호오대세가가 또한 바라겠느냐, 하물며 상을 주는 당사자인 황실이나 조정의 가신들이 바라겠느냐?"

"……."

"한마디로 토사구팽(兎死狗烹)당하지 않으면 다행한 일이다. 그게 현실이다."

토사구팽, 사냥이 끝나면 쓸모없어진 사냥개를 잡아먹는 다는 말이다. 나라에서 위난을 해결하기 위해 흑도를 이용했지만 흑도를 키워줄 이유가 없으니 도리어 흑도를 제거하려 할 수도 있다는 말.

단목설은 수긍하는 표정으로 고개를 끄덕이며 아무 말도 하지 않았다.

단목강의 말이 이어졌다.

"우리가 그들과 맞서는 것은 나라를 뒤집는 일과 같다. 계 란으로 바위를 깨려는 이란격석(以卵擊石)과 다름없는 짓일 테니… 무모하고도 무모하다."

"……."

"난 네가 불행해지는 것을 원치 않는다. 선택도 결정도 오 로지 너의 몫일 것이다. 떠나간 놈에게도 떠난 이유가 있을 터, 네가 정녕 이대로 놈을 잊을 수 없다면 네게 모든 전권을 줄 것이니 네가 알아서 해라. 단……."

"……."

"네 결정이 무엇이든 마지막 결정을 내리기 전에 일양공자 남궁천록을 한 번이라도 만나봐라. 약속할 수 있겠느냐?"

"내 결정이 무엇이든 단 한 번만……."

"그래, 단 한 번만."

"알았어요."

단목설은 입술을 질끈 물었다.

이것이 거래라면 결코 나쁜 조건이 아니었다.

일단 그녀가 무엇을 하든 흑도의 맹주인 그녀 부친의 감시로부터 속박당하지 않아도 된다는 것은 훌륭한 조건이었다. 지금의 그녀에게 아무것도 할 수 없다는 것이야말로 가장 최악의 상태였으니까.

단목설은 벌써 몸을 돌려 산 아래로 뛰어내려 가고 있었다.

단목강은 무심한 눈길로 단목설의 뒷모습을 지그시 바라보고 있을 뿐이다.

그의 입에서 문득 생각이라도 난 듯 낮은 읊조림이 새어 나왔다.

"난 그 녀석이 무슨 생각을 하고 있는지 모르느니라. 나보다 더 큰 그릇을 녀석보다 작은 내 그릇에 담을 수는 없는 노릇이니까."

第一章
술 냄새를 따라온 무뢰배(無賴輩)

黑道戰士

　서쪽 하늘이 붉은 노을에 물들자 험준한 산악이 벌써 어둠을 깊은 골에 쏟아냈다. 산이 높으면 골이 깊기 마련, 북쪽 변방의 이 이름 모를 골짜기는 어둠이 곧 혹한의 지옥과 같고 낯선 방문자에게는 두려움 그 자체였다.

　아직 초가을임에도 불구하고 산은 이미 초록을 잃고, 깊은 골은 서리가 눈처럼 하얗게 덮었다.

　이미 인적이 끊어질 시각이지만 산 그림자에 넓인 어둠 속에 인기척과 함께 두런두런 말소리가 들렸다.

　"사는 게 언제는 내 맘으로 된 적이 있나요. 강물이 그리 흘러가니 나도 그리 흘러가는 게죠."

옥쟁반에 옥구슬이 구르는 듯한 맑고 고운 계집의 옥성에 이어 가래가 끓는 듯한 늙고 허수그레한 자의 음성이 뒤를 따랐다.

"아가씨에게 강물은 어떤 것입니까?"

"호호."

간드러진 웃음을 흘리며 모습을 드러낸 계집은 뜻밖에도 묘령의 미녀였다. 험준한 산악에서 흔히 볼 수 있는 토착민도 아니거니와 그 행색이 화려하여 단번에 눈에 띄었다. 고급스런 비단으로 만든 옷이 그러하며 꽃무늬가 그려진 햇빛을 피하는 챙이 넓은 죽립을 머리에 썼고, 부드러운 가죽으로 만들어진 신발을 신고 있었다.

"몸 파는 계집에게 돈이 강물이지 뭐겠습니까. 한때는 남자가 강물인 적도 있었지만요."

그에 반해 허수그레한 초로의 노인은 허리가 잔뜩 굽은 꼽추였으며, 한 마리 노새의 고삐를 굳게 쥐고 있는 모습이 행색과 더불어 초라하고 보잘것없어 보였으니 계집의 몸종임을 한눈에 알게 했다. 노새의 등에는 짐이 바리바리 실려 있어 금방이라도 자빠질 것같이 위태해 보였다.

"아가씨께서 굳이 왜 이런 변방으로 가시는지 소인은 정말 이해가 가지 않습니다."

계집이 고개를 돌려 해사하게 웃는 얼굴로 꼽추를 쳐다보았다.

"날 사랑한다고 달콤하게 속삭이던 남자들은 다 어디로 갔는지… 남자라고는 내게 귀노(鬼老)밖에 남아 있지 않군요."

귀노라 불린 꼽추가 누런 이를 드러내며 바람 빠진 웃음을 흘렸다.

"으허허… 소인이 아가씨에게 남자이겠습니까."

계집이 문득 생각이라도 난 듯 허공에 시선을 던졌다.

"머리 검은 짐승은 거두지 말라는 옛말이 하나도 틀리지 않아요. 선죽각(仙竹閣)을 처분하면서 그 많던 식솔들이 다 떠나고 우리 단둘만 남았네요."

"그 사람들을 원망할 일도 아닙니다. 소인조차도 이런 변장의 오지로 옮기시는 아가씨의 처지를 이해할 수가 없으니까요."

"하지만 두고 보세요. 머지않아 우리가 찾아가는 장평(長坪)에 거대한 마시장이 서고 상인들이 밀려들어 흥청거릴 테니까요."

"마시장이요?"

"마교와의 오랜 내전으로 모든 군수가 부족하죠. 특히 말이 부족한 건 큰 문제가 되죠. 중원에는 말이 부족하고 그 부족한 말을 채울 수 있는 곳은 전쟁의 화를 피한 북방밖에는 없어요. 아마 말 값이 천정부지로 치솟을 걸요."

꼽추가 탄성을 터뜨리며 박장했다.

"그렇군요! 장평은 예로부터 북방에서 가장 큰 마시장이 서는 고장으로 유명하죠!"

계집이 하얗게 웃었다.

"맞아요. 그러니 장평에 재화가 넘쳐 날 건 불을 보듯 명확하죠. 장사는 그런 곳에서 해야 돈을 벌게 마련이죠."

꼽추의 눈빛이 반짝거렸다.

"돈이 넘쳐 나겠군요. 장사가 아주 잘될 것 같습니다."

계집이 허리를 흐느적거리며 간드러지게 웃었다.

"까르르, 그렇죠? 귀노도 감이 오는 거죠?"

"예!"

꼽추가 우렁찬 목소리로 대답했다.

"호호호!"

"으헐헐헐헐!"

이때 웃고 있던 꼽추의 눈이 한쪽으로 돌아가며 날카로운 광망을 터뜨렸다. 그의 눈빛이 향한 나무 뒤에서 그림자 몇이 화급하게 숲 속으로 사라졌다.

계집이 웃음을 멈추고 굳어진 표정으로 입을 열었다.

"뭐, 뭐죠? 산적일까요?"

꼽추가 살기를 풀지 않은 채 비장한 어조를 흘렸다.

"변방이라 산적들이 자주 출몰하는 곳입니다. 이런 곳의 산적이라면 여간 골칫덩이가 아닌데……."

계집의 얼굴에 잔뜩 겁을 먹은 표정이 역력했다.

“도, 돌아가야 할까요?”

꼽추가 완강하게 고개를 가로저었다.

“돌아가기는 늦었습니다. 놈들의 눈에 띈 이상 앞으로 가나 뒤로 가나 놈들의 공격을 피할 수는 없을 겁니다. 차라리 산적이 아니길 바랄 수밖에요.”

어디선가 늑대의 울음이 차가운 밤공기를 흔들며 달려왔다.

계집은 으스스한지 어깨를 움츠렸다.

꼽추가 주위를 살피며 노새의 고삐를 바짝 당겼다.

“가자.”

그러나 그들이 산등성이를 넘어가기도 전에 이십여 명의 흉측하게 생긴 산적들이 들이닥쳤다.

“멈춰라!”

삽시간에 산적들에게 둘러싸이자 계집의 얼굴은 허옇게 질려 버렸다. 그러나 꼽추는 눈에서 칼날 같은 광망을 뿜어내며 오히려 산적들을 향해 으름상을 놓았다.

“무엄한 놈들이로구나! 어서 썩 물러가지 못할까?”

산적들 속에서 두령으로 보이는, 장신이며 얼굴에는 칼자국 서너 개가 선명하게 새겨진 자가 앞으로 나섰다.

“산의 주인은 나다. 사태를 파악하고서도 방귀를 뀌는 놈이니 필시 무명소졸은 아닌 게로구나.”

꼽추가 그를 보며 흠칫했다.

“비, 비력도(飛力刀) 모종후?”

“호호호… 제법 안목이 있는 놈이로구나. 아니면 처음부터 내가 이곳의 주인임을 알고 왔던가.”

“황하칠십이로(黃河七十二路)를 주름잡던 수적의 수괴인 당신이 어떻게 이곳에…….”

사내 비력도 모종후가 어깨를 으쓱했다.

“나도 당신이 누군지 이제 생각났소. 천산(天山) 일대에서 한때는 나와 같은 산적들의 두령으로 꽤나 유명세를 떨치다가 관군에게 토벌된 후 강호에서 종적을 감춘 귀호신타(鬼狐神駝) 녹개지지.”

“…….”

꼽추는 긍정도 부인도 하지 않고 멀뚱하게 비력도 모종후를 바라보고 있었다.

모종후의 얄팍한 입술에 가느다란 웃음이 붙었다.

“그래, 그동안 뭘 하고 살았는데 계집의 몸종이 되었는가?”

꼽추 녹개지는 경계를 늦추지 않으며 사나운 음성을 터뜨렸다.

“내 정체를 알았으면 나와 아가씨를 보내주게! 아니면 험한 꼴을 보게 될 걸세!”

계집은 꼽추의 모습에서 상황의 심각성을 충분히 읽을 수 있었다. 웬만한 자들이라면 귀호신타 녹개지란 이름만 들어도 꼬리를 감추기 마련인데 오히려 그들이 더 노골적으로 협박하자 잔뜩 몸을 움츠리는 꼴이 그랬다.

비력도 모종후의 눈길이 계집에게 던져졌다. 이미 그 눈빛이 자신의 알몸을 낱낱이 들여다보는 것 같아 계집은 절로 몸서리를 쳤다.

"내 이런 변방에서 너같이 하얀 피부를 가진 절세미인을 만나게 될 줄은 몰랐구나."

꼽추 녹개지가 모종후를 향해 살기를 드러냈다.

"네놈이 뒈지려고 환장을 한 모양이구나."

모종후는 전혀 개의치 않고 계집에게 말을 이어 건넸다.

"내게 비록 세 명의 부인이 있지만 네가 나의 말을 순순히 듣는다면 그 첫 자리를 네게 주겠다. 어떠하냐?"

계집은 가늘게 웃었다. 지나치게 상대를 자극할 필요는 없는 상황이라 노골적으로 비웃어대지는 못했다.

"산적 두령의 계집이 되는 건 한번도 꿈꿔본 일이 없는데 어쩌죠?"

생글거리는 계집의 얼굴을 맞대하고 화내기도 멋쩍은지 모종후의 부리부리한 눈이 녹개지를 향했다.

"넌 내 밑으로 들어오는 게 어떠냐?"

녹개지가 슬쩍 계집에게 시선을 던지더니 이내 입술을 지그시 깨물었다.

"너야말로 조용히 길을 비켜주는 게 어떠하냐?"

"그럴 수야 없지. 나 비력도 모종후를 겁주기에는 귀호신타 녹개지란 이름이 너무 보잘것없지 않을까?"

모종후가 누런 이빨을 징그럽게 드러내며 단호하게 말했다.

녹개지도 지지 않고 으르렁거리는 소리를 냈다.

"좋아. 그럼 한번 붙어볼밖에."

"그렇다면 우리 둘 중 하나는 죽어야겠군."

모종후가 말에서 내려서며 말을 이었다.

"난 네가 모시는 계집을 기어코 데려가야겠다."

녹개지의 표정이 갑자기 급해졌다. 그가 고개를 돌려 계집을 쳐다보며 말했다.

"여기는 내가 막을 테니 어서 도망가십시오."

모종후가 얼른 한 걸음 다가서며 칼을 빼 들었다.

"도망가기는 어떻게 도망가겠나. 내 수하들이 눈을 시뻘겋게 뜨고 지켜보는데."

녹개지도 서슴지 않고 검을 뽑았다.

"천하인들이 마교와의 싸움에 분연히 일어섰거늘 네놈은 목숨 건지자고 도망을 쳤단 말이냐?"

텅!

모종후가 빈 왼손으로 자신의 가슴을 쳤다.

"그래서 이렇게 살아남았지. 결국은 살아남은 자가 강한 자고 살아남은 덕분에 저런 절색의 계집도 품을 수 있는 게 아니냐."

녹개지의 신형이 모종후를 향해 벼락처럼 달려들었다.

"정말 부끄러움을 모르는 놈이로구나!"

카앙!

그러나 그의 기습적인 공격을 예측하고 있던 모종후의 칼이 그가 내리친 검을 막았다. 둘이 검과 칼을 맞댄 채 힘을 겨루는 듯 서로를 밀어붙였다.

"듣던 대로 제법 힘을 쓰는구나."

"아무려면 네놈보다야 못할까."

계집의 주위에는 어느새 산적들이 둘러싸고 있었다.

계집이 싸늘한 눈빛으로 산적들을 노려보고 있었지만 그들의 표정은 무덤덤할 뿐이었다.

산적 하나가 계집의 뒤에서 그녀의 엉덩이를 톡톡 건드렸다.

"내 이것을 오매불망 그리워했느니라."

계집이 완강하고 단호하게 그의 손을 쳐냈다.

"어딜 만지느냐?!"

산적들이 키득거렸다.

"거 성깔이 보통이 아니네."

"요거 앙탈 부리는 거 보게. 소리 꽤나 지르겠는걸."

"흐흐흐… 날 이렇게 흥분시킨 계집을 대체 몇 년 만에 보는 거냐. 아주 자극적인걸."

그중 한 명이 계집의 젖가슴을 손가락으로 찌르자 계집이 그만 뾰족한 비명을 질렀다.

"꺄악!"

녹개지가 엉겁결에 비명을 듣고 고개를 돌리자, 그때를 놓치지 않고 모종후의 칼이 허공을 갈랐다.

"으악!"

단말마의 비명과 함께 녹개지의 수급이 피를 뿜으며 허공에 날았다.

계집이 함께 비명을 지르며 소리쳤다. 비명과 울음이 함께 터진 외침이었다.

"귀노!"

죽은 자의 머리는 붉은 선혈을 뿌리더니 막 잡은 생선처럼 바닥을 몇 번이고 펄떡펄떡 뛰었다.

계집이 녹개지의 수급을 잡기 위해 뻗치는 손을 어느새 모종후의 손이 갈고리처럼 낚아챘다.

"왜 더럽게 피를 묻히려고 그래."

"이거 놔!"

계집이 악다구니를 터뜨리며 그를 완강하게 밀쳤지만 굳건한 그의 몸은 꿈쩍도 하지 않았다.

모종후의 시선이 그녀의 얼굴을 내리 훑어 그 아래 가슴으로 향했다. 살짝 옷섶 속으로 보이는 가슴의 살결이 백옥처럼 하얗다. 그의 입술이 길게 쭉 찢어졌다.

"오늘이 내게는 대길(大吉)인 모양이다. 너 같은 계집을 만나느라 아침부터 기분이 들떴던 모양이지."

그의 왼손이 계집의 뒤로 돌아 그녀의 엉덩이를 한 움큼 움켜잡았다.

"악!"

계집이 뾰족한 비명을 지르며 엉덩이를 들어 올렸다. 까치발이 된 그녀의 행위가 일부러 그와 키를 맞추려는 것 같아 보였다.

모종후의 입술이 자연스럽게 그녀의 입술을 덮쳤고, 그런 그의 뺨을 그녀의 오른손이 사정없이 갈겨 버린 것은 그야말로 순식간에 일어난 일이었다.

짜악!

모종후가 왼손을 풀어 그녀의 엉덩이를 만지느라 그녀의 오른손이 자유로워진 때문이었다. 그러나 그는 그럼에도 불구하고 전혀 개의치 않고 그녀의 입술을 탐닉하는 데 여념이 없었다. 계집이 심하게 몸부림치며 발악했지만 그의 우악스러 힘을 당할 수는 없었다.

계집의 허리가 뒤로 꺾이는 걸 보며 주위의 산적들이 낄낄거렸다.

"그저 계집은 앙탈을 부려야 제 맛이라니까."

"우린 우리 일이나 하자고."

산적 하나가 짐을 바리바리 싣고 있는 노새를 향해 걸어갔

다. 짐을 묶은 줄을 푸는 그의 손길이 큰 바람을 걸고 분주하
게 움직였다.

그때 짐 꾸러미 속에서 무엇인가 아래로 뚝 떨어져 내렸다.

와작!

떨어져 내린 것은 술병이었는데, 도자기로 만들어진 것이
어서 큰 충격이 아니었음에도 불구하고 밑창이 깨지면서 산
산조각 나고 말았다. 술병에 담겼던 술이 바닥에 흥건히 괴이
면서 그 냄새를 사방에 날렸다.

다가와 있던 산적들이 저마다 코를 킁킁거리며 한마디씩
떠들었다.

"냄새 죽이는데?"

"이렇게 향기가 좋은 술은 어디에서도 본 적이 없어. 대체
무슨 술이지?"

"한 병 꺼내봐! 먹어보게!"

그때 모종후가 비명을 지르며 비틀거렸다.

"아악!"

그의 입에서도 계집의 입에서도 피가 흐르고 있었다. 계집
이 모종후의 혀를 깨물어 버린 것이리라.

가뜩이나 험악한 모종후의 얼굴에 살의가 떠오르자 그의
모습은 차라리 흉신악살 같아 보였다.

"네년이 아무래도 살고 싶은 마음이 없는 게지! 내 마음을
사로잡지 못하면 사는 게 사는 게 아니라는 걸 꼭 체험해 봐

야 알겠느냐?"

퍼억!

그의 발이 날아가 계집의 복부에 사정없이 처박혔다.

＊　　　＊　　　＊

사방이 절벽에 싸인 산채는 철옹성같이 견고해 보였다. 산채를 둘러싼 통나무 울타리가 견고하게 입구를 다시 가로막고 서 있어 그야말로 쥐새끼 한 마리 드나들 여지가 없었다.

높은 망루 위에 선 십여 명의 산적들이 눈을 희번덕거리며 경비에 임하는 모습이 잘 훈련된 군사 같은 모습이었다.

그런 그들이 아무런 경계심 없이 산채의 입구를 향해 걸어오는 낯선 그림자를 찾아낸 건 당연한 일이었다.

"저건 뭐야?"

"옆구리에 칼은 찼는데… 뭐가 저렇게 엉성해 보여?"

낯선 자의 모습은 산적들이 그를 발견한 한참 후에야 산채 앞에 이르렀다.

남루하기 이를 데 없는 흑복(黑複)을 입었는데, 여기저기가 터져서 안에 들어 있던 솜이 밖으로 드러나 있는데다 꾀죄죄한 얼굴에 봉두난발은 도대체 그가 여자인지 남자인지 성별조차 알 수 없게 했다. 옆구리에 칼을 차고는 있으나 무사에게서 느껴지는 예기 따위는 조금도 엿보이지 않았다.

"푸하하하! 저놈, 뭐 하는 놈이야?"

"여긴 도대체 뭐 하러 온 걸까?"

그때였다.

흑복을 한 무사 나부랭이의 고개가 들려져 산적들을 향했다.

"술 좀 얻어먹자."

산적들이 배를 잡고 웃어댔다.

"껄껄껄… 그래, 비럭질을 하러 예까지 왔단 말이냐?"

"예끼, 이놈! 여기가 어디라고 술을 얻어먹으러 온 거냐? 사타구니에서 방울 소리가 나게 도망치지 못할까!!"

들려온 음성 때문일까. 산적들은 나타난 자의 성별을 사내로 단정했다. 아니, 애초에 산채를 찾아온 자체로 사내라고 단정 짓고 있었는지도 몰랐다.

"술 한잔 얻어먹자는데 그게 그렇게 우스운 일이냐?"

흑복의 사내는 산적들을 쳐다보며 다시 낭랑한 목청을 돋우었다.

들려온 음성은 젊다. 그리고 거칠어 도발적이었다.

산적 하나가 참지 못하고 냅다 욕지거리를 갈겼다.

"야, 이 똥물에 튀겨 죽일 놈아! 꺼지라는 어르신네들 말이 안 들려?"

사내는 요지부동이었다.

"술 한잔 얻어먹으면 간다. 조용히 먹고 가자."

그의 은근한 으름장이 심기를 건드렸는지 욕지거리를 한 산적이 냅다 칼을 뽑아 들었다.

"너, 죽는다!!"

사내가 한술 더 떴다.

"문 열어라. 죽이려면 나와야 할 것 아니냐."

"문 열어! 문 열어라!"

흥분한 산적이 목이 터져라 소리치며 날뛰었다.

끼긱!

큰 통나무로 만든 산채의 문이 듣기 거북한 소리를 내며 열리는가 싶더니 채 열리지도 않은 문 사이로 얼굴이 붉고 눈이 새빨갛게 충혈된 흥분한 산적이 면이 넓은 대감도를 높이 쳐들고 한달음에 뛰쳐나왔다.

"죽는다니까!!"

후웅!

산적의 대감도가 흑복사내의 복을 노리고 날아들었다.

그러나 그 순간 산적의 눈빛에 차가운 광망이 스쳤고, 단말마의 비명이 그의 입에서 디졌다.

"으아악!"

망루 위에서 이를 내려다보고 있던 산적들의 눈이 뒤집혔다. 그들은 흑복사내가 어느새 칼을 뽑아 들고 자신들 동료의 목을 단칼에 치는 것을 똑똑히 본 때문이었다.

칼을 먼저 휘두른 것은 산적이었지만 사내의 칼이 어찌나 빠른지 실로 전광석화와 같은 순간에 벌어진 일이었다.

사내가 피분수를 날리며 발밑에 떨어진 산적의 수급을 발끝으로 제어하며 나직하게 중얼거렸다.

"그냥 술 한잔 얻어먹고 가자니까."

그러나 일은 이미 벌어졌고, 산채의 문이 활짝 열리며 십여 명의 산적이 우르르 몰려 나와 사내를 에워쌌다.

사내는 거침없이 앞으로 걸어갔다. 더 많은 산적들이 몰려들고 있었지만 그들 사이를 뚫고 기어코 열린 문 안으로 걸음을 들여놓았다.

"이놈! 네놈이 피까지 봐놓고 살기를 원하지는 않으렷다!"

산적 하나가 호통을 쳤다.

사내는 그러나 눈 하나 깜짝하는 표정이 아니었다.

"그러게… 술 한잔 받아줬으면 아무 일도 없었을 것 아니냐."

"이곳이 주막이 아니거늘 대체 어딜 와서 술을 달라고 해괴한 짓거리냐?"

"사람이 있는 곳이라면 어디나 술이 있기 마련이지. 술 없냐? 한잔만 먹고 가자."

"이놈이 이제 보니 술주정을 하고 있구나! 술 냄새가 보통 역한 게 아닐세!"

산적이 코 밑에다 손사래를 치면서 사내를 다그쳤다.

사내는 빙그레 웃었다. 아닌 게 아니라, 입에서 술 냄새를 풀풀 날리고 있었고, 자세히 보면 양볼 끝이 발그레했다.

"술 없냐?"

산적이 화를 벌컥 내며 비명같이 소리를 내질렀다.

"없다!"

사내가 불쑥 한 걸음 앞으로 나서며 도리어 그를 다그쳤다.

"그럼 오는 길에 내가 맡은 산 중턱에 뿌려진 술 냄새는 무엇이냐?"

옆에서 듣고 있던 다른 산적이 분통을 터뜨렸다.

"네놈이 내 동무를 죽여놓고 말장난을 놓는 거냐? 피는 피로 갚을 일! 네놈의 목숨으로 대신해라!"

그는 말과 함께 면적이 넓고 큰 대감도(大戡刀)를 휘두르며 달려들었다.

사내가 다시 한 걸음을 앞으로 내디뎠다. 날이 시퍼렇게 선 대감도의 날이 그의 목을 치고 들이왔지만 그는 눈 하나 깜짝하지 않고 오히려 자신의 목을 돌이대는 모습이었다.

그러나 막상 대감도는 허공만 베었고, 순간적으로 몸을 뒤로 젖혀 대감도를 피한 사내의 상체가 다시 앞으로 튕겨져 오르는 순간 산적의 목이 붉은 선혈을 허공에 날리며 단말마의 처절한 비명을 터뜨렸다.

"으아악!"

전광석화(電光石火)였다.

달리 다른 말로는 형용할 수 없는 빠름[快]이거니와 사내의 침착하고 냉정함은 그가 술이 취한 상태라는 것을 의심하게 했다.

산적들은 순간적으로 몸이 얼어붙은 듯 굳어 있었다.

사내가 또다시 앞으로 다가왔다.

산적들이 누가 먼저라 할 것 없이 주춤 뒤로 물러났다.

뒤쪽에서 날카로운 외침이 터져 나왔다.

"놈은 하나야! 뭐가 겁나서 물러서는 거야!"

순간 사내의 신형이 땅을 박차고 허공으로 솟아올랐다. 단숨에 산적들의 머리를 뛰어넘더니 금방 소리를 지른 산적의 앞으로 뚝 떨어져 내렸다.

그리고 산적이 본 것은 허공을 가르는 한줄기 하얀 광망(光芒).

"으아악!"

비명과 함께 그의 수급이 피를 뿜어내며 허공으로 솟구쳤다.

사내가 손끝으로 칼을 돌렸다.

"시끄러운 놈은 딱 질색이라니까."

산적들이 소란스러워졌다.

"놈은 혈혈단신이야! 어서 해치우자고!"

"제법 걸출한 무예를 지닌 것으로 보이지만 그래 봤자 한 놈이 뭘 할 수 있겠어? 겁먹을 거 없어! 해치우자!"

"재능만 믿고 설치는 놈이 더러 있지만 저놈은 정말 미치광이로군. 죽여 버려!"

동료의 목이 날아간 모습을 본 산적들이 핏발이 곤두서 병장기를 휘두르며 달려들었다. 사방이 온통 산적들이라 그 속에서 사내의 상황은 순간 위태로워 보였다.

그러나 그는 조금도 흔들리지 않는 모습으로 그들을 마주했다. 그의 신형이 한 번 도약하자 허공에 하얀 광망이 일고 세 명의 산적이 한꺼번에 비명을 질렀다.

"으악!"

"켁!"

"커윽!"

다른 곳도 아닌 꼭 목만 날렸다.

몸체를 잃은 수급이 눈을 부릅뜬 채 사방에 피를 날렸다.

사내의 움직임이 산적들 사이를 파고들면서 비명은 더 요란해지고 피비린내가 자욱해졌다.

순식간에 열두 명의 목을 잃은 시신이 늘어났다.

워낙 절륜한 사내의 도무(刀舞)에 산적들이 주춤거렸다.

수적인 우세에 에워싼 형세를 잃지는 않았지만 얼굴엔 겁먹은 표정이 가득했다.

사내가 칼을 쥔 손을 늘어뜨리며 나직한 어조로 말했다.

"술 한잔 먹자."

"악!"

비력도 모종후는 비명을 지르며 옆으로 뒹굴었다. 벌거숭이 그의 몸이 나이답지 않은 탄력을 발휘해 침상 아래로 떨어지기 무섭게 곧추세워졌다.

손으로 붙들고 있는 그의 왼쪽 어깨에서 피가 흐르고 있었다. 손가락 사이를 비집고 새어 나오는 붉은 피가 금방 그의 벗은 몸을 뻘겋게 물들였다.

침대 위에는 찢어진 옷을 부여잡고 웅크려 있는 계집. 그녀의 입에서도 붉은 피가 흐르고 있었는데, 자세히 보면 그녀의 입에는 모종후의 어깻죽지에서 뜯어낸 살점이 물려 있었다.

모종후의 눈에 예리한 살기가 깨진 유리 조각처럼 섬뜩하게 빛났다.

"네년이 독종인 건 알겠는데… 정말 죽고 싶으냐?"

계집이 시퍼렇게 질린 입술을 열었다. 완곡하고 단호한 어조였다.

"다른 놈은 다 돼도 네놈은 안 된다."

모종후가 어이가 없는지 실소했다.

"후후… 어째서 다른 놈은 되는데 난 안 된다는 거냐?"

"네놈이 죽인 귀노가 나의 아버지이기 때문이다."

"그 꼽추 놈 말이냐? 호호… 꼽추 놈 주제에 어울리지 않게 아리따운 딸을 두었구나."

모종후가 다시 그녀에게로 다가왔다.

계집이 가까이 다가든 그의 얼굴에 침을 뱉었다.

“퉤!”

순간 모종후의 불끈 쥔 주먹이 계집의 얼굴 한복판에 꽂혔다.

퍼억!

“억!”

계집이 충격에 입이 찢어지는 비명을 토했다.

밖으로부터 요란스런 발걸음 소리가 들린 것은 그때였다.

“두령님! 두령님!”

다급하고 호들갑스런 외침에 모종후는 눈살을 잔뜩 찌푸렸다.

“무슨 일이냐?”

벌컥!

산적 하나가 이미 문을 밀고 안으로 들이닥쳤다.

“큰일 났습니다! 두령님께서 나와 보셔야겠습니다!”

어떤 일이 큰일일까?

산전수전 다 겪은 모종후는 수하의 얼굴에서 사태의 심각성을 한눈에 확인했다. 노물답게 그의 음성과 표성은 치분했다.

“숨을 고르고… 침착하게… 설명해라.”

산적이 크게 심호흡을 하며 숨을 고르고는 이내 밖의 사정을 낱낱이 얘기했다.

그의 얘기를 다 듣고 난 후에야 모종후가 반문했다.

"결국 한 놈뿐이라는 것 아니냐? 그런데 몇이나 당했다고?"

산적이 어깨를 떨면서 대답했다.

"부상자는 없습니다. 족히 이십 명이 넘게 당했는데 모두 목이 떨어졌습니다."

"……."

모종후가 말없이 깊이 눈을 감았다.

산적의 안절부절못하는 모습에 비하면 모종후는 겉으로만 본다면 실로 대범해 보이기까지 했다.

그는 한참을 생각하고 번민한 후에야 눈을 떴다.

"그자를 불러들여 술상을 봐주고 융숭히 대접해라."

"예?"

예상치 못한 모종후의 말에 산적의 눈이 휘둥그레졌다.

모종후가 몸을 돌려 계집에게 시선을 던졌다.

계집은 온몸을 웅크린 채 벽에 붙어 앉아 있었다.

궁금해졌다. 아니, 처음부터 너무 궁금해서 호기심을 참고 있을 수 없는 일이었다. 아무도 초청한 바 없는 무례한 불청객의 얼굴이라도 봐두어야 할 일이었다.

비력도 모종후는 밖으로 나왔다.

혈혈단신, 단 혼자의 몸으로 산적 소굴에 찾아온 자가 벌린 터무니없는 일에 그는 착잡한 심경을 금할 길이 없었다.

이런 해괴하고 비상식적인 일에 당연히 분노해야 마땅할 자신의 처신을 수하들은 어떻게 생각하고 있을까.

그 생각만 하면 그는 당장이라도 소리를 질러 수하를 모으고 그자의 목을 베러 쳐들어가야 할 입장이었다. 그러나 그의 냉정한 이성은 그에게 인내만을 요구했다.

목만 쳤다고 했다. 수십 명이 둘러싸고 공격하는 속에서 다른 어떤 곳도 베는 일 없이 목만 쳤다고 했다. 이는 상대가 이만저만한 고수라는 사실을 간접적으로 증명했다. 산채에 혈혈단신으로 찾아와 술을 받아달라는 배짱 하나만으로도 이미 상대의 자신감을 엿볼 수 있는 일이다. 그만한 만용은 혹간 자신의 실력을 과대평가한 자들이 호기로 행할 수도 있는 일이라고 쳐도 수십 명에 둘러싸인 도산검림 속에서 싸우는 적의 목만을 쳐내는 일은 절륜한 무예를 자랑하는 일이거니와 그 수법의 잔혹함은 간담을 서늘케 하고도 남음이 있었다.

대제 어떤 자일까?

모종후의 호기심의 근거는 두려움이었다.

그러나 정체도 모르는 상대에 대한 두려움은 그의 자존심에 상처를 입히는 일이기도 했다. 직관적으로는 오늘 나타난 사내의 존재가 대단한 능력과 그에 걸맞은 영명을 지닌 고수라는 걸 판단하게 하지만 그의 불길함 예감이 그저 기우에 불과할지도 모른다는 우려가 또한 가슴에 존재했다.

그걸 확인하기 위해 상대를 자극하는 일은 피해야 한다고 냉철한 이성이 주문하지만 한편에선 꼬리를 내려도 정체를 알고 나서 내려야 한다고 외치기도 한다.

그의 걸음이 수없이 갈등하면서 사내를 불러들인 외각(外閣)으로 향했다.

수하 둘이 양손에 술병을 하나씩 들고 불청객이 있는 외각으로 향하는 것이 눈에 들어왔다. 먼저 수하들이 걸음을 멈추고 그를 쳐다보았다.

모종후는 자신의 의사, 혹은 동의를 구하는 그들의 눈빛을 외면했다.

수하들이 고개를 갸우뚱거리면서 다시 걸음을 옮겼다.

"아까 잡아온 계집의 술이 그렇게 좋은 술이라는데 넌 맛이나 봤냐?"

"맛을 보기는, 건들지도 못하게 하던데."

"그런데 이런 귀한 술을 엉뚱한 놈 아가리에 다 붓게 생겼는데 어떻게 생각해?"

"어떻게 생각하긴 분통이 터지지. 두령님의 이번 처사는 정말 이해할 수 없어."

모종후는 낱낱이 듣고 있었지만 한마디도 할 수 없었다. 그는 입술을 질끈 깨물며 걸음을 떼어놓았다.

우선 얼굴부터 보자. 대체 어떤 놈인가. 어떤 놈이기에…
어떤 놈이기에…….

사내가 앉은 탁자 앞에는 빈 술병이 나뒹굴고 있었다.
산적들이 갖다 놓은 멧돼지 고기는 한 점도 건들이지 않고
술만 비워댔다. 그는 막 산적들이 새로 갖다 놓은 네 병의 술
병 중 하나를 집어 들어 마개를 따고는 그 주둥이를 곧장 입
으로 가져갔다. 목젖이 불거지게 꿀꺽꿀꺽 마셔대는 그의 모
습은 영락없이 술고래였다.
산적들이 거리를 두고 떨어져 선 채 이를 지켜보고 있었다.
"벌써 서른 병째야. 삼곡의 말로는 저 술, 보통 독한 게 아
니라고 하던데……."
"완전히 갈 때까지 기다렸다가 그때 해치워야겠어. 보통
위험한 놈이 아니니까. 두령님도 같은 생각 아닐까?"
사내는 그들을 전혀 외시하지 않았다. 자신이 점점 술에 취
해가는 것도 개의치 않았다.
똑.
마지막 술 한 방울이 떨어져 내리고 술 네 병이 또다시 깨
끗이 비워졌다.
염소수염을 기른 산적이 조심스럽게 다가와 말을 붙였다.
"술… 더하겠소?"
사내가 혀 꼬부라진 음성을 냈다.

“물론! 내가 완전히 꼬꾸라질 때까지! 딸꾹!”

기어코 딸꾹질을 한다.

산적이 고개를 돌려 동료들을 보다가 흠칫 놀라 눈을 크게 떴다. 산적들 뒤에서 두령 비력도 모종후의 얼굴을 본 때문이었다.

모종후가 고개를 끄덕였다.

그의 뜻을 알아들은 산적이 빠르게 밖으로 빠져나갔다. 밖에서 들리는 그의 외침이 안에서도 쩌렁쩌렁 울렸다.

“술 가져와라! 술! 있는 거 아예 한꺼번에 몽땅 가져와!”

사내가 고개를 들어 산적들에게 시선을 던졌다. 얼핏 보아도 오십여 명이 넘었다. 둘러보는 그의 시선이 갑자기 한곳에서 멈췄다.

“당신인가, 이 산채의 두령이?”

모종후는 순간 등골이 서늘해지는 것을 느꼈다. 오십여 명의 산적 중에서 두령을 한눈에 지목해 내는 사내의 예리한 안목이 놀라웠기 때문이다. 그러나 그는 태연한 척 오히려 당당하게 앞으로 걸어갔다.

“혼자서 적적할 텐데 같이 들겠나?”

사내가 크게 입을 벌려 떠들었다.

“그러면 나야 좋지 않겠소! 혼자서 마시는 술 맛보다야 낫겠지!”

모종후는 경계를 늦추지 않으며 사내의 앞에 자리를 잡

왔다.

"아까부터 줄곧 자네를 지켜봤는데 영명을 알 길이 없구먼. 자신의 소개 정도는 해줘야 하지 않겠나? 난 비력도 모종후라 하네."

사내가 고개를 들어 모종후를 응시했다.

"소제 같은 무명소졸의 이름은 알아서 무얼 하겠소. 하류배에 지나지 않소."

"자네처럼 칼을 쓰는 사람은 흔하지 않을 텐데 내가 강호를 오랫동안 등지고 산속에 처박혀 살았더니 그 무엇도 떠오르는 게 없네. 그래, 사문이 어딘가?"

"젠장."

사내가 돌연 볼멘소리를 내며 고개를 돌려 주위를 둘러싸고 있는 산적들에게 시선을 던지며 벼락같은 호통을 질렀다.

"너희 두령님께서 술을 같이하시겠다는데 술 떨어진 것이 보이지 않느냐?"

안하무인이며 주객이 전도된 상황이라 아니할 수 없었다.

산석들의 손이 절로 병장기를 향해 뻗어졌다.

"이런 우라질! 더 이상 봐주려야 봐줄 수가 없구나!"

"두령님! 정말 더 이상은 못 참겠습니다!"

일촉즉발의 긴장된 상황 속에서 모종후의 무미건조한 음성이 단호하게 떨어졌다.

"참아라. 참고 술을 내오너라."

그는 사내의 얼굴을 쳐다보면서 말을 이었다.

"술 창고에 묵혀놓은 화주(火酒)를 내와라."

화주는 추운 지방의 사람들이 추위를 견디기 위해 만들어 낸 그야말로 독주다.

모종후의 시선이 사내의 옆 빈자리에 걸쳐 놓은 칼에 던져 졌다.

신병(身兵)을 보면 상대의 정체를 알 수 있을까 했지만 칼은 그냥 어디서나 볼 수 있는 싸구려였다. 너무 흔해 눈에 들어오지도 않는 형편없는 외양과 특색이라곤 조금도 찾아 볼 수 없는 뭉툭한 손잡이며, 칼이란 게 지방마다 조금씩 다른 특징을 갖고 조금이라도 알려진 대장간이라면 대장간 이름이라도 새겨놓을 만한데 이 칼은 그 흔한 것조차 없었 다.

다시 사내의 얼굴에 시선을 던졌다. 표정이라곤 전무하고, 바라보이는 눈은 깊고 차갑다. 마치 득도한 고승의 눈처럼 세상을 초월한 자라고나 할까.

그러나 모종후가 우려하는 이유는 따로 있었다.

사내의 너무나 밋밋한 관자놀이였다. 무릇 무공이 고절한 고수라면 관자놀이부터 불거지기 마련이다. 일명 태양혈(太陽穴)로 알려져 있는 곳으로, 내공의 고하에 따라 튀어나오는 정도가 달라 고수끼리 서로를 알아보고 견주게 한다. 그러나 사내의 태양혈은 범부에 다름 아니었다. 이는 자신의 내공 수준을 안으로 갈무리하는 반박귀진(返撲歸眞)의 놀라운 경지에 이르렀을 수도 있다는 것을 의미했다.

반박귀진이라니…….

거기까지 생각이 미친 모종후는 고개를 설레설레 흔들었다.

단지 가정일 뿐이라고 의심했다. 가까이서 보고 있는 사내의 나이란 것이 많이 봐줘야 삼십이나 됐을까 싶은 데다 잘 봐주면 약관(弱冠)으로도 보였다.

어린 놈이 싸가지가…….

내심 중얼거리며 모종후는 마땅치 않은 표정을 지었다.

그는 사내의 옆 자리에 놓여 있는 칼이 신경 쓰이는 듯 계속 경계를 늦추지 않았다.

화주는 큰 항아리에 담겨 항아리째 옮겨졌다.

모종후가 술을 좋아하는 데다 덩치에 걸맞게 보통 술고래가 아닌 탓도 있었지만 사내를 취하게 만들려는 사전 각본대로 진행되는 일이었다.

사내는 그들의 계획을 아는지 모르는지 모종후가 권하는 대로 넙죽넙죽 술을 받아먹었다.

산적들이 주위에서 분위기를 돋우었다.

"두 분 다 굉장하군."

올 때부터 입에서 술 냄새가 진동했다는 사내였지만 그의 모습은 쉽게 흐트러지지 않았다.

술이라면 져본 적이 없는 모종후가 감탄할 지경이었다.

"으하하하! 내 평생 저런 술고래는 처음 보네. 괴물이 따로 없구먼."

사내가 술을 마신 바가지를 탁자에 내려놓으며 호방하게 대꾸했다.

"아주 좋은 화주요. 두령께서도 한 잔 하고 어서 주시오."

"그거 좋지. 내가 술잔을 비우는 사이 안주라도 좀 챙겨 드시게."

사내가 자신의 오른손 중지를 입속으로 집어넣었다.

"안주야 이거면 되지 않겠소. 쪽."

"으허허허허!"

모종후는 과장된 몸짓으로 너털웃음을 터뜨렸다.

사내의 시선이 모종후의 오른손에 들려 있는 술 바가지에 던져졌다.

모종후가 얼른 바가지를 비우더니 사내에게 내밀었다.

"자, 여기 있네."

사내의 손이 잡아채듯 바가지를 받아 들었다. 그리고 그가 손을 뻗어 바가지로 독에 담긴 술을 뜨려는 때였다. 갑자기 뾰족한 외침과 함께 가냘픈 인영 하나가 탁자로 뛰어들었다.

"안 돼요! 더 이상 마시면 안 됩니다!"

모종후가 눈살을 찌푸리며 험상궂은 표정으로 들이닥친 계집을 쳐다보았다.

그의 어깨를 물어뜯은 그 계집이었다.

그가 주위의 사내들을 향해 포악하게 소리쳤다.

"방 안에 있어야 할 계집이 왜 여기 있는 것이냐?"

산적들이 다급하게 계집을 잡기 위해 손을 뻗자 계집이 얼른 사내의 옆 자리를 비집고 들어와 앉았다.

"이들은 무사님을 만취하게 만든 다음 무사님을 해치우려는 거예요. 밖에서 다른 자들이 수군거리는 얘기를 소녀가 다 들었어요."

사내가 무심한 시선을 계집의 얼굴에 던졌다. 그의 입에서 흘러나온 어조 또한 무미건조하기 이를 데 없었다.

"그들이 하는 말을 너는 듣고 나는 듣지 못한다는 것이냐?"

"알고 계시다면 어째서 계속……."

사내는 어느새 바가지에 한 가득 술을 떠올려 입으로 가져갔다.

꿀꺽꿀꺽 술을 마시는 소리가 요란하게 그의 목젖에서 울려 나왔다.

"카아!"

그의 손은 벌써 바가지를 모종후에게 내밀고 있었다.

모종후가 바가지를 잡으며 사내의 얼굴을 물끄러미 쳐다
보았다.

사내가 계집에게 시선을 던지며 농지거리하듯 말을 건넸
다.

"내가 주는 술을 마다하면 저들이 날 겁쟁이라 비웃을 테
고, 무엇보다 내가 이곳에 온 게 술을 마시기 위함이었다. 그
런데 내가 주는 술을 마다하면 이곳까지 이른 수고가 물거품
이 될 것이다."

계집이 잠시 생각하는가 싶더니 화답했다.

"무사님이 술에 취해서 행여 이들의 손에 해침을 당한다면
소녀는 누가 구해줍니까?"

"넌 이곳에 있는 계집이 아니더냐?"

"소녀는 오늘 이곳에 잡혀왔습니다."

계집이 탁자 위에 뒹구는 술병 하나를 손에 들어 사내의 얼
굴 앞에 내밀었다.

"이것은 본시 소녀가 빚은 술이죠. 강탈당해서 이곳에 있
게 된 걸 무사님이 다 마셔 버린 겁니다."

사내의 눈에 처음으로 호기심 어린 눈빛이 스쳐 갔다.

"이 술을 네가 빚었느냐?"

계집이 명료하게 대답했다.

"틀림없는 소녀의 솜씨입니다. 돌아가신 어머님께 배웠습
니다. 하란에서 술을 잘 빚는 기녀 취향(醉香)이라면 아는 사

람은 다 압니다."

계집은 스스럼없이 기녀라는 신분을 밝히고는 본격적으로 사내에게 달라붙었다.

"제발 소녀를 이곳에서 구해주세요. 구해만 주신다면 은혜는 결코 잊지 않고 갚겠습니다. 뭐든 시키는 대로 다 하면서 무사님을 평생이라도 모시겠습니다."

그녀의 말이 끝나기가 무섭게 사내의 손이 계집의 머리를 잡더니 그녀의 얼굴을 자신의 사타구니에 푹 처박았다.

"무엇이든 하겠다니……."

사내가 모종후를 보면서 동의를 구하듯 빙그레 웃었다.

계집은 그의 아랫도리를 풀고 있었고, 모종후의 얼굴은 시뻘겋게 달아올랐다.

"네 이놈! 나 비력도 모종후가 그렇게 만만……!"

노발대발한 그의 음성이 실내를 쩌렁쩌렁 울렸지만 말끝은 오래가지 못했다.

서걱!

차디찬 광망과 함께 고기가 썰어지는 소리.

"윽!"

그리고 외마디 짧은 비명과 함께 모종후의 목에서 피가 솟구쳤다.

사내가 어느 틈에 뽑아 든 칼을 다시 거두어 칼집에 담고 있었다.

"술을 이기지 못하면 마시지나 말지, 잘 참다가 왜 그랬소."
산적들은 모두 얼어붙은 표정으로 꼼짝도 하지 못했다.
계집의 입술이 사내의 사타구니에 붙어 기묘한 소리를 내었고, 사내는 그와 상관없이 다시 한 바가지의 술을 퍼서 입으로 가져갔다.

第二章

숨은 자와 찾는 자

黑道戰士

　"어머니는 하란(河蘭)에서 이름만 대면 다 아는 유명한 명기(名妓)였어요. 젊었을 적 많은 돈을 모아 기루를 차렸고, 어머님이 차린 기부는 하란제일루로 자리를 잡았죠. 그러니 비록 천기 출신이지만 소녀의 어린 시절은 권문세도가 못지않게 부유했죠. 기루엔 술에 취한 무뢰배를 담당하기 위해 호위무사를 두었는데 귀노는 그때 늘어왔죠. 무예가 뛰어난 그는 얼마 되지 않아 호위무사의 수반이 되었고, 그런 그분에에 어머님은 기루의 모든 살림을 맡기셨어요. 대신 어머님은 술을 빚기 시작했죠. 어머님이 빚은 술은 맛과 향이 뛰어나 곧 인근 일대에서는 모르는 사람이 없을 만큼 유명해졌고, 어머님의 기루는 술도가로서도 명성을 같이했죠. 귀노는 우리 모녀에게 정말 잘 대해줬어요. 혈건적이 흥성하여 하란에서도 난이 일어났죠. 그들이 기루를 점령하고 기녀들을 못살게 괴롭혔지만 우리 모녀에게는 손을 대지 못했죠. 귀노가 목숨을 걸고 우리 모녀를 지킨 탓이었어요. 어머님은 기루의 살림이 어려워지고 귀노에게 모든 걸 의지했죠. 귀노를 대내외적으로 지아비로 공표하였지만 귀노는 소녀에게도 아버님이라 부르지 못하게 하였어요. 불구를 부끄러워하지는 않지만 불구 때문에 받는 모멸과 천시를 우리 모녀가 받게 할 수는 없다는 뜻이었죠. 어머님이 병고로 돌아가신 후에도 귀노는 소녀에게 당신을 굳이 귀노라 부르도록 하였어요. 귀노를 하인으로 두면 사람들이 업신여기지 못하지만 귀노를 아비로 두는 건 업신여김의 첫 손가락이 되는 사유가 된다고. 귀노는 그런 분이었어요. 그러니 소녀가 귀노를 해친 자와 함께 살 수는 없는 노릇이잖아요. 무서웠지만 죽기를 각오하고 무사님에게 도움을 청한 것이죠. 용기라고 할 것까진 없는 일이에요. 그곳에 남겨지는 게 소녀에겐 지옥이니까 미래를 생각하면 어떻든 모험을 감행할 수밖에 없는 처지이니까요."

*　　　*　　　*

장평(長坪).

만리장성의 북쪽 산악 지대를 막 벗어나자마자 펼쳐지는 넓은 초원의 한복판에 북방 토착민이 돌궐족(突厥族)이나 말갈족(靺鞨族), 거란족(契丹族)의 의사와 상관없이 사실상 북방으로 향하는 교역 상인들이 머물 수 있도록 개발된 중원인들의 거류지(居留地)다. 그 역사가 오래된 터라 많은 중원인들이 토착민이 되어 살고 있기는 하지만, 북방 민족이 다수를 점하고 있는 위험한 오지로 그다지 주목받지 못한 곳이었는데 최근 들어 이곳에 많은 사람들이 몰려들고 있었다. 중원은 혈건족 출현 이후 오랜 내전으로 병마(兵馬)의 수급에 심각한 문제가 돌출되었고, 말 가격이 천정부지로 상승하여 이를 노리고 말을 수입하려는 상인들이 대거 출몰하였기 때문이다.

장평의 도심 한복판에는 새로 지어진 건물들이 번성을 자랑하듯 즐비하게 늘어섰고, 그 대부분이 여각(旅閣)이었지만 드물지 않게 주무와 기루의 모습도 눈에 띄었다.

취향루(醉香樓).

취향루는 형형색색의 홍등이 장식되어 밤이면 유난히 빛났다.

불과 삼 개월 만에 장평의 명물이 된 기루로, 주인 취향의 이름을 따서 취향루로 지어졌다는 것을 이제 알 만한 사람은 다 아는 일이 되었다.

갑자기 취향루 앞거리가 소란스러워졌다.

거리를 지나던 사람들이 뭔가에 겁을 먹고 슬금슬금 자리를 피하고 있었다.

"철흑사(鐵黑砂) 패거리들이야. 어서 피하세."

"그래, 피하는 게 상책이지."

시커먼 옷을 입은 십여 명의 기골이 장대하고 한눈에 보기에도 험상궂어 보이는 자들이었다. 옆구리에 찬 큰 칼과 어깨에 매달아 등 뒤로 넘긴 전통(箭桶), 궁(弓) 등 그 복색이 돌궐족임을 한눈에 알게 했다.

철흑사는 돌궐족 패거리가 만든 조직으로 장평에서는 무서울 게 없다는 왈짜들이었다. 대부분이 돌궐족으로 이루어졌지만 조직이 확대되면서 거란족과 말갈족도 섞여 있었고, 드물게는 중원의 한족도 있었다. 그들의 가운데에 자리 잡고 걸어오는 장대한 기골의 사내는 철흑사 무리 중에서도 머리 하나가 더 컸는데, 바로 한족 출신으로 철흑사의 수뇌 마잠풍의 오른팔이라는 천정창이란 자였다.

"여기로군."

천정창이 취향루를 쳐다보면서 징그럽게 웃었다.

막 빗자루를 들고 밖으로 나오던 늙수그레한 하인 하나가 천정창을 보자마자 기겁하면서 엉덩방아를 찧고 넘어졌다.

"으허억! 아이쿠!"

늙은 하인은 경을 칠세라 서둘러 천정창 앞에 두 손을 공손히 모으고 엎드렸다.

"천 대인께서 이곳엔 어인 일이십니까?"

천정창이 여유있는 몸짓으로 하인의 옆을 돌아 취향루의 문턱을 넘었단.

"내가 못 올 곳이라도 온 건가?"

"……."

하인은 천정창을 따라 안으로 들어가는 무리를 겁먹은 눈을 뜨고 지켜볼 뿐이었다. 그들의 모습이 시야에서 멀어지고 나서야 그가 나직이 혼잣말을 중얼거렸다.

"드디어 올 것이 왔군."

해가 떨어져 취향루의 홍등이 선정적인 불빛을 뿜어냈다. 계집들은 단장을 끝내고 손님맞이에 여념이 없었다. 벌써 찾아든 손님들이 있는지 여기저기서 가야금 소리와 계집의 간드러진 웃음소리가 끊이지 않았다.

천정창은 안으로 향하며 취향루의 분위기에 흠뻑 취했다. 각 건물의 바깥 벽 화단에는 대나무가 심어져 있고 대나무 사이사이에 화분을 놓았는데, 화분마다 국화가 흐드러지게 피어 있었다. 이미 국화가 필 시기는 지났다. 들녘의 국화는 저버린지 오래. 인공적으로 실내에서 꽃을 피워 밖으로 내다 놓은 것이리라.

중원에서는 흔히 볼 수 있는 전경이지만 북방에서는 흔치 않는 일이었다.

"장사가 잘되는 게 무리도 아니군."

중원의 고급 기루를 그대로 옮겨놓은 듯한 분위기에 천정창의 관심은 자연 기루의 주인 취향에게도 옮겨졌다.

그가 고개를 돌려 옆의 장한에게 시선을 던졌다.

"계집이 술도 직접 빚는단 말이지?"

"예. 시서금화(詩書琴畵)면 시서금화, 가무(歌舞)면 가무, 무엇 하나 빼놓을 수 없이 놀라운 실력이랍니다. 중원에서 온 대상(大商)의 각 우두머리들이 취향루에 놀러왔다가 기염을 토했다 합니다."

"계집을 꼭 자리에 앉히도록 해라."

"알겠습니다."

장한이 우렁차게 대답했을 때 그들의 맞은편으로부터 취객 하나가 비틀비틀 걸어오고 있었다.

바라보니 걸친 옷은 새 옷이었는데 옷매무새가 멋대로 헝클어져 있고, 길게 기른 머리는 산발하여 흐트러진 것이 누더기를 걸치게 하면 영락없는 거지꼴이라 보는 이의 웃음을 자아내게 만들었다.

그리고 삐딱하게 옆구리에 매달고 있는 칼이라니…….

"으하하하! 제 놈도 무사 나부랭이라는 거냐?"

"하고 다니는 꼬락서니 하고는."

무리 중 하나가 눈이라도 먼 듯 비틀거리며 걸어와 무리와 충돌하려는 사내의 앞가슴을 냅다 발길로 내질렀다.

"옛다, 이놈아!"

퍼억!

가슴이 터지는 소리와 함께 사내의 신형이 허공을 붕 떠서 삼 장여 뒤로 날아가 땅바닥에 곤두박질쳐졌다.

"어욱!"

천정창이 폭력을 행한 장한을 나무랐다.

"사람은 겉만 보고 판단할 일이 아니다. 이곳에 와 술이 저 지경으로 취할 만큼 마실 수 있다면 제법 규모가 있는 상단의 호위무사일 수도 있는 터, 문제를 일으키고 싶으냐?"

"하오나 그대로 두면 천 대인과 충돌하겠기에……."

"……."

도리어 천정창이 함구무언이었다.

장한의 말이 틀리지 않은 데다 이미 벌어진 일을 가지고 갑론을박하는 게 우스웠기 때문이다.

이때 멀리서 기녀로 보이는 계집 둘이 소리를 지르며 달려왔다.

"주인님!"

주인님이라니…….

천정창이 쓰러져 있는 사내의 얼굴에 시선을 던졌다.

취향에겐 늘 잠자리를 함께하는 사내가 한 명 있다고 들었다. 그 사내가 늘 술에 취해 있다는 얘기도. 아무런 일도 하지 않고 허구한 날 술만 마셔대는 형편없는 놈팡이라고.

그런가. 정말로 그런가. 들리는 취향의 평판에 비하면 너무나 어울리지 않는다는 그 형편없는 놈이 정말 형편없는 놈일세.

달려온 계집 둘이 어렵게 사내를 일으켰다.

사내는 방금 전의 상황을 아는지 모르는지 그중 한 계집의 얼굴을 쳐다보면서 말했다.

"술… 술 떨어졌다."

계집이 어처구니없다는 표정을 짓더니 사내의 손목을 잡아끌었다.

"가세요. 소기가 술상 봐드릴 테니까요."

"으허허, 월희(月姫)밖에 없구나. 늘 챙겨줘서 정말 고맙구나."

사내는 순순히 계집 월희의 손목에 끌려 장내에서 사라졌다.

보고 있던 천정창이 실소를 터뜨렸다.

"한심한 놈…….."

무리가 덩달아 박장대소했다.

"내가 저놈 대신 이 취향루를 차고앉을까? 저런 놈이라면 내가 취향이란 계집의 마음에 들지 못할 건 뭐야. 내가 설마 저놈보다야 못하겠어?"

"나도 같은 생각이었어! 천 대인께서 허락만 하신다면 이 놈이 취향루를 차고앉겠습니다!"

천정창이 두 눈을 부릅떴다.

"이놈들아! 찬밥도 위아래가 있는 법이지! 일단 계집을 봐야 뭔가 결정할 게 아니냐?"

밤이 늦도록 술판은 이어졌다.

장평을 주름잡는 패거리 철흑사들이 취향루에 들었다는 소문은 삽시간에 전해졌고, 그 때문인지 다른 손님의 발길이 뚝 끊이고 그나마 먼저 와 술을 마시던 손님들마저 다 가고 취향루는 철흑사 패거리가 고래고래 지르는 소리에 지붕이 들썩거렸다.

취향이 그들의 술자리에 불려 들어간 건 어쩔 수 없는 일이었다. 처음 온 손님에게 얼굴을 비치는 것이 주인 된 도리이기도 하거니와 부르는데 안 가면 가만있을 패거리가 아니었다.

처음에 얌전했던 자들이 흥이 돋워지고 술이 거나하게 들어가자 본색을 드러내는데, 상스런 육두문자, 노골적이고 해괴한 짓거리에 계집들이 모두 진저리를 쳤다.

급기야 사고가 터졌다.

쫘앙!

문짝이 박살나면서 문짝과 함께 계집 하나가 밖으로 내동

댕이쳐졌다.

"아악!"

워낙 흉포한 자들이라 계집을 그대로 집어 던진 모양이다. 뜨락에 떨어진 계집이 허리라도 다쳤는지 일어나질 못하고 온몸을 뒤틀면서 비명을 질렀다.

계집을 집어 던진 장한이 밖으로 나오더니 그런 계집의 머리채를 움켜잡았다.

"네년이 기껏해야 몸 파는 창녀이거늘 감히 이 어르신네를 무시해!"

"꺄아악!"

계집은 비명을 지르며 온몸을 뒤틀어 반항했지만 장한의 억센 힘을 당할 수가 없었다.

안에서 기녀 취향이 뛰쳐나오며 소리를 질렀다.

"그만 하세요! 힘없는 계집에게 이게 무슨 못된 횡악입니까?"

장한이 고개를 돌리며 눈에 번갯불을 담고 두 눈을 부릅떴다.

"못된… 이라고?"

이미 한두 번 일을 저질러 온 게 아니었다. 취향루를 날로 먹어치우기 위해선 확실하게 본때를 보여줘야 할 일.

장한이 성큼성큼 취향에게로 걸어갔다.

그의 사나운 기세에 눌려 취향이 어깨를 움찔했지만 그녀의 눈빛은 장한의 시선에 지지 않고 독기를 띠었다.

장한이 그녀 앞에 다가와 달아난 문짝으로 훤히 보이는 안을 쳐다보았다.

천정창의 눈치를 살피는 것이었으나 천정창은 모른 척 시치미를 떼고 딴 곳을 쳐다보고 있었다.

장한의 입꼬리에 얄팍한 웃음이 걸렸다.

"이년들이 아예 작당을 해서 지랄을 하네. 네년이 그러고서 이 장평에서 장사를 하길 원한다는 거냐?"

취향이 냅다 장한의 뺨에 손을 올려붙였다. 하지만 그녀의 손목이 도리어 장한에게 붙잡혔다.

"악!"

취향은 손목이 으스러지는 고통에 비명을 지르며 무릎을 꺾었다.

장한이 내친김에 손을 올려 취향의 얼굴을 날리려는 순간이었다.

"거기까지!"

음성은 장한의 바로 옆에서 들려왔다. 장한이 고개를 돌리려다 말고 흠칫 눈을 치켜떴다. 어느새 장한의 턱 밑에 들어와 있는 한 자루의 날이 선 시퍼런 칼날 때문이었다.

사내는 그렇게 우뚝 서 있었다. 장한의 바로 옆에 다가왔거니와 그의 목에 칼을 들이대고 있는 것이다.

"너… 넌… 아까… 그… 술주정뱅이……"

사내가 메마른 웃음을 툴툴 흘리며 말했다.

"술에 취한 건 맞지만 주정을 부리지는 않았으니 술주정뱅이라는 말은 적절하지 않은 것 같군."

"……."

장한의 몸을 굳어 있었다. 차가운 칼날이 목에 드리워져 있는 상황 이전에 사내가 어느 틈에 자신의 옆에 접근한 것인지 도무지 알 수 없어 그에 대한 공포가 더 컸다.

그건 안에 있는 천정창도 마찬가지였다.

천정창은 칼날 같은 예리한 눈으로 사내를 훑어보고 있었다. 그러나 그가 찾고자 하는 날카로운 예기(銳氣)는 사내의 어디에서도 보이지 않았다. 사내는 그저 담담히 그곳에 서서 칼을 들이대고 있을 뿐이었다.

취향이 몸을 일으켜 사내의 뒤로 돌아갔고, 천정창은 몸을 일으켜 취향이 쓰러져 있던 자리에 섰다.

"피를 보기를 원하는 건가, 친구?"

사내가 고개를 돌려 천정창을 쳐다보았다. 그의 입꼬리에 가는 웃음이 걸렸다.

"친구라니? 사람을 잘못 본 거 아닌가?"

"꼴에 빈정대기는."

천정창은 비웃음을 흘리며 사내를 쏘아보았다. 어지간하면 함부로 마주치기 어려운 날카로운 예기를 담은 눈빛이었다.

그러나 사내는 조금도 피하려는 기색이 아니었다.

오히려 그의 눈을 대한 천정창의 눈에 파문이 일었다.

사내의 눈은 날카롭지 않으나 천정창의 날카로운 예기를 물을 빨아들이는 마른 솜덩이처럼 빨아들이고 있었다. 날카로움은 무뎌질 겨를도 없이 그 눈 속에서 사라지고 마는 것이었다.

천정창이 물었다.

"결국 이렇게 나설 걸 아끼는 왜 그 수모를 겪고 그냥 돌아섰나?"

사내가 대답했다.

"당하는 게 나였으니까. 내가 취향루의 술 버러지란 건 모두가 다 아는 일일 테고… 술 버러지 주제에 손님을 내쫓을 수는 없는 일이지."

"이왕 술 버러지 노릇을 할 바엔 지금도 나서지 않는 게 그 계집을 위하는 일이라고 생각지 않느냐?"

"내가 나신 건 너희들이 내 술그릇을 차려 했기 때문이다. 내가 네 뜻을 알고 네가 내 뜻을 아는데 무슨 서론이 그리 길어."

"……."

천정창은 사내가 담대하게 나오자 옆의 장한에게 눈짓을 보냈다.

눈짓을 받은 장한이 당장 칼을 뽑아 들더니 사내에게 벼락처럼 달려들었다.

"이야아!"

순간 사내의 칼이 앞서 칼을 겨누고 있던 장한의 목과 달려드는 장한의 목을 거의 동시에 베었다.

"으악!"

"크억!"

두 명의 장한 입에서 단말마의 비명이 터지고 목에서는 피가 솟구쳤다.

천정창의 얼굴이 하얗게 굳어졌다. 그의 손이 등 뒤에 메고 있는 검의 손잡이를 붙들었지만 검을 뽑지는 않았다. 사내를 향한 그의 음성이 가늘게 떨렸다.

"넌… 누구냐?"

사내가 고른 치열을 드러내며 하얗게 웃었다.

"알아봤으면 물러가라. 꼭 신분을 알아야 내가 네 머리 꼭대기에 있음을 아는 건 아닐 테니까."

"……."

천정창은 주위의 눈치를 살피며 천천히 검을 움켜잡고 있던 손을 내렸다.

그가 몸을 돌리면서 걸음을 떼어놓았다.

"가자."

우두머리가 가자니 갈 수밖에. 무리가 천정창의 뒤를 따랐다.

그사이 취향이 사내의 품에 안겨들었다.

"나서지 말지 그랬어요. 앞선 놈을 쫓아내면 더 강한 자가 오기 마련이고… 무사님 혼자서 감당할 일이 아니잖아요."

사내가 부드럽게 웃었다.

"그럼 네 남은 재산을 송두리째 쏟아 부은 이곳을 놈들에게 넘기겠다는 거냐?"

산적들에게 강탈당한 걸 모두 찾아와 취향루를 만드는 데다 쏟아 부은 취향이었다.

취향이 손을 내려 사내의 사타구니 속에 넣었다.

"난 이것만 있어도 되는 걸요. 무사님만 무사하다면 이까짓 취향루쯤은 아무것도 아니에요."

사내가 기분이 좋은지 입을 벌리고 웃었다.

"으허허… 말은 청산유수네그려."

*　　　*　　　*

"이리 오너라!"

산채를 쩌렁쩌렁 울리는 사자후(獅子吼)에 정삼은 삼이 께었다.

비력도 모종후가 죽은 후 산채의 이인자로서 자연스럽게 두령이 되었지만 자신의 자리를 호시탐탐 노리는 자들이 있어 언제나 잠자리가 편하지 못한 처지였다. 잠을 설치다가 새벽녘에야 겨우 잠이 들었는데 다시 잠을 깨워놓는 고함 소리에 그는 못마땅한 표정을 숨기지 않았다.

"대체 어떤 쳐 죽일 놈이 이렇게 이른 아침에……."

그는 잠을 자기 위해 벽에 걸어놓았던 도끼를 집어 들고는 성난 걸음으로 밖을 나섰다.

"대체 어떤 후레자식이냐?"

수하 두 명이 쪼르르 그의 앞으로 달려왔다.

그들이 다가서기가 무섭게 정삼이 눈을 부릅떴다.

"무슨 일이냐?"

수하들이 눈치를 살피면서 설명했다.

"문 앞에 웬 놈이 하나 찾아와서는 다짜고짜 문을 열라고 지랄입니다."

"이번에 찾아온 놈은 아주 멀쩡하게 생겼습니다. 허우대도 좋고 커다란 철봉(鐵棒)을 들었는데 굵기가 어른 손목만 한 게 족히 천 근이 넘어 보입니다."

정삼이 마른침을 삼키며 되물었다. 그의 얼굴에 긴장감이 가득했다.

"목봉(木棒)을 잘못 본 것이 아니냐?"

그가 우려하는 것은 수하들의 말에서 어떤 한 사람의 고수를 떠올렸기 때문이다.

천 근이 넘는 철봉을 독문 병기로 사용하는 자가 흔하지도 않거니와 분명히 강호에 천근봉(千斤棒)을 병기로 쓰는 자가 있었다.

쫘앙!

이때 요란한 소리가 그들의 귓전을 때렸다.

그들이 소리가 난 곳으로 일제히 고개를 돌리니 산채 울타리를 막아놓은 큰 문짝이 산산조각 부서져 안으로 튀어들고 있었다.

그리고 문짝이 없어진 자리에 우뚝 서 있는 장대한 체구의 한 사람.

일단 첫눈에 든 건 나타난 자의 키가 거의 구 척에 이른다는 것이었다. 수하들의 말대로 손에는 어른 손목보다 더 굵은 거무칙칙한 철봉을 들었는데, 철봉의 길이가 그의 키보다 더 커 머리 위로 그의 머리 하나만큼 더 올라와 있었다.

정삼이 놀란 나머지 호들갑을 떨면서 달려갔다.

"귀주목가(貴洲木家) 영웅 천근벽해(千斤碧海) 목곽님이 아니십니까?"

귀주목가란 이름에 산적들의 눈이 화등잔만 하게 커지더니 천근벽해 목곽이란 이름이 튀어나오자 그만 온몸을 사시나무 떨 듯 떨기 시작했다. 강호를 석권하고 있는 강호오대세가의 한 이름을 모르는 사람은 아무도 없었다.

"처… 천근벽해 목곽이라면… 대화성 백도전사의 마흔 네 명의 결사대 추혼표풍대(追魂飄風隊) 중에서도 다섯 손가락 안에 꼽히는 이름……."

"차라리 염라귀신을 만나도 추혼표풍대는 만나지 말라 했거늘."

추혼표풍대.

흑도와 백도는 마교를 상대함에 있어 경쟁적으로 임했다. 공을 많이 세우는 쪽이 보다 많은 군수를 얻어냄으로써 향후 무림에 득세할 수 있다는 계산이 깔린 때문이었다.

그 경쟁의 첫 번째 일로 추진한 것이 무리의 힘을 모아 한 목소리를 내는 것으로 흑백양도는 각기 독단적으로 연합의 결성체인 맹(盟)을 만들었으며, 백도맹과 흑도맹은 맹 결성과 함께 참여한 각대 문파들을 완전히 복속시키기 위하여 맹의 인원을 각파의 정예들을 차출시켜 구성했는데, 이에 강호가 그들을 각기 백도전사(白道戰士)와 흑도전사(黑道戰士)라 불렀다.

대화성의 백도전사들은 거기에 다시 정예를 고르고 골라 대(隊)를 꾸렸는데, 그들이 전선의 선봉에 서고 가장 혁혁한 공적을 이루며 무림에 영명을 날렸으니 바로 추혼표풍대다.

추혼표풍대는 마흔네 명의 고수로 꾸며졌고, 이들의 하나하나는 백도의 명문정파들이 자랑하는 후기지수를 망라하였으므로 자연 출생 때부터 세상의 주목을 받은 자들이었다. 마흔네 명의 추혼표풍대 하나하나의 명성은 그 무용담과 함께 널리 알려졌다.

그런데 그 추혼표풍대의 한 사람, 천근벽해 목곽이 이 오지의 산채에 나타난 것이니 산적들의 놀람은 이만저만한 것이 아니었다.

천근벽해 목곽이라면 강호에서는 일파의 장문인과 견줄 만큼의 위세와 지위를 누렸다.

목곽이 범이라면 정삼은 그의 앞에 고양이도 되지 못하는 쥐새끼였다. 설사 비력도 모종후가 살아 있어도 같은 신세를 면하기 어려웠으니 그 밑에 있던 정삼이야 오죽하랴.

목곽은 비굴하게 손을 비비며 웃고 있는 정삼을 건성으로 쳐다보고는 입을 열었다.

"삼 개월여 전에 이곳에 왔다 간 자가 있다고 들었다."

정삼이 비력도 모종후의 목을 벤 사내의 모습을 떠올리며 고개를 끄덕였다.

"예, 있었습죠. 그런데 그자는 왜……."

목곽이 품에서 한 장의 양피지를 꺼내어 펼치더니 정삼의 얼굴 앞에 들이밀었다.

"이자더냐?"

정삼이 화들짝 놀라며 뒷걸음질쳤다. 자라에 물린 놀란 가슴이 솥뚜껑만 보고도 기겁하는 꼴이었다.

"그… 그렇습니다. 분명 그자였습니다."

양피지에 그려진 사내의 얼굴은 정교했다. 용모파기(容貌記)한 화백의 솜씨가 놀라울 지경이었다.

목곽이 양피지를 거두어 다시 품속에 갈무리했다.

"그자가 이곳에 온 이유가 있었을 것이다. 그자가 이곳에서 행한 일을 하나도 빠뜨리지 말고 낱낱이 고해라."

정삼이 얼이 빠진 듯 사내가 벌린 무용담을 쉬지 않고 지껄였다. 그리고 마지막에 덧붙여 물었다.

"그런데… 목 대협께서 찾고 계신 그자의 정체가 무엇입니까?"

그것은 정삼뿐만 아니라 모든 산적들의 오랜 궁금증이기도 했다. 주위에 비켜서 있던 산적들도 귀를 쫑긋거렸다.

목곽이 마른 웃음을 툴툴 흘렸다. 도무지 어떤 감정의 웃음인지 알 수가 없는 웃음이었다.

"이거야 원, 소 잡는 칼을 송사리 잡는 데 휘두르지를 않나, 술은 왜 그렇게 처먹고 다니는지… 도무지 종잡을 수가 없는 자일세. 그러고 다니니 이 떨거지 놈들이 알아보지 못하고 짐작조차 할 수 없을밖에."

"……."

"그래서 어쨌든 너희들이 잡아온 기녀와 함께 산을 내려갔다는 거다 이거지?"

"예, 그렇습니다."

"전쟁은 끝났다. 혈건적은 패퇴하여 존재를 찾을 수 없고 마교 또한 마지막 남은 잔당에 대한 청소가 진행 중이다. 너희들이 산에 들어온 게 반드시 너희들만의 잘못은 아닐 터, 지금이라도 산채를 정리하고 평민으로 돌아가라. 내 말을 깊이 명심하여 뼛속 깊이 새기지 않는다면 후회하게 될 것이다.”

정삼이 기회를 놓치지 않고 털썩 무릎을 꿇으며 엎드렸다.

“목숨을 살려주신 은혜에 감읍할 따름입니다.”

“……”

목곽이 그를 보고 주위의 산적들을 한 번 둘러보더니 말없이 몸을 돌렸다.

그의 뒷모습이 시야에서 완전히 사라질 때까지 정삼은 엎드린 자세로 망연자실 지켜보고 있을 뿐이었다. 자신의 목을 어루만지며.

＊　　　＊　　　＊

하얀 얼굴.

그리하여 한눈에도 결코 고생 같은 건 눈곱만큼도 하지 않고 귀하게 자랐을 것을 단정하게 만드는, 비단 얼굴뿐민 이니라 섬섬옥수처럼 하얗고 긴 손을 가졌으며 일신에는 천잠사(天蠶絲)로 만든 귀하고 값비싼 화복(華服)을 둘러보는 이로 하여금 절로 경탄케 하고 복종하게 만드는 위엄을 가진 사내.

더구나 그를 추종하는 자들로 인해 세상의 인중룡(人中龍)임을 아무도 부인하지 못하게 지고무상하고 확고한 신분을 구축한 자.

사람들은 그를 오래전부터 잠룡신협(潛龍神俠)이란 별호로 불러오며 이제 갓 약관을 넘긴 그를 칭송하며 우러러보았다.

백도 최대의 거파 대화성의 소성주이자 마흔네 명으로 이루어진 추혼표풍대를 지휘하는 대주(隊主), 최근에는 황실호위무반(皇室護衛武班)으로 팔십만금군교두(八十萬金軍敎頭)의 자리를 확약받은, 그의 이름은 남궁천록이다.

이 세상에 무엇 하나 부러울 것 없는 제왕지예(帝王之裔).

강호오대세가(武林五大世家) 남궁세가(南宮世家)의 적자로 어마어마한 땅과 재산까지 가진 그는 미려하고 준수한 용모까지 겸비하였으니, 그런 그에게 한숨이란 결코 어울리지 않는 것이었다.

"후우!"

한숨을 길게 내쉬는 그의 얼굴에 수심이 드리워져 있었다.

추혼표풍대의 한 사람, 날수염도(剕手艷刀) 모용혜가 인내를 갖고 지켜보다가 마침내 입을 열었다.

"어찌 어두우십니까? 무엇이 문제입니까?"

남궁천록이 고개를 돌려 모용혜에게 시선을 던졌다.

강호오대세가의 또 다른 세가 모용세가(茅容世家)의 무남 독녀였다.

"놈의 족적을 찾았단 말이냐?"

모용혜가 기다렸다는 듯 붉은 입술을 나풀거렸다.

"놈은 계속 북행 중인데 듬성듬성 지체한 흔적이 있습니 다."

"지체한 흔적?"

"확인해 본 결과 놈이 지체한 곳에서는 어김없이 마교의 잔당들이 발견되었고, 미루어보건대 놈이 마교의 교주를 쫓고 있는 게 아닌가 합니다. 중원에서는 더 이상 설 땅을 잃은 마교의 잔당들이 북쪽으로 도망하는 건 우리의 힘이 미치지 않은 북극의 오지 사백력(斯白力:시베리아)으로 가 재창궐할 시간과 힘을 가지고자 함으로 여겨집니다."

"조직도 없이 혼자 마교 교주의 뒤를 쫓는단 말이냐?"

"현재까지는 그렇다고 여겨집니다. 수행하는 자의 족적은 어디에서도 찾지 못했습니다."

"현재는?"

"잠깐 놈의 행적을 놓쳤지만… 다시 찾은 것 같습니다. 천근벽해 목곽이 확인하러 갔으니 금방 소식을 알려올 겁니 다."

"어찌 혼자 보냈느냐? 천근벽해 목곽이 대단하다고 하나 놈의 적수가 될 수는 없는데……."

“직접 마주친다 해도 싸움은 피할 것입니다.”

“…….”

남궁천록이 고개를 끄덕이더니 몸을 돌렸다. 모용혜의 시선이 조용히 그의 등줄기에 머물렀다.

놈이라니…….

누굴 말하는 것일까. 천근벽해 목곽도 상대가 되지 않는 상대가 이 땅에 몇이나 있을까.

남궁천록이 허공에 던진 눈빛은 우울했다.

“놈은 미천한 백정의 자식이다. 개돼지나 잡던 칼로 일어나 흑도제일의 고수가 되었으니 높이 칭찬하여 존경할 만한 자이지. 하지만 분수를 모른다. 너무 날뛰었어.”

모용혜가 마른침을 삼키며 긴장한 표정이 역력한 얼굴로 물음을 던졌다.

“놈의 무엇이 대주의 분노를 샀습니까? 그리고 놈은 왜 도망치고 대주는 왜 놈을 쫓습니까?”

“놈을 보았더냐?”

“전장에서 수차례 보았습니다. 칼을 뽑고 적진을 향해 달리는 놈의 기세가 마치 태풍을 가르는 듯하였습니다. 그토록 용맹하고 사나운 자는 일찍이 본 적이 없습니다.”

남궁천록이 고개를 돌려 모용혜의 시선을 마주했다. 그의 고요하고 평화로운 눈빛이 거대한 대해를 담은 것 같았다.

“그리 보았더냐?”

"예."

모용혜의 답에 남궁천록이 고개를 가볍게 저었다.

"용맹해 보이는 것은 무지하고 천박함 때문이겠지. 겁없이 날뛰는 것이 가끔은 용맹해 보이기도 하겠거니와… 사나움은 놈의 본질. 길들여지지 않은 맹수와 다름없음이니 배움과 겸양이 모자란 탓이다. 저잣거리의 왈패들이나 하는 수작에 불과하지."

"……."

모용혜는 고개를 떨구었다. 감히 사모하는 이의 시선을 정면으로 받는다는 게 부끄러운 탓이었다.

남궁천록의 시선이 다시 허공에 던져졌다.

"놈의 무용을 애써서 높이 사준들… 그것이 전장 앞에서 적의 기선을 제압하는 것외에 무엇을 할 수 있겠느냐. 재주를 부리는 곰에게 줄 것은 그를 배부르게 하는 달콤한 꿀이면 족할 뿐이다. 공은 곰을 부리는 자의 것. 그러니 내가 놈을 무지하고 천박하다 할밖에."

"사실이죠. 흑도에서는 이번에 공을 높이 세워 크게 군수를 얻어낼 요량이었으나 조정에서 백도를 중용하고 흑도에게는 콩고물만 던져 주었으니 이를 재주는 곰이 부리고 그 주인이 챙기는 꼴이겠지요."

"백도와 흑도란 결국 이미 제도권에서 터를 잡은 집단과 아닌 집단이란 의미지. 조정의 대신들과 황실, 남북십육성(南

北十六省)의 요직에 두루 백도의 인사들이 걸쳐 있는 한 처음부터 흑도의 설 자리는 없었는데 무지하고 천박한 자들이 달콤한 유혹에 빠져 큰일을 해내었지. 아무리 발버둥쳐도 공염불인 줄은 모르고 말이야.”

“까르르!”

모용혜가 웃음을 참지 못하겠다는 듯 배를 잡고 허리가 넘어가도록 간드러지게 웃어댔다.

남궁천록의 얇은 입술에도 가느다란 웃음이 번졌다.

“그래서 그런지 황실에서는 흑도가 이번 포상에 대해 크게 반발하고 나올 것을 우려하는 모양이더군.”

“그래서 뭐라고 했게요.”

“뭐라고 하긴, 흑도의 무리가 공을 너무 탐하여 마교와의 싸움에 전력을 너무 탕진한 탓에 그 힘이 더 위축되어 백도와의 힘의 균형이 무너졌으니 걱정할 거리가 하나도 없다고 일축하였지. 더불어…….”

“더불어?”

모용혜의 눈빛이 반짝거렸다. 뭔가 짐작이 가는 게 있는 표정이었다.

남궁천록이 웃으며 말을 이었다.

“차제에 놈들을 일망소탕해 버리면 억조창생의 후환과 근심까지 뿌리 뽑게 될 터이니 일석이조(一石二鳥)라 말하였다.”

"대주님의 뜻이 그러하다면 놈은 반드시 제거해야 합니다. 놈이야말로 흑도의 중심이고 흑도의 근간이니까요."

"제거해야겠지."

남궁천록의 눈에 보일 듯 말 듯 살기가 스쳐 갔다. 그의 주먹이 굳게 쥐어진 채 가늘게 떨고 있었다.

"감히 내 밥에 재를 뿌려도 유분수지, 개돼지나 잡던 놈이나 남궁천록과 나란히 이름을 견준단 말이지. 백정 놈 주제에."

모용혜가 다가와 뒤에서 그를 살포시 안았다.

"놈을 대주와 비교하는 건 아무 생각 없는 시정잡배들이 그냥 떠드는 것에 불과합니다. 그런 놈은 마음에 두지도 마세요."

남궁천록이 다소 혼란스러운 표정으로 고개를 뒤로 돌려 자신의 등짝에 얼굴을 묻은 모용혜를 쳐다보았다.

"네가 내 마음을 얻고자 하느냐?"

모용혜가 그의 등짝에 뜨거운 입김을 쏟으며 말했다.

"소녀가 얻겠다고 얻어지는 마음이겠습니까? 가끔씩… 그저 찾아주신다면… 홀로 사모하는 아픔이 덜어질 것입니다."

남궁천록이 몸을 완전히 돌려 그녀의 가슴을 가슴에 안았다.

그의 손끝이 모용혜의 턱을 살짝 들어 올리더니 그녀의 입술에 입맞춤했다.

강호세가 중 하나인 모용세가의 무남독녀를 품에 안을 수 있는 자라면 그 자체로 대단한 홍복일 것이다.

힘은 모이면 모일수록 커지기 마련. 무림을 지배하는 미래의 대화성주(大華城主)가 되기 위한 남궁천록의 야심은 모용혜의 품속에서도 커지고 있었다.

＊　　　＊　　　＊

맑은 계류가 흐르는 계곡이었다.

북방이라 남쪽과는 달리 벌써 겨울이 시작되어 계곡 물은 얼음장처럼 시릴 수밖에 없었다.

정삼은 계곡을 따라 내려오며 계속 들리는 계집들의 간드러진 교소에 의혹을 금치 못했다. 웃음소리에 섞여 물장구치는 소리가 함께 들려오니 이는 계집들이 멱을 감거나 자맥질을 하고 있다는 추측이 가능한 때문이었다.

한겨울 복판에 뼈가 시리도록 차가운 계곡 물에서 멱을 하는 계집들이라니…….

"계집들이 분명합니다. 이럴 땐 대체 어찌하면 좋습니까?"

수하 하나가 이미 음심이 동한 눈빛으로 정삼에게 달라붙어 물었다.

정삼이 난감한 표정을 지었다.

　손을 씻고 대처로 나가는 마당에 이게 무슨 마귀의 농간이란 말인가.

　그랬다.

　정삼의 무리는 산채를 비우고 내려가는 중이었다.

　비력도 모종후가 세력을 과시하기 위해 오랫동안 혈건적으로 위장하여 산채를 꾸려왔기 때문에 혈건적이 토벌된 지금에서는 그들이 토벌대의 표적이 되기 십상이었다. 지금 손을 씻고 내려가지 않는다면 어떤 화를 당할지 알 수 없었다. 산을 내려가면 쟁기를 지고 초야에 묻혀 살 작정을 하였건만 필경 벌거벗고 설치고 있을 계곡의 계집들을 생각하면 미혹을 떨쳐 낼 수가 없었다.

　정삼이 결정을 내리며 징그럽게 웃었다.

　"흐흐흐… 정리하고 산을 내려가는 우리에게 산신령이 선물을 내린 게지."

　계집 하나는 아직노 물속에서 니오지 않고 두 팔과 두 다리를 흔들며 매끈한 은어(銀魚)처럼 파닥대고 있었다.

　그리고 계집 둘은 막 옷을 걸치고 모닥불을 지핀 자리에 앉았다.

　몸 전체를 검은 옷으로 치장한 계집의 얼굴은 막 냉수에서 나온 때문인지 얼음장이라도 두른 듯 차가워 보였다.

　약간 입술이 퍼랬으나 추위를 타는 것 같지는 않았다.

계집이 언제 잡아놓았는지 나뭇가지에 걸어놓은 뱀을 꼬치로 꿰어 모닥불 위에 얹었다.

"드셔보세요. 의외로 먹을 만합니다."

"산속에 토끼도 없단 말이냐? 아무리 먹을 것이 없기로서니 뱀을 먹으라니……."

상전으로 보이는, 밝은 노란 옷을 입은 달덩이 같은 얼굴의 계집이 볼멘소리를 냈다.

검은 옷의 계집이 무심하게 말을 받았다.

"북방은 먹을 것이 부족한 곳입니다. 산에 사는 짐승들이라고 온전하겠어요. 사냥할 것이 많다면 굶어 죽는 사람들이 그리 많지는 않겠죠."

어느새 물속에서 나온 벌거벗은 계집이 끼어들며 떠들었다.

콩콩.

"좀 징그럽기는 해도 냄새는 죽이네. 뱀 고기는 처음 먹어보는데 어떤 맛인지 궁금하기도 하네요."

검은 옷의 계집이 뱀을 꿴 작대기를 계집의 얼굴 앞에 들이밀었다.

"남자 맛이 다 다르든 고기 맛도 다 다르기 마련이지. 먹어보기 전에는 알 수 없는 거거든."

벌거벗은 계집이 드러낸 가슴을 출렁대며 간드러지게 웃었다.

"까르륵! 뱀 고기 먹는데 남자 얘기가 왜 나와? 이 엉큼한 년은 늘 그 생각뿐이라니까."

검은 옷의 계집이 벌거벗은 계집에게 눈을 흘겼다.

"엉큼란 걸로 따지면 구유음요(九幽淫夭) 요요를 누가 따를까?"

벌거벗은 계집, 요요가 발끈하여 소리쳤다.

"왜 화살이 나한테 돌아와? 내가 뭘 어쨌다고?!"

노란 옷 상전 계집이 화사하게 웃으며 농지거리를 더했다.

"말이야 바른 말이지 뭘 그러냐. 네가 밝히는 건 천하가 다 아는 일이고, 오죽하면 밥은 굶어도 남자는 굶지 못한다 하더냐."

요요가 벌떡 몸을 일으켰다.

"그만 해요! 그렇지 않아도 사흘이나 굶주렸더니 사타구니가 화끈거려서 죽겠는데!"

그녀가 다시 물속으로 첨벙 들어갔다.

"뜨거운 몸 다 식혀놨더니… 금방 또 펄펄 끓게 만들어놓네."

검은 옷의 계집이 노란 옷의 상전을 보면서 가늘게 웃었다. 웃음이라 할 것도 없는 것이었다.

"보세요. 재가 저렇다니까요."

이때 노란 옷을 입은 상전의 고운 아미가 순간적으로 찌푸려졌다.

검은 옷의 계집도 원래 표정이 차갑기는 했지만 한결 더 차가워졌다.

"웬 떨거지들일까요?"

"요요에게 옷이나 걸치게 해라. 민망한 꼴을 보여주긴 싫다."

그러나 그녀들이 먼저 무어라 하기도 전에 물속에 있던 요요가 숲을 향해 소리쳤다. 하반신은 물속에 담갔지만 상반신은 젖가슴을 그대로 적나라하게 드러낸 상태였다.

"눈요기만 하고 있을 셈이냐? 남자답게 굴어야지. 그래야 이쪽에서도 흥이 동하지 않을까?"

말이 끝나기가 무섭게 숲 속으로부터 정삼과 그의 무리가 병장기를 꼬나 쥔 채 걸어나왔다.

"계집 셋이서만 돌아다닐 때야 꽤나 배짱이 두둑하리라고 생각했지만 생각보다 더 배짱이 두둑한 것 같군."

"흐흐흐흐흐."

정삼은 상대가 계집들이라 그런지 여유만만했다. 계집일 뿐더러 아직 어리고, 더구나 하나같이 절색의 미모를 가졌으니 낭탕해진 가슴이 눈을 가려 분별력이 떨어질밖에.

"아직 어려 보이는데 몇 살이나 먹었을꼬?"

요요가 허리와 둔부를 비틀며 낭창거렸다.

"그런 넌 몇 살이나 처먹었을꼬? 난 너무 늙은 놈은 싫은데……."

이를 보며 듣고 있던 검은 옷의 계집이 몸을 일으키더니 나무에 묶어놓은 말을 향해 걸어갔다.

"정말 더는 못 들어주겠군."

노란 옷의 상전은 태연한 자세로 앉아 그녀에게 말을 건넸다.

"따지고 보면 불쌍한 자들이다."

검은 옷의 계집이 주춤했으나 이내 말 옆구리에 매달린 검집에서 서슬이 시퍼런 검을 뽑았다.

"불쌍할 것도 없죠. 좋은 뜻을 품고 온 놈들이 아니니 당해도 싸요."

"……."

노란 옷의 상전이 고개를 돌려 그녀를 외면했다. 쓸데없이 나서기도 싫고 참견하기도 싫다는 표정이 역력했다.

한편 요요는 벗은 몸 그대로 물속에서 나와 산적들의 두령 성삼에게로 걸어가고 있었다.

"어때? 감당할 수 있겠어? 그 정도는 될까?"

정삼이 그녀의 돌발적인 행동에 눈살을 찡그렸다.

이런 유의 계집은 본 적도 들은 적도 없다. 즐기러 온 것은 그들인데 오히려 눈앞의 계집이 그들을 농락하며 슬기는 것이 아닌가.

이쯤 되면 경계심이 생기기 마련이지만 그는 요요의 환상적인 나신에 솟구치는 욕정을 참을 수가 없었다.

그의 신형이 땅을 박차고 요요를 덮쳐들었다.

"계집 하나 감당하지 못해서 어찌 사내라 하겠느냐?"

달려든 정삼을 요요가 두 팔로 끌어안고는 뒤로 넘어갔다.

풍덩!

둘이 물에 빠지는 그 순간 검은 그림자 하나가 번개처럼 장내에 뛰어들었다.

"으악!"

"컥!"

"크윽!"

번쩍이는 광망 속에 서너 명의 입에서 단말마의 비명이 터져 나왔다.

무참하게 목이 잘린 시신들이 썩은 고목나무처럼 둔탁하게 무너졌다.

산적들이 정신을 차리고 앞을 보니 검은 옷을 전신에 두른 차가운 표정의 계집이 서 있었다.

거리가 제법 있는 데다 나무 그늘에 가려 잘 보이지 않던 얼굴인데 가까이서 본 그녀의 미색이 벌거벗은 계집의 미색에 뒤지지 않음에 산적들은 먼저 놀랐다.

그리고 그녀가 손에 들고 있는 검에 단 한 방울의 피도 묻지 않았다는 것에 또한 놀랐다.

그러나 가장 크게 놀란 것은 그녀의 목을 베어 죽이는 잔혹한 수법. 석 달여 전에 경험했던 터라 그들은 모골이 송연해져 온몸이 굳어지고 말았다.

그중 한 명이 용기 내어 조심스럽게 입을 열었다.

"소, 소저는 뉘시오?"

번쩍!

그의 눈앞에서 한줄기 광망이 허공을 베었다.

목에서 떨어져 나온 수급이 허공에서 허망하게 비명을 지르고 있었다.

"으악!"

검은 옷의 계집이 발밑에 떨어지는 수급을 피해 뒤로 한 걸음 물러났다.

"네놈 같은 것들이 내 신분을 알면 그다음 할 짓거리는 너무 뻔하지. 엎드려 빌면서 목숨을 구걸하는 거겠지."

그녀의 시선이 얼음처럼 굳어져 있는 산적들을 향했다.

"또 나에 대해 알고 싶은 자가 있나?"

"……."

"……."

장내는 조용했다. 물속에서 뒹굴며 요요와 정삼이 떠드는 소리가 그래서 더욱 크게 들렸다.

"이… 이것 좀 놔. 숨 막혀."

"가긴 어딜 간다고 그래. 내 몸에 손댄 이상 끝장을 봐야지. 끝장을 보기 전에는 아무 데도 못 가."

검은 옷의 계집이 다시 산적들을 향해 말했다.

"셋을 헤아리겠다. 꺼져라."

"……."

"……."

"하나."

더 이상 헤아릴 필요도 없었다.

이미 하나를 세었을 때 산적들이 콩 튀듯이 숲을 향해 튀어 들고 있었다.

검은 옷의 계집이 고개를 돌려 요요를 노려보았다. 요요가 막 정삼의 옷을 벗기고 있었고, 정삼은 빠져나오려고 발버둥 치고 있었지만 이미 그녀에게 제압당해 밑에 깔린 채 상황을 뒤집지는 못했다.

보다 못한 검은 옷의 계집이 직접 물속으로 첨벙첨벙 소리를 내며 들어갔다.

"아주 징그러워 죽겠어! 장난이라도 그만두란 말이야!"

모닥불 가에서 미동도 하지 않고 앉아 있던 노란 옷의 상전이 지그시 몸을 일으켰다.

"요요, 천하에 흑나찰(黑羅刹) 소소를 놀려먹는 사람은 너 하나밖에 없을 거다."

순간 요요 밑에 깔려 있던 정삼이 소스라치게 놀라며 부르짖었다.

"흐… 흑나찰 소소님이라고요?!"

그는 안색이 창백해져서 자신을 깔고 앉은 요요를 올려보며 온몸을 부들부들 떨기 시작했다.

"그, 그렇다면 요, 요요님이라 불리운 소, 소저께서는 서, 설마… 흑나찰 소소님과 함께 구천흑살대(九天黑煞隊)에 속한 구, 구유음요… 요, 요요님……."

요요가 정삼의 멱살을 잡고 몸을 일으켰다. 정삼의 의지와 상관없이 그의 몸도 일으켜졌다.

"죽어버렸네."

뭐가 죽었다는 것일까. 정삼의 얼굴이 붉어졌다.

요요는 정삼을 물 밖으로 끌고 나오더니 모닥불 가 노란 옷의 상전 앞에 팽개쳤다.

"억!"

정삼이 둔탁한 소리를 내며 쓰러지더니 화다닥 몸을 일으켜 무릎을 꿇고 앉았다.

지옥이 따로 없었다. 그는 감히 숨도 제대로 쉬지 못하고, 노란 옷의 상전 얼굴을 쳐다보지도 못했다. 등 뒤에 서 있을 두 여자의 존재만으로도 두려움은 충분했다.

구천흑살대.

마교와의 싸움에 흑도를 대표하는 이름으로 이는 곧 염라 사자와 같았다.

백도에 추혼표풍대가 있다면 흑도에는 구천흑살대가 있었다.

구천흑살대의 인원은 열여섯.

그러나 그 구천흑살대의 열여섯 하나하나는 다시 열여섯의 소대를 거느렸다.

구천흑살대가 나타나는 곳에는 피바람이 불었다. 혈건적이든 마교의 주구이든 구천흑살대는 곧 사신(死神)이었다.

구유음요 요요.

흑나찰 소소.

구천흑살대 열여섯에 포함되는 이름이지만 이들의 명성은 구천흑살대 결성 이전부터 강호에 널리 알려져 있었다.

그것은 구천흑살대의 열여섯 명이 흑도의 맹주 십팔마궁을 만든 열여섯 개 흑도 방파의 후예들도 이루어진 것에서 비롯된다.

구유음요 요요는 사천성(四川省) 오지에 있다는 전설적인 여인교(女人敎) 구유음화곡(九幽蔭花谷)의 소곡주, 그리고 흑나찰 소소는 강호제일의 살수 집단인 사망탑(死亡塔)의 전인으로 일찍부터 강호에 명성이 알려져 있었다.

사실 개개인으로 볼 때도 그 명성이 쟁쟁하지만 구천흑살대의 공포스런 명성이 더해져 작금에서 이 두 여자를 만난다는 것은 사망첩(死亡帖)을 받는 것보다 더 두려운 일이 아닐 수 없었다.

정삼은 이 같은 생각들을 하며 슬며시 눈을 치켜떠 노란 옷의 상전을 쳐다보았다.

그저 앉아 있을 뿐이건만 바람에 옷자락이 하늘거려 마치 선녀와도 같은 아름다운 미색으로만 따진다면 장내의 세 여자 중 단연 으뜸이었다.

누굴까 구천흑살대에 여자는 둘뿐이었다. 구천흑살대에 속하지 않고 그들과 어울릴 수 있는 신분이라면 강호에 없는 이름은 아닐 것이다.

정삼이 이처럼 머리를 굴리고 있을 때, 요요가 그의 뒤에 다가와 냅다 그의 등짝을 발로 내리눌렀다.

퍽!

"우욱!"

정삼의 얼굴이 땅바닥에 처박혔다. 엉덩이는 하늘로 향하고 머리는 땅에 박힌 우스꽝스런 모습이 된 것이었다.

"우리가 네놈들을 찾아갈 참이었는데 이렇게 직접 찾아왔으니 잘됐다. 지금부터 우리가 묻는 말에 한마디도 거짓없이 대답하여야 할 것이다. 알겠느냐?"

"예… 예……."

정삼은 입으로 튀어든 흙모래를 뱉으며 울음 섞인 목소리로 대답했다.

요요가 노란 옷의 상전을 향해 시선을 던졌다.

노란 옷의 상전이 정삼의 물에 빠진 생쥐 꼴을 한 모습을 보면서 입을 열었다.

"석 달여 전에 너희 두령의 목을 벤 자가 있었다고 들었다. 그 얘기를 자세하게 해보아라. 너희들이 천근벽해 목곽을 만나 했던 얘기를 그대로 읊으면 될 것이다."

정삼은 기염을 했다. 천근벽해 목곽이 산채에 들른 일까지 알고 있는 것에 대해.

그는 삼 개월 전에 나타났던 술 취한 무사에 대한 얘기와 천근벽해 목곽이 나타난 일에 대한 것까지 모두 자신이 알고 있는 전부를 소상하게 사실 그대로 옮겼다. 그것이 지금으로선 그가 목숨을 건질 수 있는 유일한 방도라 생각한 때문이었다.

"그리하여 소인들은 지금 손을 씻고 산을 내려가는 중이었습니다. 정말 새사람이 되고자 합니다. 그러니 제발 목숨만… 목숨만 살려주십시오."

그는 손금이 사라지도록 손바닥을 비비며 애걸했다.

노란 옷의 상전 얼굴에선 표정이라 할 만한 아무것도 보이지 않았다.

그녀는 그저 시선을 허공에 던져 가볍게 탄식할 뿐이었다.

"어쩌자고… 어쩌자고 일을 이 지경으로 만들었어요. 우리 모두는 어쩌라고."

요요가 정삼의 머리채를 잡더니 뒤로 질질 끌었다.

정삼의 입에서 비명 같은 울음이 흘러나왔다.

"왜… 왜 이러십니까? 소… 소인은 시키신 대로 모든 것을 정확하고 소상하게 아뢰었는데……."

요요가 그를 내팽개친 바람에 그는 바닥에 나뒹굴었다. 그가 엎드린 자세로 고개를 들었을 때 그때에도 여전히 요요는 벌거벗은 나신 그대로였다.

시선이 마주치자 요요가 입꼬리를 가늘게 말아 웃었다.

"네놈을 살려주면 그 가벼운 주둥아리로 내 벗은 몸에 대해 떠들고 다니겠지. 그래서 난 널 살려줄 수 없다."

정삼이 다급한 김에 요요의 발목을 잡고 매달렸다.

"그, 그렇지 않습니다. 소인이 오늘 본 것은 머릿속에서 아무것도 남기지 않고 싹 지우겠습니다. 결코 허언을 지껄이는 것이 아니니 모쪼록 목숨만 부지하게 해주십시오."

"손을 씻고 산을 내려간다는 놈이 그 결심을 하루도 못 참아 스스로 명을 재촉했구나. 그게 네놈이 이 땅에 살아 있어서는 안 될 두 번째 사연이다."

"제… 제발……."

정삼의 애원에도 불구하고 요요가 고개들 돌려 흑나찰 소소를 쳐다보았다.

소소가 나무에 묶여 있는 말에게 걸어가 말의 옆구리에 걸려 있던 도끼를 집더니 요요에게 던졌다.

요요가 날아온 도끼를 손에 잡더니 그대로 정삼의 정수리를 내려쳤다.

퍽!

“으아아악!”

처절한 단말마의 비명이 계곡에 메아리쳤다.

第二章

그를 두려워하지 않는 사람은 없다

黑道戰士

"소녀는 서방님에 대해 너무 아는 게 없어요. 함자조차도 모르고… 서방님이 어디서 왔는지, 어디로 가던 중인지… 은혜를 갚고자 서방님을 모셨는데 또다시 큰 짐을 지어드리고 말았어요. 철흑사와 충돌한 이상 그들이 가만있지는 않을 거예요. 지금이라도 짐을 꾸려서 화를 피하시는 게……."

"어디를 가도 이만한 충돌은 있다. 또 내가 가면 네 살 길이 보장되지 않는다. 그건 좋든 싫든 살을 맞댄 계집에게 모른 척할 일이 아니라 여긴다."

"어떤 일이든 하나밖에 없는 목숨을 지키는 일보다 우선할 일은 없어요. 소녀 같은 게 뭐라고……."

　"목숨보다 소중한 일이 왜 없어. 배부른 돼지로 사는 것보다 장렬한 죽음을 택한 많은 사람들을 네 어처구니없는 짧은 개념으로 매도하겠다는 거냐? 나라를 위해 순국한 사람, 우정과 사랑을 위해 목숨을 초개처럼 내던진 사람이 이 땅에는 얼마든지 있다."

　"소녀는 서방님의 아무것도 아니잖아요. 그저 어쩌다 만난 노류장화에 불과한 소녀를 위해 목숨까지 건다는 건……."

　"남자는 때로 아무런 명분, 미명도 없이 부나비처럼 목숨을 걸 때가 있다. 손익은 머리가 좋은 놈들이나 따지는 거지 나 같은 무식한 무지렁이는 가슴으로만 판단한다. 내가 하고 싶으면 하는 거고 하기 싫으면 하지 않는 거다."

　아랫도리를 더듬고 있던 취향의 손이 슬금슬금 위로 올라오더니 그의 입술을 더듬었다.

　"어머님이 그랬어요. 남자에겐 남자로 사는 게 가장 어려울 것이다. 서방님을 보면 어머님의 말씀이 조금은 이해가 되기도 해요."

　"……."

　"걱정거리가 있죠? 역시 철흑사 문제가 서방님의 걱정이 된 건가요?"

　"걱정거리는 따로 있다. 그리고 나의 걱정거리는 너와 나눌 만한 것이 못 된다."

　"서방님의 얘기를 해줘요. 아무 거나요."

"…한때는 제법 큰 성시에서 알아주는 왈짜였지. 사람을 죽인 죄로 옥에 갇혔고, 참수형(斬首刑)에 처해질 뻔하기도 했다. 열여섯 되던 해였지. 나의 재주를 높이 산 어느 분의 눈에 들어 참수형을 면하고 석방될 수 있었고… 그때 그분을 모서 사문과 사부를 두었다. 사문 내에서도 걸출한 솜씨를 인정받아 승승장구하여 많은 사람들의 부러움을 샀지. 하지만 언제부터인가 알게 되었다. 내가 누리고 있는 것들이 내 자유를 속박당해 얻어진 결과물이라는 걸."

"그래서 그 속박으로부터 도망쳤나요?"

사내는 몸을 돌려 취향의 어깨를 끌어안았다.

"자자, 내일 일찍 할 일이 있다."

"……"

취향이 눈을 떴을 때 잠자리에는 그녀 혼자뿐이었다.

처음 있는 일에 그녀는 당황하여 사내를 찾았지만 취향루 안에 그가 있지 않은 것은 확실했다.

그는 어디로 간 것일까.

사내가 어젯밤에 한 말을 떠올렸지만 무슨 할 일이 있는 건지 도무지 짐작이 가지 않았다.

*　　　*　　　*

도전(賭殿).

도전이라 쓰인 깃발이 새벽바람에 찢어질 듯 날렸다.

신축한지 얼마 되지 않아 보이는 크지도 작지고 않은 규모의 장원으로 장평에서는 유일무이한 도박장이었다. 중원과 북방 간의 밀무역을 담당하는 상인들을 대상으로 돈벌이할 요량이었지만 외지의 상인들보다는 내지의 상인들이 재산을 탕진하는 일이 더 빈번했다.

도박장 앞에는 험상궂게 생긴 두 명의 장한이 육중한 철퇴를 들고 우뚝 서 있었다.

날을 꼬박 새운 도박사들이 아직도 판을 벌이고 있는 것일까?

경계를 서기에는 너무 이른 새벽이었다.

장한들은 잠이 부족한지 늘어지게 하품을 했다.

"도대체 놈들이 오는 거야, 안 오는 거야. 쥐새끼 한 마리 코빼기도 안 보이는구먼."

"말갈(靺鞨) 놈들이 제 분수를 아는 거지. 말 한 마리 뺏겼다고 아까운 제 목숨들을 걸겠어."

그때였다.

핑! 피욱!

허공을 가르는 두 줄기 파공성이 울리더니 두 명의 장한의 몸에 화살이 날아와 박혔다. 하나는 왼쪽에 선 자의 이마 한복판에, 하나는 오른쪽에 선 자의 심장에.

"어욱!"

"욱!"

그들이 절명하며 자리에 쓰러지자 반월처럼 휜 칼을 든 자 십여 명이 어디선가 나타나 순식간에 문 앞으로 질주해 들었다.

꽈앙!

그들이 대문을 부수며 안으로 뛰어들었고, 안에서 잇단 외침과 칼부림 소리가 울렸다.

카앙! 캉!

"웬 놈들이냐?"

"말갈족이다! 말갈족이 쳐들어왔다!"

말갈족.

숙신(肅愼), 읍루(挹婁), 식신(息愼), 직신(稷愼) 등으로 불리기도 한 동북 지방의 수렵족으로 돌궐족과는 영역 경계가 겹쳐 앙숙 관계로 어느 한쪽이 흥하면 한쪽은 상대적으로 쇠했다.

선발대가 도박장 안으로 치고 들어간 사이 백여 기의 인마가 요란한 말발굽 소리와 함께 들이닥쳤지만 도박장을 밖에서 에워싼 채 전열만 갖추었다.

일각이나 됐을까.

대문 안으로 뛰어들었던 말갈족 중 서너 명이 소리를 지르며 밖으로 뛰쳐나왔다.

안으로부터 수십 명의 병장기를 꼬나 쥔 돌궐족 무사들이 말갈족 무사들의 시신을 밖으로 내팽개치며 나타났다. 그러나 그들도 도박장을 포위하고 있는 말갈족 무사가 백여 명에 이르는 걸 보더니 긴장한 표정을 감추지 못했다.

말갈족 무리에서 백발이 성성한 노인이 말을 앞으로 몰아 앞에 나섰다.

"너희 돌궐의 왕께서도 이 사실을 아느냐? 너희가 말 도둑놈인 것을!"

돌궐족에서는 무리의 사이를 헤치고 천정창이 앞으로 나섰다.

"돌궐족과 이번 일은 아무 상관이 없다. 우리 철흑사가 벌인 일임을 굳이 부인하지는 않겠다. 또한 이번 일은 나 천정창이 지휘했으니 모든 책임은 내가 질 것이다."

이때 그의 뒤로부터 우렁찬 외침이 뒤따랐다.

"그에게 책임을 묻는 게 마땅치 않다 생각하면 내게 책임을 물어라."

천정창과 돌궐족들이 일제히 뒤로 몸을 돌리더니 뒤로 물러서 길을 트면서 허리를 굽혔다. 터진 사이를 통해 단구(短軀)의 사내가 걸어오고 있었다.

키는 불과 오 척. 어깨도 좁고 짐승 가죽을 걸친 옷 사이로 드러난 팔은 가늘다. 왜소하여 어찌 보면 난장이에 불과한 사

내였지만 그를 대하는 돌궐족들의 모습에선 두려움이 엿보였
다.

　말갈족 노인이 사내를 보며 입을 열었다.

　"철흑사의 주인 혈음도(血陰刀) 마잠풍이 당신이로군."

　단구의 사내 마잠풍이 고개를 끄덕였다.

　"내가 마잠풍이지. 늙은이는 누구냐?"

　노인이 불쾌한지 눈살을 찌푸렸다.

　"난 말갈족의 제사(祭司) 타륵이다."

　제사라는 말에 마잠풍이 움찔했다.

　제사라면 부족 내에서 왕족을 제외하면 최고의 권위를 지
닌 권력자였다. 이번 일에 임하는 말갈족의 강경한 분위기를
읽을 수 있었다.

　마잠풍은 그러나 밀리지 않겠다는 듯 오히려 언성을 높였
다.

　"우리가 말을 구매코자 했으나 가격을 얼마를 치르든 팔
지 않겠다고 생떼를 쓴 것은 너희들이다. 나의 사문인 대막
신궁(大漠神宮)의 소궁수께서 사흘 안이면 이곳에 오실 텐
데… 내게는 그분에게 드릴 선물이 꼭 필요한 차였다. 지금
이라도 흥정을 해 정당한 기격에 팔겠나면 협상을 할 것이
다. 그러나 말을 돌려주는 일은 결단코 없을 것이니 선택은
제사장인 늙은이가 해라."

　대막신궁은 북방을 주름잡는 거대 문파로 차라리 거대한

왕국과 같았다. 북방에서는 그들이 마음먹는 여하에 따라 웬만한 부족 하나가 몰살당하는 건 아무 일도 아니었다.

대막신궁의 이름이 들먹여지자 제사 타륵의 얼굴빛이 긴장되었다.

이때 타륵의 뒤로부터 맑고 청아한 계집의 외침이 터져 나왔다.

"대막신궁의 소궁주가 훔친 선물에 흡족해한다면 너 같은 도둑놈과 뭐가 다르랴! 난 오늘 기어코 내 말을 찾아야겠다!"

이제 십오륙 세나 되었을까? 검은 머리에 검은 눈동자, 피부까지 햇빛에 타 검게 그을린 아리따운 댕기머리의 소녀가 외침과 함께 말을 몰아 앞으로 나와 제사 타륵의 옆에 나란히 섰다.

마잠풍이 어이가 없는지 실소를 흘렸다.

"허허허, 어린 낭자는 누구인고?"

"말 주인이라고 하지 않았느냐!"

"그럼 협상은 너와 해야 되겠구나. 침대에서 할까? 내가 많이 예뻐해 주고 가격도 후하게 쳐주마."

"처음부터 말 가격을 낼 의향이 없는 놈인 거 알고 있다. 철흑사가 장평의 소문난 도둑놈이라는 건 천하가 다 아는 일이다."

"어린 계집이 입이 거칠구나. 그렇다면 네가 하고 싶은 대로 하면 될 것이다. 난 말을 내주지 않을 테고 넌 빼앗으려 할 테니 그대로 하면 되겠지."

마잠풍의 말이 끝나기가 무섭게 소녀의 신형이 마상에서 솟구쳤다.

허공에 날아오른 그녀의 손에는 언제 빼어 들었는지 날이 시퍼런 칼이 들려 있었다.

"내 이름은 레이다! 말갈족의 공주 레이가 나다!"

제사 타륵이 눈을 질끈 감았다. 그러나 감았다 싶은 순간 다시 떠진 그의 눈에서 번갯불 같은 광망이 스치고 어느새 그의 손이 허공을 젓고 있었다.

"쳐라! 공격해라!"

명에 따라 말갈족들이 말을 몰아 앞으로 달려갔다.

우두두두두두!

레이가 허공에서 젖 먹던 힘을 다해 내려친 칼을 마잠풍이 자신의 칼로 가볍게 막았다.

카앙!

그사이 뒤쪽에 서 있던 천정창이 앞으로 신형을 차고 나오며 소리쳤다.

"쳐라!"

그의 뒤를 돌궐족의 무사들이 칠되와 칼 등을 휘두르며 따랐다.

천정창의 무예는 놀라웠다.

그가 검을 휘둘러대자 말과 사람이 같이 베어지고, 순식간에 선두에 진입한 말갈족 일곱이 비명을 지르며 횡사했다.

"으악!"

"커억!"

"크아악!"

소녀 레이는 계속 마잠풍에게 공격을 퍼부어댔으나 마잠풍이 그녀를 데리고 노는 표정이 역력했다. 그는 레이의 공격을 피하며 왼손으로 레이의 엉덩이를 치거나 가슴을 만지는 등 노골적으로 그녀를 농락했다.

"엉덩이가 말만 한 게 초경은 치른 모양이로구나. 초경을 치렀으면 첫 경험을 할 때가 되었지. 설마 나보다 먼저 거쳐 간 남자가 있는 거냐?"

"이런 개자식!"

레이는 흥분하여 얼굴이 잔뜩 붉어진 채 전력을 다해 칼을 휘둘렀다.

그러나 번번이 그녀의 칼은 애꿎은 허공만 베었고, 급기야 칼을 쥔 손목까지 마잠풍의 손에 잡히고 말았다.

마잠풍은 아예 칼까지 다시 칼집에 꽂아 넣고는 한 손으론 그녀의 칼을 쥔 손목을 제압하고 다른 한 손으로는 그녀의 허리를 바짝 끌어당겼다.

"네가 말갈족의 공주라고? 얼굴도 예쁘고… 선물로 바치기엔 아주 그만이군. 그래, 말보다 네가 낫겠어."

"퉤!"

레이가 그런 마잠풍의 얼굴에 침을 뱉었다. 자연 마잠풍의 얼굴이 잔뜩 일그러졌다.

이때 천정창은 뜻밖의 광경을 보고 있었다.

그가 보고 있는 건 취향루에서 본 그 술 취한 사내였다.

안 그래도 아침 해가 뜨기 무섭게 마잠풍을 대동하고 찾아갈 판이었다. 그런데 그들이 찾아가기 전에 사내가 먼저 그들을 찾아온 것이었다.

사내는 싸움터의 한복판을 걸어오고 있었다. 말갈족이나 돌궐족이나 처음 보는 사내를 적으로밖에 간주할 수 없는 상황이었다. 하지만 사내는 단 한 번의 충돌도 없이 유유자적하게 칼부림의 중앙을 걸었다. 방향은 마잠풍 쪽이었다.

어떻게 그럴 수 있을까? 말갈족과 돌궐족에게 그의 모습이 보이지 않기라도 한단 말인가?

천정창은 유심히 사내를 살피기 시작했다.

전혀 흔들림 없는 걸음. 시선은 어디에도 고정된 곳 없어 무엇을 쳐다보는지 알 수가 없었다.

돌궐족과 말갈족은 싸움에 여념이 없는지 그가 걸어가는 것을 방해하지 못했다. 가만히 보면 사내는 간헐적으로 걸음을 조절하긴 했다. 어느 때는 느리게, 어느 때는 다소 빠르게.

'잎에서 싸우는 자들의 움직임을 미리 예측하고 있다. 그래서 걸음을 조절함으로써 그의 앞이 훼방받고 있지 않다. 어떻게 저럴 수가……'

천정창은 경악한 표정으로 고개를 흔들었다. 불길한 예감이 그의 뇌리를 통해 뼛속까지 전해졌다.

만일 그 사람이라면… 그라면…….

천정창을 슬금슬금 뒷걸음쳤다.

그가 강호에 산 지 삼십여 년. 지금까지 저런 범접할 수 없는 기운을 가진 자는 본 적이 없다. 그건 상대가 지금까지 보지 못했던, 이름만 들어온 초절정고수라는 것을 의미했다. 그가 떠올린 자의 이름은 백자흔이었다.

천하에서 두려워하지 않는 자가 없는 이름 백자흔.

천정창은 조용히 싸움터를 빠져나갔다. 아직도 붙어 있는 자신의 목을 어루만지며.

마잠풍이 거칠게 손을 들어 올렸다.

"이년이 감히!"

그러나 그 순간 누군가 그의 손목을 움켜잡았다. 마잠풍은 고개를 돌려 자신의 손목을 잡은 자를 보았다.

누군가? 어느새 지척지간에 와 있는 걸까?

마잠풍이 도끼눈을 뜨고 사내를 노려보았다.

"처음 보는 자로구나. 누구냐?"

사내가 빙그레 웃었다.

그 순간 마잠풍의 얼굴에 사내의 주먹이 작렬했다.

퍼억!

"어욱!"

마잠풍이 얼굴을 터지면서 비명을 지르고 뒤로 나가떨어졌다.

레이가 정신을 제대로 차리지 못하고 사내에게 인사했다.

"뉘신지 고맙습니다."

그사이 마잠풍이 칼을 높이 쳐들고 사내에게 달려들었다.

"네 이놈!"

펼쳐 오는 건 대막신궁의 주요 제자들에게만 전해져 오는 아수라도법(阿修羅桃法). 뛰어오른 마잠풍의 신형이 허공에서 용권풍(龍卷風)처럼 회전하며 그 회전력을 이용해 칼에 웅혼한 힘을 실었다.

그러나 사내는 담담한 표정이었다. 놀라지도 않거니와 거의 신경도 쓰지 않는 표정.

마잠풍의 칼이 사내의 머리 위에서 내리쳐지고, 그 일촉즉발의 순간 레이가 뛰어들면서 사내의 가슴을 밀쳤다.

"위험해요!"

사내의 지세가 그만 흐트러졌다.

마잠풍은 칼을 내리치며 확신했다.

절대로 피할 수 없다. 끝났다.

위험은 사내의 것만이 아니었다. 사내를 밀어내느라 달라붙은 레이도 위험하기는 마찬가지였다. 특히 사내가 피하기라도 한다면 레이는 절체절명의 위기를 맞아야 했다.

그러나 다음 순간 그는 칼끝에 아무런 느낌이 없는 것을 느겼다.

그의 칼이 허공을 내려친 것이었다.

사내는… 말갈족, 공주 레이는…….

그는 눈앞에 보이지 않는 그들의 모습에 스스로 경악하여 두 눈을 화등잔만 하게 크게 떴다.

앞에 없으면…….

그는 좌우를 살폈다. 그러나 그들의 모습은 좌우에도 없었다.

그럼 뒤에…….

마잠풍은 등골이 서늘했다. 천천히 고개를 돌려 뒤를 바라보았다. 그곳에 사내와 레이가 우뚝 서 있었다. 레이의 허리를 사내가 팔로 두르고서.

마잠풍이 칼을 쥔 채 뒷걸음쳤다.

"뉘, 뉘시오, 귀, 귀공은?"

사내가 레이를 떼어놓으며 그를 쳐다보았다.

"내가 너 같은 부류의 놈은 잘 알고 있지. 나도 한때는 너 같은 부류였으니까."

"……."

마잠풍은 쓰러진 채 주위의 눈치만 살폈다. 싸움은 누가 말리고 할 것도 없이 멈춘 상태였고, 돌궐족 무사들의 시선은 그의 한 몸에 쏟아져 있었다.

사내가 말했다.

"엎드려라. 엎드려서 개처럼 짖어라."

마잠풍이 흠칫 놀란 반응을 보이며 인상을 구겼다. 참을 수 없는 모욕이었다. 아니, 참아서는 안 될 모욕이었다.

사내가 그의 그런 표정을 보면서 빙그레 웃었다. 조용히 웃었지만 조소라는 것을 모를 사람은 아무도 없었다.

"남들에겐 많은 굴욕과 고통을 주었을 텐데… 스스로에겐 많이 관대했던 모양이다. 스스로의 처지를 알지 못한다면 깨닫게 해줘야겠지."

"……."

마잠풍의 얼굴이 다시 긴장했다.

사내가 주위를 둘러보더니 목에 힘을 주어 소리쳤다.

"천정창이라고 했느냐? 나와라!"

나무 뒤에서 상황을 예의 주시하고 있던 천정창은 기절초풍했다.

자신의 이름이 사내의 입에서 불릴 줄이야. 그는 호명되기 무섭기 튀어나와 달려와서는 사내의 앞에 털썩 무릎을 꿇고 앉았다. 마잠풍이 쓰러져 있는 옆이기도 했다.

"제가 천정창입니다."

사내가 빙그레 웃으며 고개를 끄덕였다.

"네가 말해봐라. 너희 두령이 내 말을 따르지 않는데 넌 그가 어떻게 처신해야 옳다고 생각하느냐?"

천정창이 고개를 돌려 마잠풍을 보았다.

“시키는 대로 하십시오. 그래야만 살 수 있습니다.”

마잠풍은 피가 거꾸로 솟을 일이었다.

“네 이놈, 날 뭘로 보고 하는 수작이냐? 장부인 자가 어떻게 개가 되어 짖는단 말이냐?”

그의 호통이 끝나기가 무섭게 사내가 다시 천정창에게 말을 던졌다.

“장부라는데… 네가 보기엔 어떠냐?”

천정창이 마잠풍에게 몸을 숙여 그의 귀에 대고 속삭였다.

“그는 백자흔입니다. 죽고자 하면 상관없지만 살고자 한다면 무고건 그가 시키는 대로 해야 할 겁니다.”

“배, 백자흔!!”

마잠풍의 입에서 부르짖는 듯한 외침이 터져 나왔다. 그가 말한 단 세 자의 이 이름을 주위에 있는 모든 사람이 다 듣고 말았다.

말갈족도, 돌궐족도, 제사 타륵도, 공주 레이도 경악하여 입을 쩍 벌리고 다물지 못했다.

백자흔… 백자흔이라니…….

흑도의 하늘 십팔마궁의 궁주 낙일검성 단목강의 후계자로, 이미 사부의 명성을 능가하는 대업을 세운 구천흑살대의 대주, 잔혹과 공포의 대명사인 혼천귀도(混天鬼刀) 백자흔이란 말인가? 사람에 따라서는 백도의 영웅인 일양공자(日陽公

子) 남궁천록보다 더 높이 평가한다는 그 백자흔이란 말인가?

천정창은 사내 백자흔의 눈치를 살피는 데 급급했다. 마잠풍이 그의 신분을 밝혀 버린 것에 대해 돌발적인 사태가 생길까 가슴이 조마조마했기 때문이다.

백자흔이 마잠풍을 보면서 담담한 웃음을 지었다.

"이제 네가 선택할 기회가 되었다. 네 선택에 따라서 넌 죽을 수도 살 수도 있다."

마잠풍의 결정은 곧바로 튀어나왔다.

"멍멍… 멍멍……!"

네 발로 기면서 개가 된 것이었다.

백자흔의 시선이 천정창을 향했다.

"넌 가서 긴 개 줄을 하나 구해와라. 내가 새로 개를 한 마리 들인 기념으로 이놈을 데리고 마을을 한 바퀴 돌 것이다."

누구 말이라고.

천정창이 몸을 벌떡 일으키더니 도전 안으로 빠르게 뛰어들어 갔다.

"멍밍! 멍!"

마잠풍의 짖는 소리가 그의 등 뒤에 매달려 쫓아갔다.

*　　　*　　　*

아침에 도전에서 벌어진 일은 장평에 화젯거리가 되었다.

하루아침에 수십 년을 못된 왈패로서 눈총을 받아온 철흑사가 무너져 버렸으니 사람들에겐 이보다 더 통쾌한 일이 없었다. 사람들은 철흑사를 무너뜨린 취향루의 사내 얘기로 하루를 보냈다.

혼천귀도 백자흔의 이름은 여전히 사람들에게 숨겨졌다. 백자흔이 말갈족과 돌궐족에게 함구할 것을 지시한 때문이었다. 그러나 이 같은 비밀이 언제까지 지켜질지는 알 수 없었다. 백자흔 자신도 비밀이 지켜질 것이라고는 믿지 않을 것이다.

"천정창이라 합니다."

천정창은 취향에게 포권하며 공손히 허리를 숙였다. 어제의 태도와는 완전히 달랐다. 백자흔이 개 줄을 목에 걸어 끌고 온 마잠풍도 천정창 뒤에서 매우 어정쩡하고 애매하긴 하지만 명백하게 허리를 숙여 취향에게 인사했다.

취향은 당황한 표정으로 백자흔의 눈치를 살폈다.

백자흔이 웃으며 담담하게 말했다.

"내가 철흑사를 접수했다. 번번이 귀찮은 것보다는 한 번 깨끗하게 정리해 두는 게 좋을 것 같아서."

취향이 백자흔에게 말없이 달라붙으며 그의 허리를 안았다. 허리가 아주 굵은 통나무 같아 그녀의 두 팔에 겨우 감싸졌다.

백자흔이 천정창에게 시선을 던졌다.

"자네는 앞으로 이 여자의 호화사자(護花使者)로 살게. 자네의 남은 명줄은 내가 준 것이나 다름없으니 이를 어기면 내가 다시 자네의 명줄을 걸을 걸세."

호화사자. 꽃을 지키는 사자라는 뜻이니 호위무사라 할 것이다.

천정창이 고분고분 고개를 끄덕였다.

"알겠습니다."

백자흔의 시선이 취향에게 옮겨졌다.

"삶에 깊이는 없으나 나름대로 경험이 많고 이미 주류에서 밀려나 아픔을 겪었을 터이니 도움이 많이 될 것이다."

천정창이 눈을 동그랗게 뜨고 백자흔을 쳐다보자 그는 그 시선을 마주쳐 빙그레 웃었다.

"네가 싸우는 모습을 잠깐 보았다. 화산(華山)의 매화검법(梅花劍法)을 아주 능숙하게 펼치는 게 그 실력이 무명소졸의 것이 아니었다. 화산파 제자라는 자체가 영예일 텐데 그만한 실력이면 상당한 명예는 물론 앞날이 보장되었을 것을 이렇게 밖으로 떠돌아다니는 건 결국 어떤 사유로 주류에서 밀려나 불만분자가 되었다는 서셌지. 내 말이 맞느냐?"

천정창이 고개를 끄덕였다. 그의 얼굴에 탄복의 빛이 넘실거렸다.

"맞습니다. 화산 같은 명문정파의 제자들은 대를 이어 들어온 제자가 태반입니다. 소인은 조실부모하여 갖은 우여곡절 끝에 화산에 들었고, 각고의 노력으로 입신양명하였으나 아무리 노력해도 따라잡을 수 없는 게 있었습니다. 배경을 가진 자와 그렇지 못한 자에 대한 차별에 분노를 누르지 못하고 화산을 뛰쳐나왔습니다."

말하는 그의 얼굴에 한이 가득했다.

백자흔이 말했다.

"출발선에서의 사정은 너와 내가 같다. 하지만 넌 그들에게 굴복한 것과 다름없고 난 이겨냈지. 패자가 되었다면 패자의 고통과 삶을 알 터. 넌 이미 패자로서 사는 데 익숙해 보인다. 맞느냐?"

"예, 맞습니다."

천정창은 순순히 고개를 끄덕였다. 듣기에 따라서는 매우 불쾌한 말이었지만 그는 잘 길들여진 개처럼 순응했다.

그는 곧바로 취향에게 몸을 돌렸다.

"성심성의를 다해 아가씨를 모시겠습니다."

취향이 혼란스럽다는 표정을 지었다.

화산의 제자라면 강호 어디를 가도 대접받기 마련이다. 그런 자가 자신의 호화사자가 되기를 맹약하다니, 세상의 어떤 기녀가 화산의 제자를 호화사자로 둘 수 있단 말인가. 그 미천함으론 세상의 가장 밑바닥에 있는 신분인 기녀로서 감히 상상할 수도 없는 일이었다.

백자흔이 몸을 돌리더니 마잠풍을 마주했다. 개 줄이 목에 걸린 마잠풍의 모습이 여간 우스운 게 아니었다.

"넌 어찌하겠느냐?"

마잠풍이 대답했다.

"철흑사를 내놓고 조용히 떠나겠습니다. 하니 우매한 놈의 목숨은 지켜주십시오."

백자흔이 고개를 끄덕였다.

"목숨을 빼앗을 요량이었다면 벌써 그렇게 했겠지. 철흑사는 앞으로 천정창이 맡을 것이다. 네가 떠나고 안 떠나고는 상관치 않겠다. 그러나 남을 것이라면 천정창 밑에 있거라."

마잠풍이 천정창을 쳐다보았다.

천정창이 상황 정리를 못하고 고개를 돌려 그의 시선을 외면했다.

마잠풍 뒤에는 대막신궁이 있다.

장평의 일에 관한 한 대막신궁이 모른 척할 게 아니었다. 장평에는 삼 년에 한 번씩 종마시장이 서고, 말을 매매하는 시장의 규모가 워낙 커 대막신궁으로선 존립 여부가 걸린 일이었다. 장평의 마시장을 잃으면 대막신궁도 살림이 막막할 수밖에 없으니 말이다.

마잠풍이 천정창에게 차가운 눈빛을 보내며 다문 잇새로 입을 열었다.

"그렇다면 남겠습니다. 천정창 밑에 들어가 수하가 되겠습니다.”

놀란 것은 천정창이었다. 마잠풍이 자신의 수하로 남겠다는 건 대막신궁을 믿고 후일을 도모하겠다는 것이 아니고 무엇이겠는가.

백자흔이 천정창의 어깨를 가볍게 쳤다.

“어떻게 다뤄야 할지는 네게 맡기겠다. 네 능력을 시험하는 첫 번째 잣대가 될 것이다.”

“……”

천정창이 깨진 유리 조각 같은 시선으로 마잠풍을 응시했다. 마잠풍도 지지 않고 눈을 째렸다.

둘 다 금방이라도 병장기를 뽑고 달려들 것 같았다.

그러나 오래지 않아 마잠풍이 눈을 내리깔았다.

“무슨 일이든 하명만 내려주십시오.”

천정창이 어깨를 펴면서 화답했다.

“돌아가서 대기해라.”

“예.”

＊　　　＊　　　＊

광활하게 넓은 초지였다. 넓은 초원이 망망대해처럼 펼쳐져 있고, 그 극히 일부에 울타리가 쳐진 목장 안에는 말과 양이 가득했다. 석양을 받아 붉게 물들기 시작한 서쪽 하늘이

거대한 구름이 가득 찬 채 한 폭의 멋진 풍경화를 연출했다. 아니, 인간의 붓으로는 표현해 낼 수 없는 장렬한 붉은 하늘이었다.

백자흔이 말갈족 제사 타륵의 초청을 받은 것은 그 다음날이었다. 천정창이 그를 수행하여 함께 왔다.

제사 타륵이 직접 나와 그들을 맞았다.

백자흔은 거대한 빠오로 그를 안내했다. 빠오 앞에서 그를 맞은 건 말갈족 공주 레이었다.

"어서 오세요."

백자흔을 대하는 그녀의 웃음이 티없이 맑았다.

백자흔이 거두절미하고 물었다.

"왜 나를 보자고 했소?"

"대협 때문에 목숨을 건졌는데 왜냐고 물으시면 어떻게 대답해야 합니까?"

이때 빠오 안에서 말갈족 두 명이 흑 일색의 체형이 큰 말 한 필을 끌고 나왔다. 한눈에도 좋은 말이라는 것을 알 수 있을 정도로 말의 기운이 위풍당당했다.

레이가 말했다.

"놈들이 훔쳐 갔던 말이 바로 이놈입니다. 제가 흑선풍(黑風)이라 이름 붙였는데 보통 영물이 아닙니다. 은인에게 드리고자 합니다."

백자흔이 좋아하기보다는 눈살을 찌푸렸다.

“이 말이 말갈족이 가진 모든 말 중에 가장 뛰어난 종마(種馬)이며 현재까지 알려진 어느 부족의 종마와도 비교할 수 없는 가장 뛰어난 말이라고 들었소.”

옆에서 듣고 있던 제사 타륵이 끼어들었다.

“저기 있는 모든 말과 양을 다 합쳐도 이 한 마리에 비할 수가 없습니다.”

백자흔이 웃음을 띠었다.

“그러니 받을 수 없는 겁니다. 받아서 질 마음의 부담이 너무 무겁습니다.”

레이가 얼른 말했다.

“은인이라고 그저 드리자는 게 아닙니다. 공주의 목숨이 아무리 중요해도 부족 전체의 운명과 바꿀 수는 없는 노릇이죠. 말을 보여드린 건 은인께서 말을 보면 욕심을 낼 거라는 생각에서였습니다. 이미 제 얕은꾀를 읽힌 것 같아 심히 부끄럽습니다.”

제사 타륵이 백자흔의 등을 떠밀었다.

“안으로 들어가십시오. 들어가서 얘기하십시다.”

백자흔은 못 이기는 척 빠오 안으로 들어갔다.

자리에 앉고 양젖으로 만든 우유와 금방 구워낸 양고기 등으로 한상 차려졌다. 그들이 준비한 술이란 것도 마유주(馬乳酒), 말 젖을 발효시켜 만든 것이었다.

한쪽에선 이름도 알 수 없는 악기들이 소리를 내고, 그 소리에 맞춰 무희들의 춤이 따랐다.

제사 타륵이 입을 열었다.

"흑선풍은 같은 초원을 무대로 한 모든 부족들에게 소문난 명마입니다. 흑선풍에 대한 얘기는 중원에도 많이 알려져 있습니다. 당대의 최고 천리마라고 감히 단정합니다."

"……."

백자흔이 말없이 고개를 끄덕였다. 그도 그런 점을 인정하겠다는 뜻이었다.

천정창은 감히 대화에 끼어들 생각조차 없다는 듯 무희들의 춤을 번들거리는 시선으로 쳐다보고 있을 뿐이었다.

말에 끼어든 건 레이였다.

"흑선풍은 본래 광활한 초원을 자유롭게 떠돌던 야생마였어요. 그래서 종마로서의 가치는 더 희귀하죠. 마상(馬商)이라면 군침을 흘리는 이유입니다. 흑선풍을 팔기로 한 건 부족의 명운을 걸고 큰돈을 한몫에 쥐고자 함이었습니다."

"……."

"그러니 우린 큰돈을 만들기만 하면 본래의 목적을 달성할 수 있습니다. 대협에게 흑선풍을 드리고도 큰돈을 쥘 수 있는 방법이 있기에 감히 청합니다. 우리가 이번에 서는 마시장에서 말을 직접 팔 수 있도록 허락해 주세요. 우리가 원하는 건 그뿐입니다."

　무심히 듣고 있던 백자흔의 시선이 레이의 얼굴로 향했다. 시선을 받은 레이가 얼굴을 붉히더니 가만히 고개를 떨어뜨렸다.

　백자흔이 말했다.

　"마시장에서 직접 거래를 한다면 큰돈을 만들 수는 있겠소?"

　제사 타륵이 레이 대신 대답했다.

　"허락만 해주신다면 큰돈을 만질 수 있습니다. 우리가 이번에 마시장에 팔려고 내온 말들의 반은 흑선풍의 후손들입니다. 이런 사실은 이미 널리 알렸고, 또한 알려져 있습니다. 흑선풍이 종마시장에 나오지 않는 상황에서 흑선풍을 사기 위해 온 마상들이 흑선풍의 후손들에게 욕심을 낼 것은 자명한 일입니다."

　무슨 생각을 했는지 백자흔이 웃었다.

　"흑선풍의 후손이 그렇게 많습니까?"

　제사 타륵이 대답을 서둘렀다.

　"종마는 일 년에 보통 백오십에서 백육십 마리나 되는 암말들과 교배합니다. 흑선풍의 망아지들은 특별 관리되어 지난 오 년간 단 한 마리도 외부로 유출되지 않았습니다. 그러니 그 수가 얼마나 되겠습니까."

　백자흔이 놀랍다는 듯 탄성을 절로 냈다.

　"교배한다고 다 수태되는 게 아닐 텐데… 그렇게 많습니까?"

"수태를 하기 위해선 보통 세 번 정도 관계를 갖습니다. 혹 사랑하는 일부 종마의 경우에는 관계하는 암말의 수가 이백여 마리를 넘기기도 합니다."

"다 퍼주고 뼈만 남겠소."

백자흔의 말에 제사 타륵이 박장대소를 터뜨렸다.

"으하하하하! 그렇습니다! 정말 그렇습니다!"

그러나 그의 웃음은 오래가지 않았다. 레이의 눈치를 보지 않을 수 없는 때문이었다.

레이가 고개를 들어 백자흔에게 눈을 흘겼다. 그녀의 양 볼이 발그레했다.

"영웅이 호색하여 색을 즐기는 것도 그와 같겠죠. 좋은 씨를 널리 뿌리려는 종마와 다름이 없습니다."

재치있는 그녀의 변에 백자흔이 웃으며 마유주를 거침없이 벌컥벌컥 들이켰다.

레이가 술을 넘길 때마다 불룩불룩하는 그의 목울대를 따스한 시선으로 쳐다보았다. 누가 봐도 그녀의 눈빛에 정념이 담긴 걸 알 수 있었다.

백자흔이 술잔을 내리더니 천정창의 등짝을 손바닥으로 호쾌하게 냅다 쳤다.

퍽!

"자네의 생각은 어떤가? 이번 기회에 북방의 모든 부족에게 마시장에서 그들의 의지대로 매매를 자유롭게 할 수 있도록 허락하는 것이."

"욱!"

무희들의 춤을 보고 있던 천정창이 날벼락을 맞고는 놀라 기겁한 표정을 지었다.

그러나 그의 대답은 금방 나왔다. 한눈을 팔고 있긴 했어도 좌중의 얘기에 귀를 기울이고 있었다는 걸 알 수 있었다.

"저들의 제의는 한마디로 교활한 수작에 불과합니다. 흑선풍을 선물하겠다는 저들의 제의를 물리쳐야 합니다."

백자흔이 빙그레 웃었다.

"내가 흑선풍을 받지 않으면 대막신궁이 날 피해 돌아가겠는가?"

천정창이 깜짝 놀랐다.

"이미 파악하고 계신 것이었습니까?"

백자흔이 고개를 끄덕였다.

"내가 마시장에 개입하는 것과 상관없이 철흑사의 일로 대막신궁은 날 치려 할 것이다. 공주가 날 이용하여 대막신궁과 싸움을 붙이려 하는 저의는 괘씸하지만 내 입장에서는 어차피 피해갈 수 없는 일이니 크게 마음에 둘 일도 아니다. 맞느냐?"

천정창이 고개를 끄덕였다.

"예. 대막신궁은 오랫동안 장평의 마시장을 점거해 왔고, 그 때문에 장평에 백자흔님이 머무는 것을 용납하지 않을 것입니다. 싸움은 피할 수 없을 겁니다.”

제사 타륵이 말했다.

“제가 대협을 이용하고자 했습니다. 용서하여 주십시오.”

그의 의지와 달리 레이가 당장에 끼어들었다.

“그 생각을 해낸 건 나입니다. 이미 속셈을 들켰으니 할 말은 없지만… 서로에게 이(利)가 되는 일이니 흔쾌하게 마음을 받아주세요.”

백자흔의 시선이 허공에 머물렀다.

“대개 사는 게 정치적이긴 하지. 서로의 이해가 맞물려 싸우기도 하고 화해하기도 화친하기도 하고.”

그가 크게 화를 내지 않는 것에 제사 타륵은 안도한 표정이었다.

“더 솔직히 말씀드린다면 흑선풍은 대막신궁이 욕심낸 이상 언젠가는 저들에게 뺏길 것이었습니다. 감히 저희들의 얕은 생가으로 이런 사실을 숨기고 대협을 이용하고자 했으니 부끄럽기 짝이 없습니다.”

백자흔이 손사래를 쳤다.

“됐소. 이제 그 얘기는 그만 합시다.”

그러더니 그가 손을 뻗어 진흙을 구워 만든 옹이를 통째로 들어 입으로 가져갔다. 물론 옹이에 담겨 있는 것은 몹시 냄새가 역한 양젖으로 만든 술이었다.

천정창은 그의 대범함에 크게 탄복했다. 그가 대막신궁과

의 싸움을 피하지 않겠다는 것 또한 고무적인 일이었다. 어차
피 피할 수 없는 싸움이긴 하지만 백자흔의 모습에서 자신감
을 본 때문이었다.

그러나 마냥 안심이 되는 건 아니었다. 오랜 세월 북방의
부족들을 다스려 온 대막신궁의 규모와 힘이 얼마나 대단한
것인지 아는 때문이었다.

술과 함께 밤은 그렇게 깊이 익어가고 있었다.

＊　　　＊　　　＊

"어째서 이 멀리까지 마중을 나와 있고, 왜 혼자 나와 있는
게냐?"

그는 그렇게 물었다.

마잠풍은 부복한 자세로 감히 고개를 쳐들지 못했다.

"용서하여 주십시오. 철흑사를 잃었습니다."

그의 울먹이는 음성에 말에 앉아 있던 금포청년은 눈을 지
그시 감았다. 그의 감은 눈에서 속눈썹이 가늘게 경련을 일으
켰다.

금포를 온몸에 두른 청년의 위엄은 그를 수행하는 자들로
인해 더욱 돋보였다. 수행자들의 수는 사십여 명에 이르렀는
데, 그중 은포를 두른 자가 반이었고 나머지 반은 적포를 두
르고 있었다.

금(金), 은(銀), 적(赤), 황(黃), 흑(黑)의 포를 두름으로써 대막신궁은 서열을 나타내는데, 제자들이 모두 포를 두르는 건 대막신궁이 모래사막에 위치한 때문이었다. 모래 바람으로 몸을 지키기 위해 넓은 포를 두르는 건 사막에 사는 사람들에겐 중요한 일이었다.

금포는 대막신궁의 궁주와 그의 후계자만이 입을 수 있게 허락되어 있으니 금포청년의 신분이 대막신궁의 소궁주라는 걸 한눈에 알아보게 했다.

은포는 대막신궁 궁주의 사형제나 그 직결제자라는 신분을 말했다.

이처럼 구분되는 대막신궁의 신분을 갖추면 중원 북쪽의 땅덩어리 어느 곳에서든 그에 걸맞은 위상을 대접받고 또 행사하게 되는데, 은포제자 하나면 해결하지 못할 일이 없었다. 그런데 은포제자가 이십 명에 이르니 이번 그들 소궁주의 움직임이 예사롭지 않은 일을 수행한다는 것 또한 간접적으로 말하는 것이라 할 수 있었다.

금포청년, 대막신궁의 소궁주 북양청헌이 마잠풍을 내려보며 말했다.

"누구냐, 네가 대적할 수 없는 자가?"

마잠풍의 음성이 떨리며 흘러나왔다.

"백자흔입니다."

순간 북양청헌은 물론 은포제자와 적포제자 등의 입에서

여출일구로 비명 같은 신음 소리가 흘러나왔다.

"백자흔!!"

"호, 혼천귀도 백자흔!!"

"으음."

모두의 얼굴이 놀란 빛으로 가득했다.

북양청헌이 이때 고개를 갸우뚱거렸다.

"정말 백자흔이었느냐?"

마잠풍이 고개를 들었다.

"제가 확인한 것은 아니옵고 제 밑에 있는 화산파의 제자였던 천정창이란 자가 알아보았습니다."

북양청헌은 그래도 의구심을 지우지 않았다.

"혼천귀도 백자흔이 뭐가 아쉬워서 장평에 왔단 말이냐? 또 장평에 왔다면 온 것이지 그가 어째서 네까짓 놈을 상대한단 말이냐? 지금까지 있었던 일을 하나도 빼놓지 말고 낱낱이 말해보라."

"……."

마잠풍은 잠시 머릿속에서 그동안의 일을 정리했다. 사실 북양청헌의 의심대로 혼천귀도 백자흔이 장평에 와 있는 건 말로 잘 설명되지 않은 구석이 많았다. 백자흔이 거느린 수하만 수천 명에 이를 텐데 수행하는 자가 단 한 명도 없는 것도 이상한 점이었다.

그는 어쨌든 모든 걸 사실대로 얘기했다.

그의 얘기를 들은 북양청헌과 은포제자들, 적포제자들의 반응은 싸늘했다.

"천정창이란 놈, 겁을 잔뜩 집어먹었던 모양이지. 도대체 아무리 생각해도 백자흔이 이곳에 와 있을 일이란 게 뭔데. 더구나 조그만 기루의 여주인과 그렇고 그런 사이라니, 말이 돼? 백자흔 정도면 천하절색들이 아예 가랑이 쫙 벌리고 지천에 널려 있을 텐데."

"속은 저놈이 더 문제가 많은 거지. 쯧쯔, 겁은 많아서 똥오줌도 못 가리는 꼴이라니."

"화산의 제자라는 놈도 수상하지 않아? 화산파의 제자가 뭐가 아쉬워 변방까지 기어들어 온 거지? 아무래도 두 놈이 짜고서 벌이는 짓 아니야? 마시장을 먹어치워서 한탕 치고 크게 해먹으려는 수작 같은데."

"맞아. 마시장이 열리는 시점에 일이 벌어진 것도 그래. 수상한 점이 한두 가지가 아니네."

북양청헌은 아무 밀 않고 있었지반 주위에서 떠드는 소리를 다 듣고 있었다.

그들의 말은 북양청헌에게 힘을 돋우어주었다. 그는 마잠풍을 향해 조소를 지으며 말했다.

"네가 말한 그놈이 백자흔을 사칭한 것으로 보인다. 어떠냐, 네 생각은?"

마잠풍이 아예 오체투지했다. 납작 엎드린 그의 몸이 두려움으로 떨리고 있었다.

"소인이 뭘 알겠습니까? 소궁주님께서 오셨으니 모든 게 그저 마음이 놓일 뿐입니다."

북양청헌의 표정이 짐짓 엄숙했다.

"너희 잘잘못에 대해선 철흑사의 일을 마무지 지은 후 따질 것이다. 그만 일어나라."

"예."

마잠풍이 여전히 고개는 수그린 채 자리에서 일어났다.

그때였다. 어디선가 큰 호통이 그들에게 들려왔다.

"대체 어떤 놈들인데 백자흔의 이름을 들먹이면서 거만들을 떠는 거냐?!"

저벅저벅.

이미 어두워진 어둠 속에서 사람은 보이지 않으나 분명하고 명확한 발걸음 소리가 들렸다. 가까이 다가올수록 땅을 밟는 소리가 쿵쿵 울리는 게 여간 육중한 자가 아니었다.

북양청헌이 안광을 빛내 어둠 속을 지켜보았다.

어둠 속으로 이제 막 모습을 드러내기 시작한 인영의 모습이 급속하게 커지더니 순식간에 그들의 바로 앞에 이르렀다. 구 척이 넘는 키에 손에는 천 근이 훌쩍 넘어 보이는 거무칙칙한 철봉을 든 육중한 몸집의 사내였다. 더욱 기괴한 것은 그의 등짝에 있었다. 뭔가를 등짝에 짊어지고 있었는데 시커먼 관(棺)이었다.

쿵!

사내가 걸음을 멈추면서 손에 든 철봉을 바닥에 내리찍었다.

"……."

그러나 아무 말이 없었다.

북양청헌이 사내의 위아래를 훑어보며 말했다.

"뭐 하는 자인데 남의 일에 겁없이 끼어드느냐?"

사내가 퉁명하게 말했다.

"백자흔의 일은 중원에서부터 내 소관이었다. 그러니 백자흔의 일에 대해서라면 너희들이 내 일에 끼어든 거다."

북양청헌이 어이가 없는지 실소했다.

"훗, 보아하니 무명소졸은 아닌 것 같은데 정체부터 밝혀라."

그의 말이 끝나기가 무섭게 사내가 대노하여 소리쳤다. 목소리가 얼마나 큰지 대막신궁의 제자들이 타고 있던 말들이 놀라 울음을 디뜨렸나.

"아무리 오지의 무시렁이 오랑캐들이라 하지만 정말 너희들이 날 몰라본다는 거냐?"

북양청헌은 사내의 사자후에 심후한 내력이 담긴 것을 깨달았다.

누군가, 이자. 예사롭지 않아 보인다.

그는 그제야 신중하게 상대를 살피기 시작했다. 구 척 장신에 천 근이 훌쩍 넘어 보이는 육중한 철봉.

"다… 당신… 설마……."

그는 막 떠오른 한 사람의 이름에 놀라 말고삐를 바싹 당겼다. 그의 신호를 받은 말이 주춤 뒷걸음질쳤다.

사내가 거만하게 웃으면서 말이 뒤로 물러난 만큼 앞으로 다가왔다.

"우하하하! 이제야 나를 알아본 게로구나. 겁을 잔뜩 집어먹은 꼴이 꼭 고양이 앞에 선 쥐새끼 같구나!"

"쥐… 쥐새끼……."

북양청헌의 얼굴에 노기가 번졌다.

대막신궁의 소궁주로 그가 언제 어디서 이런 모욕을 당해본 적이 있을까. 그는 대노하여 말에서 훌쩍 뛰어내렸다.

"네가 추혼표풍대의 하나로 천하에 널리 영명을 떨친 영웅 천근벽해 목곽이라지만 그 영명이 아무리 대단해도 대막신궁의 소궁주인 나 대막참도(大漠斬刀) 북양청헌을 겁줄 수는 없다!"

신분을 밝혔으니 상대의 반응이 궁금했다. 사내, 천근벽해 목곽은 그러나 그 자리에 태산처럼 우뚝 선 채 꼼짝도 하지 않았다. 북양청헌의 말이 도리어 그를 자극한 듯 목곽은 흥분하여 숨을 거칠게 쉬었다.

"원래 대막신궁의 쥐새끼들이 아닐까 했다! 네가 대막신궁의 소궁주라니 마침 잘되었다! 마땅하게 심부름 시킬 놈을 찾고 있었는데 네가 이 일엔 딱 적임이다!"

북양청헌의 얼굴이 벌게졌다.

"내게 심부름을 시키겠단 말이냐? 필경 네놈이 실성한 게로구나!"

그사이 이미 대막신궁의 은포제자와 적포제자들이 목곽의 주위를 에워쌌다. 그들의 포위망이 좁혀지면 좁혀질수록 목곽의 얼굴에는 웃음이 한층 더 커졌다.

"우하하하! 변방에 오니 한 가지는 좋은 점이 있구나! 내 앞에서 오줌을 지리지 않는 놈들이 이렇게 많다니!"

그가 철봉을 들어 올려 옆구리에 끼웠다.

"그래, 그래야 싸울 마음이 나지! 한번 붙어주겠다면 내 기꺼이 한 수 가르쳐 주마!"

북양청헌도 천천히 칼을 빼 들었다.

추혼표풍대의 명성은 익히 들었다. 그 마흔네 명에 이르는 구성원 하나하나가 각기 강호에 떠오르는 후기지수의 정점에 있는 자들이고, 특히 천근벽해 목곽의 이름은 그 정점 중에서 다시 정점에 있었디. 오죽하면 그 이름이 북쪽의 끝자락을 넘어 변방인 사막까지 알려졌을까.

두려움은 컸다. 그러나 그만큼 오기도 컸다.

칼을 잡은 자가, 그것도 한 지역의 패주를 자처하는 이름을 가진 자가 겪어보지도 않는 자에 대한 막연한 두려움으로 어찌 몸을 떨랴.

북양청헌은 한 걸음 나섰다.

그러자 목곽이 기다렸다는 듯 두 걸음을 성큼 그에게 내디뎠다.

"북양청헌이라고 했느냐? 그렇지. 그렇게 용기를 내라. 좀 더 험악하게 인상을 짓고 수사자처럼 당당하게."

팍!

북양청헌의 신형이 땅을 박차고 허공으로 솟구쳤다. 거의 동시에 목곽을 에워싸고 있던 자들이 일시에 함께 그를 덮쳤다. 수십 자루의 칼이 목곽의 사방에서 날아들었다.

순간 목곽이 옆구리에 끼고 있던 철봉을 빼어 들더니 몸을 풍차처럼 회전했다.

후앙!

바람을 일으키는 육중한 파공성과 함께 십 척의 긴 철봉이 원을 그리며 휘둘러졌다.

칼은 목곽의 지척에 이르기도 전에 철봉에 두들겨져 튕겨 나가고 일부는 그 주인의 손을 떠나 허공으로 튀어 올랐다.

"으윽!"

"억!"

칼을 잡은 손에 저미어오는 큰 반탄력을 이기지 못하고 적포제자의 대부분이 칼을 놓은 채 고통을 호소하며 무릎을 꿇었다.

은포제자들은 그나마 버티는 듯 겨우 칼자루를 쥔 채 놀란 눈을 화등잔만 하게 뜨고 목곽을 향해 경이로운 눈빛을 던졌다.

생경한 일이었다.

믿을 수 없는 일이었다.

그들 이십여 명을 한꺼번에 물리칠 수 있는 고수가 이 땅에 있다는 것 자체가 그들로서는 도무지 믿을 수 없는 일이었다.

목곽이 파안대소했다.

"으하하하하! 이런 쥐새끼들! 고작 이 정도에 벌써 꼬리를 내리는 거냐?"

이때 허공에 떠올랐던 북양청헌의 신형이 아래로 떨어져 내리며 칼을 목곽의 정수리를 향해 내려쳤다. 목곽이 다른 자들을 상대하다 멈춘 자세가 하필 북양청헌에게 등을 진데다가 공격한 자의 무예가 예사롭지 않아 공격 반경이 넓어 피할 곳이 마땅치 않았다. 더구나 칼이 목적한 표적은 구 척 장신의 거구, 등짝에는 관을 짊어져 여느 때보다 동작도 굼뜬 상황.

칼을 쥐고 버티고 서 있는 은포제자들은 일시 약속이라도 한 듯 침묵했다.

소궁주의 예리한 칼이 상대에게 결정적인 일격을 가하는 순간에 최소한 치명적인 결과라도 만들어내기 위해선 상대가 위기를 한순간이라도 아는 게 도움이 되는 때문이었다.

그러나 이때 목곽이 신통하게 갑자기 허리를 숙였다. 그 바람에 북양청헌이 내려친 칼은 목곽이 등짝에 멘 관을 내려쳤다.

퍽!

소리와 함께 칼이 관 모서리에 깊이 박혔다.

허공에서 당황하여 균형을 잃은 북양청헌의 발이 땅을 딛는 순간 손 하나가 허공을 날아와 그의 목줄을 움켜쥐었다.

콰악!

"욱!"

북양청헌의 얼굴이 순식간에 파랗게 질렸다. 숨을 쉴 수도 없었고 고통도 이만저만하지 않았다.

목곽이 그런 그의 얼굴 앞에서 하얗게 웃고 있었다.

"쥐새끼, 이제 알겠느냐? 하늘 위에 또 하늘이 있다는 걸."

"커억… 컥."

"어찌하겠느냐? 내 심부름을 하겠느냐?"

목곽이 북양청헌의 목을 움켜잡은 손에 살짝 힘을 풀었다.

북양청헌이 다급하게 대답했다.

"무, 무조건 시키는 대로 따르겠습니다."

"됐다, 그럼."

목곽은 더 다짐받을 것도 없다는 듯 북양청헌을 풀어주며 뒤로 밀었다.

풀려난 북양청헌이 안도의 숨을 크게 내쉬며 목곽을 쳐다보았다.

그런 북양청헌에게 목곽이 등 뒤에 짊어지고 있던 관을 덥석 들어 내밀었다.

"이걸 장평에 있는 취향루에 전해라. 관 안에 들어 있는 것이 무엇인지는 확인하지 않는 게 좋을 것이다. 확인하면 네가 이것을 전하지 못하게 될 테고, 이걸 전하지 못하면 내가 널 찾아가 너는 물론이고 대막신궁까지 초토화시킬 테니까."

"……."

북양청헌은 말없이 관을 두 손에 받았다. 잔뜩 겁을 먹은 그의 손이 의지와는 다르게 계속 떨고 있었다.

우물 안 개구리가 큰 세상을 처음 대한 경험치고는 너무나 끔찍했다.

목곽은 말과 함께 몸을 돌렸다. 그의 뒷모습이 벌써 어둠 속으로 저만치 사라지고 있었다.

이때 그의 모습이 시야에서 사라지자마자 마잠풍이 쪼르르 북양청헌에게 달려왔다.

"소, 소궁주님, 저자가 말한 취향루에는 소인이 말씀드린 그자가 있습니다. 그자의 계집이 취향루의 주인이고, 그자가 취향루의 주인이기도 합니다."

"뭣이라?!"

북양청헌은 아연실색했다.

천근벽해 목곽이 물건을 전하려고 먼 북쪽 변방까지 왔으니 그에게 물건을 전달 받으려는 자의 신분 또한 심상치 않으리란 것은 삼척동자도 짐작이 가능한 일이었다.

그의 불길한 예감에 도움이라도 주려는 듯 마잠풍이 말했다.

"서… 설마 취향루에 있는 자가 정말 혼천귀도 백자흔일까요?"

북양청헌의 발이 냅다 그의 얼굴을 갈겼다.

"이런 재수없는 놈!"

퍼억!

"억!"

마잠풍의 신형이 삼 장이나 날아가 땅바닥에 둔탁한 소리를 내며 떨어졌다.

불안해하는 북양청헌의 마음을 정곡으로 찌른 때문이었다.

북양청헌이 손에 들고 있는 관을 마잠풍 앞에 내려놓았다.

"이거나 들고 따라와라."

마잠풍이 몸을 일으켜 관을 등짝에 짊어졌다.

말머리를 돌려 앞으로 나아가는 북양청헌의 옆으로 은포 제자 하나가 따라붙었다. 귀밑머리가 희끗한 중년을 넘은 초로의 노인으로, 굳은 얼굴이었지만 침착한 표정에 연륜이 묻어났다.

"자책하지 마십시오. 엉겁결에 놈에게 당한 것뿐입니다. 정말이지, 그처럼 강한 분위기를 가진 자는 제 평생 본 적도 들은 적도 없습니다. 놈에게 압도되어서 분위기에 휘말렸을 뿐입니다. 놈이 서둘러 물러간 것도 우리 모두를 혼자의 힘으로 제압하기는 어렵다는 판단 때문이었을 것입니다."

북양청헌이 그를 힐긋 쳐다보았다.

"그것이 진 것이지 뭐가 진 것이냐? 다수의 힘으로 하나를 밀어붙여 이기면 그게 이긴 것이냐?"

"……."

"날 위로할 생각이라면 그만둬라. 난 오늘 하늘을 보았다. 그런데 그 하늘 위에 또 하늘이 있다지 않느냐. 오늘 만난 천근벽해 목곽의 무예는 신기에 가까웠다. 그런데 그런 자의 명성으로도 감히 넘볼 수 없는 자가 이미 둘이나 더 존재한다. 추혼표풍대의 대주 일양공자 남궁천록과 구천흑살대의 대주 혼천귀도 백자흔이다. 난 오늘 나의 못남을 그저 자책하는 게 아니라 내가 가진 모든 우월하고 자만했던 기억을 전부 쓰레기로 만들어 버려야 할 만큼 절망하는 것이다."

그의 눈을 비집고 눈물 한 방울이 뚝 떨어져 내렸다.

마침 밤하늘에서는 다가올 혹독하게 추운 겨울을 알리기라도 하듯 솜털처럼 고운 눈이 내리기 시작했다.

북양청헌에게 이 겨울이 그가 겪을 가장 혹독한 시련임을 알리며.

第四章
첫눈의 사자(死者)

黑道戰士

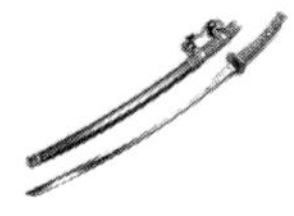

　제사장 타륵과 공주 레이가 취향루에 백자흔을 만나러 온 것은 눈이 펑펑 내리고 있는 아침 나절이었다. 밤부터 내린 눈은 벌써 어른 무릎까지 쌓였다.

　겨우살이는 변방의 부족들에게 가장 큰 걱정거리였고, 예년보다 한 달이나 빠른 첫눈을 도둑눈으로 맞은 사람들이 벌써부터 큰 근심을 하고 있었다.

　백자흔을 찾은 다륵과 레이의 얼굴에도 근심과 우려의 빛이 가득했다.

　"지난번엔 확답을 주지 않고 돌아가셨습니다. 내일모레면 마시장이 시작되는데……."

타룩이 말꼬리를 흐리는 틈을 타서 레이가 말을 이었다.

"갑자기 눈이 내린 바람에 상인들이 말 값을 깎으려 들 겁니다. 저희들의 처한 상황이 여간 어려운 게 아닙니다. 이번에도 예년처럼 대막신궁에서 마시장에 힘을 행사하여 말을 헐값에 사들여 되팔아 이문을 남기겠다고 하면… 우리의 삼년여 노력이 물거품이 됩니다. 우리가 직접 마시장에서 말을 매매할 수 있도록 해주셔야 합니다."

타룩이 공손하게 두 손을 모으며 허리를 숙였다.

"이렇게… 간곡하게 부탁드립니다."

백자흔은 아침부터 술이었다.

타룩과 레이가 왔을 때 그는 벌써 혼자 술을 마시고 있는 터였다.

백자흔이 그들을 맞은 탁자 위에 빈 술병이 서너 개나 뒹굴고 있었다.

그러나 그뿐이겠는가. 치워지고 또 치워졌을 일이니 얼마나 마셨는지는 짐작할 수도 없는 일이었다.

백자흔이 창밖을 보면서 입을 열었다.

"아침 일찍 눈을 떠서 창밖을 보니 밤새 도둑눈이 내렸더이다. 온 세상이 청소된 듯 백일색이니 그 하얀 마음에 스스로 축하라도 해야겠기에……."

레이가 간곡한 어조로 완강한 뜻을 전했다.

"술은 술이고 일은 일입니다. 우리는 부족의 명운을 걸고 당신을 찾아왔습니다. 때를 놓치면 우린 얻고자 하는 바를 얻을 수 없게 됩니다.”

백자흔의 시선이 그녀의 얼굴에 던져졌다.

“그저 많은 돈을 벌고자 할 뿐인데 다소 적게 번들 무에 그렇게 대수겠소?”

그러면서 의견은 제사 타륵을 보며 물었다.

“안 그렇습니까?”

타륵이 진중한 표정으로 무겁게 말했다.

“우린 한몫에 큰돈을 쥐기 위해 삼 년을 넘게 굶주림을 참았습니다. 이번에 우리에게 큰돈이 쥐어진다면 그 돈은 천지 사방에 흩어진 우리의 가엾은 동족들을 모으는 데 쓰일 겁니다. 그런 용도가 아니라면 목초지를 쫓아 떠도는 유목(遊牧)들이 돈을 그리 탐할 이유가 무엇이겠습니까.”

백자흔의 손이 습관처럼 술병을 향해 뻗어졌다. 순간 레이의 손이 그의 손목을 덥석 잡는 것이 아닌가. 놀란 것은 백자흔이 아니라 제사 타륵이었다.

레이가 서늘한 시선으로 백자흔을 쏘아보았다.

“네게 가치가 없는 일이라고 모두에게 가치가 없는 일이 아니다. 다른 사람에게 예의를 가질 수 없는 자는 그 자신도 예의를 갖추어 받기를 바라지 말아야 할 것이다.”

백자흔이 빙그레 웃음 지었다.

“내가 언제 예의를 원했습니까, 공주에게 예의를 갖추지 않는다고 나무라기를 했습니까?”

“그렇다면 네 하는 짓의 방자함은 무엇이라 지껄이겠느
냐?”

“중원의 옛말 중에 선자불래(善者不來) 내자불선(來者不善)
이란 말이 있습니다. 좋은 뜻을 가진 자는 찾아오는 법이 없
으니 찾아오는 자는 좋은 자가 아니라는 뜻입니다.”

그의 말은 정중하게 이어졌다. 타륵이 안심하며 고개를 끄
덕일 만했다.

“애초에 난 마시장의 거래니 뭐니 하는 일에는 관심도 없
었습니다. 그런데 공주와 제사께서 마치 내가 마시장의 이권
때문에 이곳에 온 것처럼 스스로 판단하여 규정짓고 행동했
습니다. 과연 어느 쪽이 무례하고 방자한 짓을 한 것입니까?”

레이가 다소 당황한 표정을 지었으나 그런 표정은 나타날
때보다 빠르게 사라졌다.

“그럼 네가 이곳에 온 이유가 무엇이냐? 너같이 대단한 자
가 아무 이유도 없이 장평에 와 있을 이유가 무엇이냐?”

“아예 마음 놓고 하대하기로 작정한 겁니까? 내 화를 돋우
어 좋을 일이 있겠습니까?”

“우리 부족이 당금에 쇠로(衰路)에 있는 건 사실이나 자긍
심을 버리고 산 적이 없다. 부족의 공주인 내가 네게 구걸이
라도 해야 한단 말이냐? 내가 네게 하대하는 건 지극히 상식
적인 일이다. 그것으로 화를 내고 삐치기라도 한다면 그것이

야말로 졸장부의 짓이 아니겠느냐? 애초에 그런 졸장부였다면 우리가 얻고자 하는 바를 얻을 수 없을 것이고, 네가 장부라며 이만한 일로 문제를 삼지 않을 것이다."

제사 타륵은 난감한 표정으로 백자흔의 눈치를 살피기에 급급했다.

이때 백자흔이 갑자기 파안대소했다.

"우하하하하하!"

그의 웃음이 얼마나 컸는지 실내의 기물이 다 흔들리고 지붕이 들썩거렸다.

"내가 수많은 장부들을 상대하였지만 무늬만 사내인 자들이 허다했습니다. 계집이 사내보다 더 담대하여 나의 호기를 자극하니 이 어찌 우스운 일이 아니겠습니까."

백자흔이 술잔까지 들어 레이에게 손을 내밀었다.

"한잔하십시오."

레이가 흔쾌하게 술잔을 받았다.

"무슨 술인지 그렇지 않아도 향기가 그윽한 게 아까부터 내내 궁금했다."

이때 그녀의 뒤로부터 말이 들려왔다.

"천일취(千日趣)라고 합니다. 한번 마시면 그 맛에 취해 천일 동안 내내 마신다는 뜻으로 제 어머님께서 작명하였습니다."

두 손으로 술상을 받쳐 든 취향이 조심스런 걸음으로 들어

서고 있었다.

그녀를 바라보는 레이의 눈이 반짝거렸다.

취향이 술상의 안주와 술을 탁자에 모두 내려놓고는 백자흔의 옆에 다소곳하게 자리를 잡고 앉았다.

"소기가 껴도 되는 자리인지 모르겠습니다."

레이가 뭐가 못마땅한지 한마디 거들었다.

"이미 자리에 앉고서 할 말은 아니지."

백자흔이 어색하게 웃으며 제사 타륵을 쳐다보았다.

"마시장의 일을 제사장께서 맡아 하실 의향은 없으십니까?"

타륵이 정색한 표정을 지었다.

"장평의 마시장을 맡는다는 건 북방 부족들을 통솔할 힘을 가지는 것과 같습니다. 작금의 말갈족에겐 그만한 힘이 없습니다."

레이가 서둘러 끼어들었다.

"맡겨준다면 맡겠다. 중원에 지금처럼 말이 부족한 사태는 없었고, 우리가 마시장의 거래를 맡는다면 모든 부족에게 큰 돈을 만지게 해줄 수 있을 것이다."

백자흔이 고개를 숙이면서 말했다.

"그럼 공주께서 책임지고 맡아 해주십시오. 뒷일은 제가 감당해 보겠습니다."

"……."

레이가 놀란 눈을 크게 뜨고 망연자실 그를 쳐다보았다.

백자흔이 술병을 들어 그 주둥이를 입으로 가져갔다.

그때였다.

다급한 발자국 소리가 복도를 울렸다.

"천정창이옵니다!"

취향이 고운 아미를 찌푸리며 고개를 돌렸다.

"무슨 일이냐?"

천정창의 가늘게 떨리는 음성이 바로 들려왔다.

"지금 대문 앞에 대막신궁의 소궁주가 무리를 끌고 와 있습니다!"

대막신궁이란 말에 놀란 제사 타륵과 레이 공주가 자리를 박차고 일어났다. 부정한 짓을 하다 들킨 사람들 같았다.

뒤이어 백자흔이 일어났다.

"얼마나 왔느냐?"

천정창이 머뭇거리다가 입을 열었다.

"은포제자와 적포제자 등 사십여 명에 이릅니다. 이, 이상한 것은 괴, 관을 들고……."

"관? 관이라고?"

좌중의 모든 시선이 천정창의 시선에 던져졌다.

천정창이 어색했는지 몸을 돌렸다.

"싸우러 온 것 같지는 않습니다. 놈들의 태도가 아주 정중합니다."

"일단 나가 보세."

백자혼이 허리춤에 매단 칼을 만지면서 천정창의 뒤를 따랐다.

취향루의 대문 앞에는 대막신궁의 제자들만 와 있는 것이 아니었다. 대막신궁의 소궁주와 제자들이 장평에 들어선 순간부터 많은 사람들이 곧 벌어질 큰 싸움의 결과에 흥미를 가진 건 당연한 일이었다. 알게 모르게 취향루의 주인이 그 유명한 흑도의 절대고수 혼천귀도 백자혼이란 얘기는 전해져 있는 상태였다. 누구에게나 비밀 같은 얘기가 사실 비밀이 전혀 아닌 것이었다.

대막신궁의 제자들 뒤로 구름 같은 인파가 몰려 있었다. 장평에 본래 거주하는 사람들도 있었지만 이틀 후 열리는 마시장에 거래를 위해 모인 상단의 사람들이 반이었다.

상단의 사람들은 대부분 중원에서 들어왔으므로 그들이야말로 혼천귀도 백자혼의 무서움을 누구보다 잘 전해 듣고 있는 사람들이라 할 수 있었다. 북방 부족들은 대막신궁의 소궁주가 직접 온데다가 수행한 은포제자와 적포제자의 규모에 대막신궁의 우세를 점치는 자들이 단연 많았지만 중원에서 온 상단의 무사들은 혼천귀도 백자혼이 우세할 것이라 믿었다.

많은 구경꾼들까지 가세하여 취향루 대문 앞은 그야말로

인산인해를 이루었고, 마침내 대문 안에서 천정창과 백자흔이 모습을 드러냈다.

싸움이 시작되기를 구경꾼들은 바랐지만 대막신궁의 소궁주 대막참도 북양청헌은 백자흔을 보자마자 허리를 깊이 숙였다. 싸울 의사가 있는 자의 태도가 아니었다.

"대막신궁의 소궁주 대막참도 북양청헌이라 합니다."

백자흔이 고개를 끄덕이면서 북양청헌의 무리를 한차례 죽 훑어보았다. 그의 시선을 받은 대막신궁의 은포제자와 적포제자들이 조용히 고개를 숙였다.

백자흔의 시선이 낯익은 얼굴 앞에서 멈추었다. 관을 등짝에 업어 메고 있는 마잠풍이었다. 마잠풍이 고개를 돌려 그의 시선을 피하면서 어찌할 바를 몰랐다.

천정창이 분위기를 살피고는 마잠풍 앞으로 걸어갔다. 믿는 구석이 확실한 때문인지 의젓하고 당당했다.

"그게 뭐냐?"

마잠풍이 북양청헌의 눈치를 살폈다.

북양청헌이 백자흔을 보며 공손하고 조심스럽게 입을 열렀다.

"오는 길에 추혼표풍대로 활동하고 계시는 천근벽해 목 대협을 만났습니다. 목 대협께서 백 대주님에게 전하라는 것입니다. 저희들도 안에 든 것이 무엇인지는 전혀 알지 못합니다."

백자흔이 마잠풍을 보며 말했다.

"내려놓아라."

마잠풍이 관을 백자흔과 천정창의 앞에 내려놓았다.

백자흔이 천정창에게 고개를 돌렸다.

"열어보아라."

천정창이 몸을 숙여 관에 손을 댔다.

관은 사방에 못질이 되어 있었지만 그는 완력으로 관 뚜껑에 힘을 주었다.

끼긱, 끽…….

못이 강제로 뽑히는 소리와 함께 관 뚜껑이 열리기 시작했다.

천정창이 관 틈새로 새어 나오는 악취에 그만 고개를 돌렸다.

시체 썩는 내가 틀림없었다.

주위로도 이미 악취가 번져 백자흔도 냄새를 맡은 듯 눈살을 찌푸렸다.

천정창이 마침내 관 뚜껑을 거칠게 뜯어냈다.

텅!

요란한 소리를 내며 뚜껑이 벗겨진 관 속에 있는 건 가지런히 눕혀진 한 구의 시신. 그리고 시신 위에는 한 자루 창이 시신의 정중앙을 가로질러 놓여 있었다.

천정창이 시신의 얼굴을 살펴보지도 않고 창을 보더니 낮게 부르짖었다.

"뇌, 뇌광자천(雷光紫天) 육도광!!"

창의 손잡이 부분 위 창대에 세각되어 있는 글씨가 있었다.

자천(紫天).

자천.

아아, 누구라서 모를 일인가.

구천흑살대의 한 명으로 천하에서 가장 창을 잘 쓴다는 장창의 절대고수 뇌광자천 육도광의 자천신창(紫天神創).

흑도고수로서 서열 다섯 손가락 안에 드는 절대고수가 차디찬 관에 그의 신병과 더불어 누워 있는 이 사실을 눈으로 목도하지 않고 어찌 믿을 수 있단 말인가.

대막신궁 소궁주 대막참도 북양청헌의 얼굴이 핼쑥해지고 말았다.

혼천귀도 백자흔의 오른팔이나 다름없는 뇌광자천 육도광의 시신을 가지고 왔으니 제정신이 아닌 다음에야 심부름할 것이 아니었다.

북양청헌은 다급하게 무릎을 꿇고 엎드렸다.

"저희들은 정말 아무것도 몰랐습니다. 관 안에 시신이 있는 것도 몰랐습니다."

백자흔은 시선을 관 안의 시신에 고정하고 있었다. 그의 눈빛엔 분노도, 슬픔도, 어떠한 감정도 보이지 않았다. 그저 바라보고만 있을 뿐이었다.

북양청헌의 뒤에 멀찌감치 떨어져 지켜보고 있는 구경꾼들의 얼굴엔 놀란 빛이 가득했다.

한바탕 큰 싸움이 벌어질 것이란 예상과는 달리 북양청헌의 굴욕적인 모습은 특히 북방 부족들에게는 상상하기조차 어려운 일이었다. 그러나 그들 중 어느 한 사람도 이 상황에 대해 왈가불가하는 자는 없었다. 함부로 떠들다가는 목숨이 날아갈지도 모른다는 우려는 이미 공포가 되어 그들을 짓누르고 있었다.

천정창이 고개를 들어 백자흔을 올려보았다. 백자흔의 다음 의사를 묻는 행동이었다.

백자흔이 미동도 않고 선 채 굳게 다물고 있던 입술을 살짝 열어 말했다.

"먼 곳에서 온 분들이다. 모시고 들어가 술이라도 받아주거라."

"예."

천정창이 곧바로 몸을 일으켰다.

크게 화를 낼 것을 예상했던 북양청헌의 얼굴에 금방 화색이 돌았다.

그는 수하들을 지휘하여 빠르게 천정창의 뒤를 쫓아 취향루 안으로 사라졌다.

계속 날리는 눈발 속에 백자흔은 우두거니 허공만 바라보고 서 있었다. 구경꾼들이 하나둘씩 흩어져 갔다. 그들이 모두 사라지고 눈이 머리 위에 하얗게 쌓이고도 백자흔은 움직일 줄을 몰랐다.

관 안에 눕혀진 시신 위에도 하얀 눈은 수북이 쌓였다.

그렇게 시간은 흘러 눈은 폭설이 되어 펑펑 날린지 오래고, 폭설 때문에 인적은 완전히 끊겨 어디에도 사람의 흔적은 보이지 않았다. 그저 취향루 대문으로 가끔씩 천정창이나 취향이 백자흔의 눈치를 살피러 나왔다 들어갈 뿐이었다. 그러나 그들도 감히 백자흔의 얼어붙어 빙상(氷像)이 되어버린 것 같은 사색을 깨울 생각은 하지 못했다.

백자흔의 머리 위에 쌓인 눈이 제 무게를 스스로 견디지 못하고 무너져 내렸다. 그와 동시에 백자흔이 관 앞에 털썩 무릎을 꿇으며 무너졌다. 눈이 먼저 무너진 건지 그가 먼저 무너진 건지 알 수 없었다.

그리고 눈물.

백자흔의 눈에서 굵은 눈물이 그의 볼을 타고 길게 흘러내렸다.

그의 입술은 간헐적으로 떨리면서 오열을 쏟아냈다.

"으허어어엉! 허어엉!"

울음에 섞여 그의 말이 눈발에 묻혀 흐느적거렸다.

"도광… 내 친구여… 죽을 사람은 난데 자네가 왜 여기 죽

어 있는가. 어리석은 날 용서하지 말게. 자네를 위해 복수하
지도 못하는 날 더더욱 용서 말게. 나란 놈은 친구라고 여기
지도 말게. 아직도 살아 있는 날 그저 손가락질하고 돌팔매를
던지시게. 할 수 있다면 그 누구도 아닌 자네의 손으로 내 목
숨을 거두시게."

백자흔이 오열하며 손을 뻗어 시신 위에 올려져 있는 자천
신창을 잡았다.

자천신창의 날카로운 창끝이 그의 목을 노리고 겨누어졌
다.

창을 쥔 손에 힘이 실리기라도 한다면 날카로운 창끝이 목
을 꿰뚫을 것이다.

대문 뒤에서 이를 살펴보고 있던 취향이 부리나케 달려왔
다.

"안 돼요!"

그녀가 온몸을 던져 창을 두 손으로 잡고 매달렸다. 뒤를
쫓아온 천정창이 백자흔의 손을 잡고 늘어졌다.

백자흔의 울음이 통곡이 되어 날리는 눈발을 뚫고 흐느적
거리며 퍼져 나갔다.

"으허어엉… 허어엉!"

제사 타륵과 공주 레이가 그를 향해 걸어오고서야 그는 오
열을 멈추었다. 그에게 매달려 안간힘을 쓰고 있던 취향과 천
정창이 그제야 겨우 그에게서 떨어졌다.

백자흔이 몸을 일으키며 말했다.

"장례를 치를 것이다. 장례를 준비하라."

제사 타륵이 공손하게 허리를 숙였다.

"장례는 제가 돕겠습니다. 우리 부족들이 치르는 장례라도 괜찮겠습니까?"

백자흔의 시선이 타륵의 얼굴에 던져졌다.

"말갈족이 치르는 장례라는 게 어떤 거요?"

타륵이 대답했다.

"풍장(風葬)입니다. 살아 있는 모든 것이 본래 자연에서 왔으니 죽으면 자연으로 돌아가야 합니다. 불에 태워지는 건 그 영혼까지 태워지는 것입니다. 빛과 바람으로 자연에 귀의하는 게 진정한 자연과의 동화입니다. 짐승의 먹이가 되지 않도록 일 년 내내 시신을 돌볼 것입니다."

백자흔이 눈물에 젖어 시선을 허공에 두었다.

"이렇게 눈이 많이 오는데… 내 친구가 춥지 않겠소?"

타륵이 완곡하게 대답했다.

"죽은 사람은 죽은 사람입니다."

백자흔이 고개를 돌려 타륵을 쳐다보았지만 타륵의 표정은 깊은 연륜으로 아무런 변화도 보이지 않았다.

백자흔도 더 이상 아무 말도 하지 않고 서 있었다.

*　　　　*　　　　*

“어쩔 수 없이 며칠 신세를 지게 생겼다.”

레이는 찻잔을 들어 차를 마시며 마주 앉아 있는 취향을 보며 말했다.

취향이 공손하게 머리를 숙였다.

“아까는 소기가 무례했습니다. 끼어들 자리가 아니었는데 그만…….”

레이가 잠시 생각하더니 가벼운 웃음을 머금었다.

“네 미천한 신분 때문에 끼어든 게 잘못이라는 말이냐, 아니면 정녕 중요한 자리에 방해자가 되어서 잘못이란 말이냐?”

“소기는 후자를 말한 것이나 보기에 따라서 전자도 적용되는 일일 겁니다. 기녀 따위가 함부로 공주님의 담소에 끼어들었으니 무례한 일이고말고요.”

“전자의 경우라면 내게 사과할 것 없다. 미천하기로 따지면 변방의 작은 부족의 공주 따위도 신분이랄 게 뭐 있느냐. 힘이라면 이 장평을 한 손아귀에 움켜쥔 백가의 계집인 네 신분이 훨씬 더 대단하다고 할 수 있지.”

“…….”

“그런데 무례인 줄 알면서 왜 끼어든 게냐? 이유가 있느냐?”

“이유는 없습니다. 단지…….”

“…….”

취향이 잠시 말을 끊었다가 고개를 들어 레이를 보면서 말을 이었다.

“밖에서 술상을 준비해 오고 있었는데 서방님이 크게 웃는 소리가 들렸습니다. 단 한 번도 그렇게 호탕하게 웃으시는 걸 듣지 못하였습니다. 소기의 마음이 얼마나 기뻤는지 공주님은 이해하시지 못할 겁니다.”

“그래서 기쁜 마음에 무례를 저질렀다?”

“예.”

취향이 고개를 끄덕이면서 수그렸다.

레이가 환하게 웃었다.

“네 마음이 예쁘구나. 잘못을 인정하는 것도… 잘못에 대한 네 마음도. 그런데 그가 웃는 게 네게 뭐 그렇게 기쁜 일이냐?”

취향이 짐작하는 바가 있었는지 별로 생각도 않고 기다렸다는 듯이 말했다.

“소기의 얕은 생각으로 서방님께서는 크게 상심하고 절망하신 일이 있는 분입니다. 소기가 온갖 애교와 아양으로 위로하여도 술을 곁에서 떼어놓지 않으시는 분입니다. 소기로 인해서는 한 번도 웃지 않으시니 소기가 매달릴 뿐 결코 소기에게 마음을 둔 적이 없으십니다. 그런데 공주님 앞에서는 그리 크게 웃으시니 소기로선 안 되는 일이지만 어쩌면 서방님에게 위로가 되어줄 분이 나타나신 것일지도 모른다는……."

"네 말이 내가 듣기 심히 거북하다는 건 아느냐?"

레이가 얼굴이 굳어진 채 싸늘하게 말했다.

취향이 정색한 표정을 지었지만 그 표정은 나타날 때보다 훨씬 빠르게 사라졌다. 그녀가 입술을 물면서 뭔가 각오한 표정으로 말을 이었다.

"소기의 얕은 생각으로 어찌 공주님의 마음을 헤아리겠습니까? 하나 공주님께서도 서방님을 싫어하는 눈치는 안 보이시기에."

"그가 왜 웃었는지 아느냐?"

묻는 표정이 그리 화를 내지 않는다는 걸 알게 하는 레이였다.

취향이 고개를 저었다.

"그 연유는 아직 알지 못합니다."

레이가 입술을 삐죽거렸다.

"백가 그자가 날 웬만한 사내보다 나은 계집이라 하며 웃었다. 계집을 계집으로 보지 않는 게 내가 좋아할 일이냐?"

취향이 그만 입을 가리며 실소를 흘렸다.

"풋."

"너도 웃는 게냐?"

레이의 얼굴이 차갑게 굳었다.

취향이 고개를 수그리며 자분한 목소리를 냈다.

"사내가 계집을 보는 게 어디 계집의 문제이겠습니까? 계집이 사내를 보는 거나 사내가 계집을 보는 건 취향의 문제라고 생각합니다. 서방님의 성정이 대쪽 같고 불같으시니 그리 보는 것이겠지요. 그래서 기분 나쁘셨습니까?"

레이가 불만스러운 듯 눈살을 찌푸렸다.

"네가 아예 날 동무로 삼을 모양이구나."

취향이 눈을 흘겼다.

"내친김에 동무하면 안 되겠습니까?"

눈치로는 십단인 취향이었다. 그녀는 이미 레이가 백자흔에게 가진 호감을 인식하고 있었고, 자신에게도 충분히 호의를 갖고 대하는 점을 파악하고 있었다.

레이가 눈빛을 반짝였다.

"네가 나의 동무가 된다는 건 날 도와줄 수도 있다는 뜻이냐?"

취향이 고개를 조아렸다.

"여부가 있겠습니까? 좋은 동무가 되기 위해 성심을 다할 것입니다."

레이가 하얗게 웃었다.

"그럼 됐다. 동무하자."

그녀의 말에 취향이 고개를 들더니 치열을 드러내고 웃어 보였다.

레이가 그를 보며 소리 내어 통쾌하게 웃었다.

“하하하!”

취향도 배에 두 손을 얹고 맑은 웃음을 터뜨렸다.

“호호호호!”

＊　　　　＊　　　　＊

천정창은 이제 자신이 과음한 사실을 잊을 만큼 취해 있었다. 계속 그 자신의 의지로 버텨냈지만 계속 권하는 백자흔의 술잔을 받으며 곤드레만드레가 된 것이었다. 사실 그는 백자흔과 함께 대작하고 있다는 것만으로도 적이 흥분한 상태였다. 그 때문에 좀 더 버틸 수 있는 것을 버티지 못한 이유도 있었다.

“대주, 도대체 이게 어떻게 된 일입니까? 저들이 왜 대주님 형제의 시신을 대주님에게 보낸 것입니까? 그리고 대주님께서는 왜 이 먼 곳까지 와 계십니까? 그들에게 쫓기고 계신 겁니까?”

백자흔은 천정창보다 훨씬 많은 술을 마셨지만 조금도 흔들림이 없었다.

“내가 자네를 불러 함께 대작하는 건 그런 얘기를 하고 싶었던 게 아니다.”

그러나 술이 취한 천정창이었다.

“얘기해 주십시오. 제가 무력한 몸이긴 하지만 그래도 혹시 도움이 될지 모르는 거 아닙니까?"

"개소리 그만 해라."

백자흔이 매몰차게 말을 끊었다.

천정창이 집요하게 캐물었다. 술기운에 자신과 함께 있는 상대가 누군지 제대로 인식하지 못하는 모습이었다.

"아무리 생각하고 또 생각해 봐도 이해할 수 없는 일투성이입니다. 천근벽해 목곽이 아무리 대단하지만 그자가 뭘 믿고 대주님의 형제나 다름없으신 분을 죽일 수 있다는 겁니까? 그리고 대주님은 왜 자결을 하려고 한 겁니까?"

백자흔의 시선이 깨진 유리 조각처럼 날카롭게 천정창의 동공을 쏘아보았다. 천정창이 그 칼날 같은 예기에 술이라도 깨는지 흠칫 몸서리를 쳤다.

"취향이야 그렇다 치고, 너도 그렇게 보았다는 거냐? 내가 죽으려고 하는 줄?"

"그럼 아니시란 말씀입니까? 하지만 분명 창끝을 목에 거누고……."

"창끝을 본 것이다. 과연 정말로 천근벽해 목곽이 죽인 것인가 확인하고자."

천정창이 마른침을 꿀꺽 삼켰다.

"확인해 보니 어떻습니까? 그걸로 알 수 있었습니까?"

"천근벽해 목곽이 강하다 하나 상대가 뇌광자천 육도광이라면 결코 녹록한 상대가 아니다. 내가 알기로 최소 수백 초의 나눔이 있어야 결과가 드러날 일. 그런데 육도광의 자천신창에 난 흠집은 길어야 일백 초를 넘기지 못했다.”

“병기의 흠집이라는 게 훨씬 전에 생긴 것도 있을 테고…….”

“육도광은 자천신창을 자신의 몸처럼 여겼다. 날에 조금이라도 흠이 생기면 그 다음날로 바로 날을 갈아 세웠지. 그러니 싸움이 있기 전의 그의 창은 언제나 흠을 찾아볼 수가 없다. 그가 죽어서 왔으니 그의 창의 흠을 내가 볼 수 있는 것이다.”

“그럼 길어야 일백 초의 경합 만에 육 대협을 죽인 자는 누구라 여깁니까?”

“천하에서 뇌광자천 육도광을 일백 초 만에 제압할 수 있는 고수가 몇이나 되겠느냐?”

“많아야 한둘… 이겠죠. 물론 그 한 분은 대주님이실 테고, 또 하나를 꼽으라시면 일양……”

말을 하다 말고 천정창이 술이 취한 와중에도 어깨를 부르르 떨었다.

“일양공자 남궁천록이라는 겁니까?”

“…….”

백자흔이 대답은 하지 않고 술잔을 기울였다.

천정창이 또 물었다.

“대주께서 일양공자 남궁천록과 싸우고 계신 겁니까?”

백자흔이 갑자기 하얗게 웃었다. 얼굴은 웃지 않는데 입꼬리만 웃고 있었다.

"난 싸우지 않으려는데 그가 자꾸 싸우자는구나. 하지만 난 끝까지 싸우지 않을 것이다. 자네도 이제 그만 하게. 내 얘기는 여기까지일세."

"……."

그의 완곡한 말에 천정창이 더 이상 묻지 않았다. 그러나 그의 머리에는 복잡한 생각들이 실타래처럼 얽히고설켰다.

만일 정말로 일양공자 남궁천록과 혼천귀도 백자흔이 싸움을 한다면 그건 중원을 두 쪽 내서 싸우는 엄청난 대전(大戰)이 벌어지는 것을 의미했다. 마교와의 싸움으로 엉망이 되어버린 천하가 지옥의 나락으로 떨어지는 것을 의미하기도 했다. 무림에 몸을 둔 자는 어떤 형식으로든 양측의 어느 한 측에는 몸을 담아야 했다.

그렇다면 난…….

천정창의 생각은 여기까지 미쳤다. 그로선 심각하게 고민해야 할 일이었다.

백자흔이 골똘하는 천정창을 보며 가벼운 웃음을 머금었다.

"역시 자넨 생각이 많군. 그렇게 생각이 많으니 화산에서도 자리를 못 잡은 게지. 잡다하게 생각하는 자는 한 가지 생각만 하는 자를 당하지 못한다네."

"갑자기 그게 무슨 말씀입니까?"

"밤에 가끔씩 자네가 뒤뜰에서 수련하고 있는 것을 보았네. 좋은 사문에서 검을 배워 검의 예기는 비할 데 없이 날카로우나 식의 변화가 너무 많아 살생을 하는 데는 군더더기가 많더군. 검을 춤을 추듯 한단 말일세."

"화산의 검이 화려해 보이는 것은 그 속에 많은 변화가 내포되어 있는 때문입니다. 그것을 어찌 군더더기라 하십니까?"

"화산을 포함한 구파일방은 대단한 절예를 갈고닦아 천하에 널리 명성을 떨쳤으나 작금에 들어 그 기세가 많이 수그러들었지. 널리 제자를 양산하기 위해 살로서의 무예보다는 호신으로서의 무예로 변한 때문이니 예기는 떨어지고 화려함이 돋보이는 이유다. 그리하여 각 문파의 비전인 진산절예는 장문제자에게만 수련케 하니 네가 더 배울 것이 없다 여기는 것과 맥락이 같다."

천정창이 핏줄이 불거지게 흥분하였다.

"화산의 검이 하찮다는 말로 들립니다. 동의할 수 없습니다."

백자흔이 다시 술잔을 들이켰다.

"내가 내일부터 네게 화산의 검을 일부 변형한 검식을 지도할 것이다. 내가 네게 검식을 가르치는 건 네가 취향의 목숨을 네 목숨보다 더 귀히 지켜줄 것이라 믿는 때문이다."

“제가 지금보다 더 강해질 수 있겠습니까?”

“네가 지금의 수준에 머무르고 있는 건 어디까지나 네 자신의 문제였다. 그러나 달리 보면 가르치는 자의 문제이기도 하다. 어디까지나 난 해보자는 것뿐이니 결과를 내는 건 너의 몫이다.”

천정창이 생각해 볼 것도 없다는 듯 의자 아래로 내려와 무릎을 꿇고 엎드렸다.

“열심히 배우겠습니다!”

*   *   *

나신(裸身).

벌거벗은 계집의 몸은 어둠 속에서 달빛을 받아 한 마리 아름다운 은어처럼 꿈틀거렸다.

퍼덕일 때마다 하얀 은빛 비늘을 제 몸 주위에 털어내는 듯 주위가 밝아지는 것 같았다.

그녀가 하얀 엉덩이를 치솟으면 달덩이가 이품 속에 솟는 듯했고, 그녀의 교성은 끈적거리며 깊고 깊은 유혹의 나래를 펼쳤다.

“하아… 하……!”

갑자기 달덩이가 어둠 속에서 사라져 버렸다.

계집을 뒤집어 버린 사내의 근육질 엉덩이가 그 자리를 대신하더니 힘차게 질주를 시작했다.

　숙련된 화부(火夫)처럼 사내는 불덩이를 계집의 몸 깊숙한 곳에 담금질했다.

　계집은 모용혜였고, 사내는 남궁천록이었다.

　뜨거웠던 열락의 태풍이 사라지고, 모용혜와 남궁천록은 벌거벗은 몸으로 침상에 나란히 누워 있었다.

　모용혜는 절정의 후유증이 채 가시지 않은 듯 가쁜 숨을 내쉬며 자신의 가슴을 스스로 어루만졌다.

　"아무리 생각해도 대주께서 이번 일에 천근벽해 목곽을 보낸 건 이해가 되지 않아요."

　반면에 남궁천록의 숨결은 이미 안정되어 있었다.

　"뭐가 이해가 되지 않는다는 거냐?"

　"목곽은 자긍심이 대단하고 누구보다 승부욕도 강하죠. 냉철하게 일을 처리하기에는 적임이라고 보이지 않거든요. 물론 이 문제에 대해선 대주께서 누구보다 더 잘 알고 계시기 때문에 그 처사가 이해가 되지 않는 것이죠."

　"네 걱정이 무엇인지 알겠다."

　남궁천록이 몸을 돌려 모용혜의 허리를 한 손으로 감았다.

　잘록한 허리에 펑퍼짐한 엉덩이, 작지도 크지도 않은 가슴이 꽤나 육감적인 모용혜였다. 옷을 입었을 때의 느낌보다 벗은 몸이 훨씬 좋은 여자였다.

　"어머, 또……."

모용혜가 허벅지에 닿은 단단한 느낌에 교성을 흘리며 자지러졌다.

남궁천록이 벌써 그녀의 몸에 올라탔다.

"목곽이 백자흔과 한판 붙어 버릴까 봐 그게 걱정되나?"

"목곽 스스로는 대주 외에는 아무도 인정하지 않잖아요. 그는 하늘 아래 자신보다 강한 사내가 둘씩이나 된다는 것을 절대로 인정하지 않아요. 그러니 그럴 가능성이 아주 농후… 억!"

"행위가 좀 지나쳤나? 힘들어?"

"아, 아니예요. 계, 계속해요."

남궁천록의 엉덩이가 들썩거리고 그 움직임을 따라 모용혜의 입에서는 가늘고 긴 비음이 흘러나왔다.

"아아… 흑……!"

"목곽이 백자흔과 한판 붙어 어떤 결과를 내든 우리가 손해 볼 건 없지. 그럴 일은 없겠지만 목곽이 이긴다면 그로써 좋은 일이 될 테고, 백자흔에게 목곽이 진다 해도 백자흔 또한 상처를 입을 테니까."

"원하는 게 양패구상(兩敗俱傷)인가요? 아아!"

"야수가 사냥을 할 때 멀쩡한 놈을 사냥하나? 병들거나 다친 놈을 노리지. 백자흔 한 놈 때문에 공연히 힘 뺄 필요가 뭐 있어."

"맞아요. 목곽이 강호오대세가의 후예도 아니고… 좀 거추

장스럽기는 하죠. 곧 조정에서 논공행상(論功行賞)이 있을 텐데 흑도가 통째로 제외되고 백도에서도 강호오대세가가 아닌 문파까지 빠질 수만 있다면… 천하는 강호오대세가의 세상이 되겠군요."

"황가의 영위는 영원하지 않지만 강호오대세가는 무려 일천여 년을 금력과 권력, 때론 무력으로 세상에 군림했지. 진정으로 영원히 군림하는 건 강호오대세가뿐이야."

"아학… 학… 내… 내가 대주와 가까워진 건 정말 잘한 일이로군요. 어흑! 논공행상 때 물론 우리 모용세가에는 좋은 일이 있겠죠?"

"그건 내가 결정하는 일이 아닌걸."

"왜 이래요. 대화성의 추혼표풍대의 대주로서 논공행상 때 조정의 대신회의에 참여하는 걸 알고 있어요."

"그, 그래. 그렇군. 내 입김이 통한다면 모용세가에 좋은 선물을 안겨줄 거야. 약속하지."

"하흑! 나랑 혼례하여 남궁세가와 모용세가가 하나가 된다면 천하를 전부 우리가 가질 수 있지 않을까요? 아학!"

절정으로 치달으며 모용혜의 신음이 점점 커질 때였다.

남궁천록이 갑자기 몸을 확 빼더니 옆으로 돌아 누워 버렸다.

모용혜가 앙칼진 표정을 하고 달려들었다.

"왜 이러는 거예요?"

그녀가 위에서 다시 시도를 하려 했지만 그런 그녀를 남궁천록이 밀어냈다.

"나랑 혼례를 하겠다고? 나와 잠을 잔 게 그런 뜻이었나?"

모용혜의 얼굴이 창백해졌다.

"꼭 그러자는 건 아니지만… 그럴 수도 있는 것 아닌가요? 내가 대주에게 그렇게 부족한 여자인가요? 난 대주를 욕심내면 안 되나요?"

남궁천록이 상체를 일으켰다.

"상황을 몰라도 너무 모르는군."

"……."

그는 아예 침상에서 벗어나 옷을 추슬러 입기 시작했다.

"앞날의 일을 예측하기 어렵다 하나, 내가 너하고 혼례를 치르는 일은 절대 일어나지 않아."

모용혜의 얼굴이 수치심으로 빨개졌다. 그러나 그녀는 재빨리 수습에 나섰다.

"그럼 그냥 즐거요. 날 노리개로 삼아요. 그렇게 해서라도 대주의 옆에만 머물게 해줘요."

남궁천록이 그녀를 향해 몸을 돌렸다.

모용혜가 그의 앞에 무릎을 꿇고 앉아 사타구니에 얼굴을 묻었다.

'이렇게 해서라도 그의 곁에 있지 않으면 안 돼. 모용세가를 위해서… 금후 천하는 황실의 것이 아니라 대화성의 것이

고 남궁세가의 것이니까. 그래, 모용세가를 위해… 이까짓 모
욕쯤은 견뎌내야지. 나 하나의 희생으로 얻어지는 게 얼마나
큰데.'

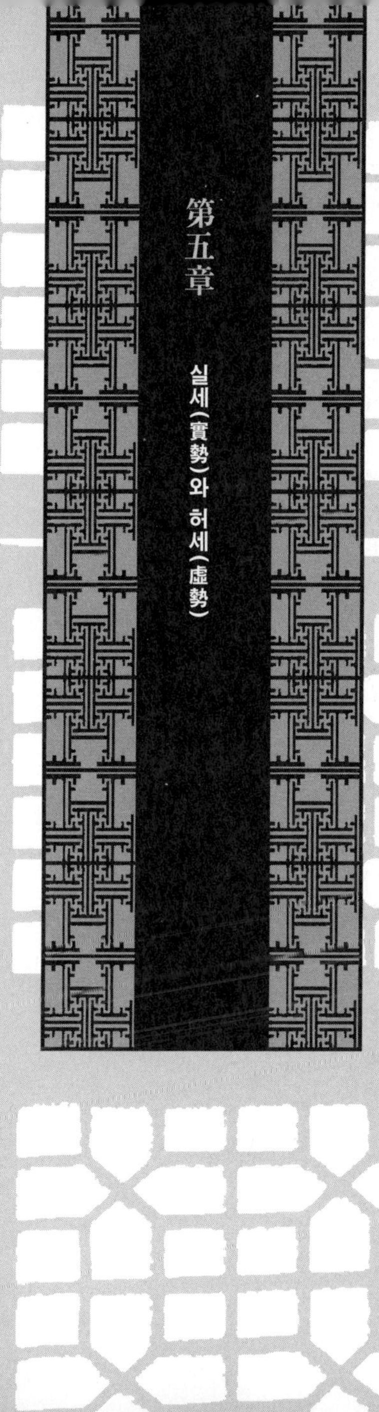
第五章

실세(實勢)와 허세(虛勢)

黑道戰士

항용각(亢龍閣).

항룡각은 장평에서 가장 큰 여각(旅閣)으로 규모가 팔층에 이르렀다. 중원에서 건축 공부(工夫)들이 들어와 지은 것으로 장평은 물론 북방 어디에서도 볼 수 없는 화려한 축조물이었다.

선물을 두르고 올라간 용은 마치 금방이라도 하늘을 향해 승천할 듯 징교하여 보는 이의 탄성을 자아내기에 충분했다.

아침 일찍 천정창이 항룡각을 찾았다.

그가 항룡각을 찾아 만나고자 한 사람은 산동성(山東省) 제남(濟南)의 번룡상단(飜龍商團) 행수 어문기였다.

어문기는 육순이 넘은 나이임에도 불구하고 건강한 혈색이었다. 호신술로 익힌 무예의 재간이 뛰어나 강호에서도 적지 않은 명성을 떨치는 자로 그의 오랜 경륜은 많은 사람들의 존경을 받았다.

천정창은 이미 구면인 듯 가볍게 고개를 숙였다.

"어 행수님, 오랜만에 뵙습니다."

"껄껄… 이게 누구신가? 내 그렇지 않아도 천 대협을 일간 한번 보고 싶었는데… 내 마음을 어찌 읽으셨소?"

산동성 제남의 번룡상단은 지역적 특성으로 북방과의 교역이 활발했다. 자연 북방 교역의 중심지인 장평을 장악하고 있는 철흑사 패거리와는 좋은 관계를 유지하는 터였다.

담소하기 위한 자리가 마련되었다.

천정창이 머뭇거리다가 입을 열었다.

"왜 저를 보고 싶어하셨습니까?"

어문기가 낭탕하게 웃었다.

"껄껄껄! 찾아온 사람이 먼저 답을 구해야 하지 않겠소. 어찌 나를 찾아오셨소?"

천정창이 어깨를 한껏 펴면서 다소 거들먹거렸다.

"알다시피 지금의 철흑사는 제가 맡고 있습니다. 잘 보여야 할 쪽은 어 행수이십니다."

녹록지 않은 그의 몸짓과 어투에 어문기가 금방 정색을 하며 말을 바꾸었다.

"물론입니다. 저희 상단이 장평에서 거래를 하기 위해서는 천 대인의 마음을 흡족하게 하여야 할 것입니다. 지위가 바뀌면 사람도 바뀌는 법이거늘 어 모가 늙어 잠시 판단력이 떨어졌습니다."

"……."

천정창은 대답 대신 앞에 놓인 찻잔을 들었다.

어문기가 곧바로 말을 이었다.

"제가 천 대인을 찾아뵙고자 한 것은 이번에 열리는 마시장을 말갈족이 주관한다는 난데없는 소문을 접했기 때문입니다."

천정창이 놀란 표정을 지었다. 백자흔이 말갈족 레이 공주에게 마시장을 맡기기로 한 것은 어제의 일이다. 그런데 그런 정보가 벌써 어문기의 귀에까지 들어갔으니 어문기의 수완에 놀라는 것이었다.

"맞습니다. 말갈족 공주가 올해의 마시장 거래를 주관할 겁니다. 그런데 그걸 어떻게 아셨습니까?"

어문기가 천정창의 눈치를 살피며 말했다.

"레이 공주가 마시장에 거래할 말들을 소유한 각 부족의 족장들에게 회합을 지시했습니다. 오늘 밤 취향루에서 회합이 있는 것으로 알고 있습니다."

천정창은 망연자실했다.

레이 공주가 마시장을 주관하기로 결정한 게 어제 오전의 일인데 언제 족장들에게 파발을 띄웠단 말인가. 그가 전혀 알지 못하는 일이었으므로 그는 황당하고 당혹스러웠다.

그러나 철흑사의 우두머리를 자처한 입장인 그로서 그런 중요한 일을 모른다고 해서는 체면이 서지 않았다.

"대막신궁의 소궁주도 지금 취향루에 와 있습니다. 어느 부족이라도 부르면 와야 할 것입니다."

"물론… 물론 그렇겠죠. 그런데……."

어문기가 머뭇대면서 말을 이었다.

"회합의 목적이 무엇입니까? 설마 말 가격을 올리려고 단합이라도……?"

"하하하!"

생각할 시간이 필요한 천정창이 일부러 큰 소리를 내어 웃었다.

"파는 사람이 가격을 후하게 받고자 할 테고 사는 사람은 헐하게 사고자 할 테인데… 그렇더라고 그게 뭐 잘못된 일입니까?"

어문기가 난색을 지었다.

"올해의 거래는 다른 해와는 사뭇 다릅니다. 각 상단이 민간용 말의 수주는 이미 포기했고, 오로지 군수를 맞추는 데 혈안이 되어 있습니다. 군수라는 게 맞추지 못하게 되면 다음 해의 군수권을 박탈당하게 되는지라……."

"어 행수님의 말씀을 이미 알아들었습니다. 어려운 일이 생기면 제가 도울 일은 돕겠습니다."

"천 대인께서 그리 말씀해 주시니 마음이 놓입니다. 이제 천 대인께서 저를 찾아온 이유를 기탄없이 말씀해 주십시오."

"예."

천정창은 잠시 숙고하더니 어렵게 입을 열었다.

"혹시 흑도와 백도, 혹은 대화성과 십팔마궁, 추혼표풍대 와 구천흑살대 사이에 어떤 일이 있는지 알고 있는 게 있습니 까?"

어문기의 표정이 갑자기 굳어졌다.

이미 구천흑살대의 대주로서 천하에 파란을 일으킨 난세영웅(亂世英雄) 혼천귀도 백자흔이 이곳에 와 있는 것을 모르지 않는 어문기였다. 말 한 번 잘못했다가는 무슨 화를 당할지 모르는 일이었다. 더구나 천정창이 백자흔의 수하에 있으니 그로선 얼어붙지 않을 수 없었다.

그렇다고 천정창의 도움이 절실한 마당에 입을 닫고 있을 수도 없는 노릇이었다.

"너무 광범위하게 물으시니까… 알고 싶으신 게 구체적으로……."

천정창이 가슴을 치며 크게 소리쳤다. 좀 더 고압적인 자세가 필요하다고 판단한 때문이었다.

"쉽게 말하면 백자흔이 이곳에 와 있는 이유를 조금이라도 알고 있느냔 말이오."

어문기가 눈치를 보며 고개를 흔들었다.

"제가 그걸 어찌 알겠습니까? 하지만 다소 문제가 있다는 말은……."

"문제? 어떤 문제 말입니까?"

"마교를 토벌하는 일이 거의 마무리되어 가는 것 같습니다. 그러니 황실과 조정에서 이 일에 혁혁한 공을 세운 토벌대에 대해 벌써 논공행상이 벌어지고 있습니다. 그런데 강호오대세가에서 논공행상을 독차지하려 한다는 말이 있습니다. 그들이 조정의 논공행상을 독차지하려 한다면 불가피하게 흑도를 배제시킬 수밖에 없는 일이 아니겠습니까?"

"그들이 그런 일을 하려 한다면 흑도에서 관망만 하고 있겠습니까?"

"그러니 부딪치는 것이겠죠. 오랜 세월 중원의 상권과 지방 정권을 마음대로 주물러 온 강호오대세가는 이번 일로 새로 부흥하는 세력이 생기는 것을 탐탁지 않게 여길 것입니다. 강호오대세가는 각기 경쟁에 있지만 새로운 경쟁자가 생기면 언제든 하나로 뭉쳐 신진 세력을 배척해 왔습니다. 강호오대세가가 곧 백도고 백도가 곧 강호오대세가입니다. 구파일방조차도 강호오대세가의 눈치를 보는 마당인데… 그들이 더구나 흑도가 세력을 불리는 것을 지켜보고만 있겠습니까?"

"이번 마교와의 전쟁에선 백도보다 흑도의 공이 더 컸습니다. 구천흑살대는 늘 선봉에 서서 싸웠고 언제나 마교의 간담을 서늘하게 했습니다. 공이 그들에게 돌아가지 못한다면 그 논공행상은 아무도 인정하지 않을 겁니다."

"모두가 그렇게 생각한다는 것에 강호오대세가가 더 큰 문제를 삼는 겁니다. 현재 흑도의 중심인 십팔마궁이 논공행상으로 군수까지 얻는다면 이는 맹호에게 날개를 달아주는 겪이 아니고 무엇이겠습니까? 또한 강호오대세가로서는 자신들이 독식하고 있던 군수의 일부를 뺏기는 일이니 당장 큰 타격을 받을 수도 있고, 여러모로 우려가 될 것입니다."

"듣고 보니 그렇습니다."

뭔가 정리가 되어가는 느낌에 천정창이 고개를 연신 끄덕였다.

"그런데 흑도의 현 얼굴이나 다름없는 백자흔이 왜 이런 오지에 와 있는 겁니까?"

어문기가 몸을 낮게 수그리며 낮은 음성으로 대답했다. 혹여 듣는 사람이 있을까 잔뜩 긴장한 낯빛이었다.

"제가 중원에 있을 때 추혼표풍대가 백자흔의 뒤를 쫓고 있다는 발을 들었습니다. 그 내용은 알지 못하지만 추혼표풍대의 대주 일양공자 남궁천록이 백자흔을 찾고 있는 것만은 확실합니다. 천근벽해 목 대협이 뇌광자천 육도광의 시신을 백자흔에게 보낸 일도 이와 무관하지 않을 겁니다."

"……."

천정창이 고개를 끄덕이며 상체를 의자 등받이에 기대 곧추세웠다.

어찌 되었든 강호오대세가가 흑도를 이번 논공행상에서 밀어내기로 하였다니 흑도와 백도의 싸움은 불가피한 일이 되었다. 이런 중요한 때에 왜 흑도를 대표하는 영웅 백자흔이 북방에 와 있는지는 아직 알 수 없는 일이지만 큰 흐름에 대한 추론의 근거를 얻었으니 수확이라면 수확이었다.

"더 해줄 얘기는 없습니까?"

이에 여문기가 고개를 끄덕이며 말했다.

"예. 하지만 제가 좀 더 알아보겠습니다. 어쨌든 천 대인께서 백자흔과 함께 있는 건 아주 위험해 보입니다. 몸조심하십시오."

천정창이 몸을 일으켰다.

"그럼 또 뵙겠습니다."

*　　　*　　　*

북방의 부족 족장들이 한자리에 모인 것은 드문 일이었다.

넓은 초원을 놓고 서로 경쟁하는 무리라 개중에는 견원지간(犬猿之間)도 있었다.

그러나 말을 방목하여 기르고 그것을 중원에 팔아 부족의 살림을 꾸리는 그들이라 일의 중요함이 무엇보다 우선함으로 모두 소집된 것이었다.

레이는 자리에 앉아 있는 족장들을 훑어보고 있었다.

말갈족보다 강맹한 부족의 족장들이 우선 눈에 들어왔다.

돌궐족의 족장 모릉투와와 기련산 일대를 장악하고 있는 흉노족(匈奴族)의 족장 아와록은 거만한 자세를 일관했다.

외에도 귀방(鬼方), 융(戎), 적(狄) 같은 부족들이 있으나 대부분 돌궐족이나 흉노족의 갈래들로 사실상 돌궐족이나 흉노족의 지배를 받고 있어 결정권도 없는 들러리에 불과했다.

레이가 말했다.

"이번 마시장의 거래는 우리 모두에게 아주 중요합니다. 다른 해보다 분명 말 가격이 뛰겠지만 그 정도에 만족하고 있을 때가 아닙니다. 여러 족장님들이 제 말만 믿고 따르신다면 반드시 큰 이문을 챙기게 될 겁니다."

모릉투와가 수염을 쓰다듬으며 굵은 음성을 냈다.

"그래서 뭘 어쩌자는 거요? 거두절미하고 요지만 얘기합시다. 험."

레이가 가소롭다는 듯 가늘게 웃었다.

각 족장늘이 쉽게 따르지 않을 것이라는 건 이미 예상한 일이었다. 회합 장소를 굳이 취향루로 잡은 것도 그 때문이었다. 밖에서 보기에 대막신궁 소궁주는 볼모로 잡혀 있는 것이고, 취향루의 주인이 혼천귀도 백자흔인 이상 이 모든 것은 그들에게 무언의 압력으로 작용할 것이다.

하지만 좀 더 확실하게 다잡아놓을 필요가 있었다.

"이 일은 나의 낭군님께서 내게 모든 것을 맡겼으니 책임
또한 나의 낭군님이 지실 겁니다."

낭군이라니……?

모룽투와와 아와록이 놀란 표정으로 레이를 바라보았다.
그녀가 낭군이라 칭한 자가 백자흔이라는 것을 못 알아듣는
바보는 좌중에 아무도 없었다.

그래서… 그래서 마시장이 말갈족에게 넘어간 거야. 레이
공주가 미인계로 백자흔을 사로잡은 거지. 이제야 말갈족이
마시장을 얻어낸 사연을 알겠군.

모두의 생각이 그랬다.

그들이 그렇게 믿도록 하는 것이 또한 레이의 계교였다.

레이는 족장들의 표정을 보면서 자신의 계교가 먹혀들었
다는 것을 알았다.

"제 뜻에 따르시겠습니까?"

모룽투와가 족장들의 눈치를 살피면서 대답했다.

"하늘 아래 가장 강한 이의 뜻인데 어찌 따르지 않을 수 있
겠소. 강한 건 권능이고 절대요."

그랬다. 아직도 원시적인 부족의 행태를 벗지 못한 북방의
부족들에게 강한 건 무조건 숭배의 대상이었다. 자연의 섭리
요, 지고지순한 가치였다.

레이가 상기된 표정으로 빠르게 말했다.

"그럼 몰고 온 말을 다시 몰아 부족에게 돌아가세요."

"예?"

"예?"

좌중이 삽시간에 술렁였다.

레이가 소리쳤다.

"제 말대로 하셔야 합니다! 여기서 나가는 즉시 말을 몰고 부족에게 돌아가시란 말입니다! 못 알아들으신 분 있습니까?"

"……."

"……."

그녀의 노여움에 좌중이 이내 찬물을 끼얹은 듯 조용해졌다.

이번엔 아와록이 입을 열었다.

"우리 흉노족은 천 리가 넘는 길을 왔소. 아무 소득도 없이 어찌 돌아가라 하는 거요?"

레이가 완곡하고 강경하게 말했다.

"제가 분명히 시키는 대로 하면 큰 이문을 볼 것이라 했습니다. 덧붙이건대, 행여 제 허락없이 말을 거래하는 일은 없으셔야 합니다. 만일 그런 일이 일어난다면… 그 후의 일은 나도 책임질 수 없습니다."

말과 함께 레이가 자리를 박차고 일어났다.

그녀가 밖으로 나가는 것을 족장들이 멀뚱멀뚱 쳐다보고

있었다.

＊　　　＊　　　＊

중원에서 온 상단의 행수들이 야심한 시각임에도 불구하고 항룡각에 속속들이 도착했다. 북방 부족들이 철수를 준비한다는 얘기가 들리고, 상황은 급변하고 말았다.

마교와의 오랜 전쟁으로 군수품이 바닥난 상황이라 각 상단은 이번 군수에서 엄청난 특수를 바라보고 있었다. 군수품 중에서 말은 아주 중요한 군수에 속하고, 이를 해결하지 못한다면 뒤따라 있을 각종 군수 납품을 따내지 못하는 불이익을 받을 수 있었다.

상단마다 사정이 같고, 다급함에 절박함도 같았다.

"각 부족들이 단합해서 말 값을 올리려는 수작이 분명합니다! 이에 휘말려서는 안 됩니다!"

"그렇습니다! 절대로 휘말려 들어서는 안 됩니다!"

강경한 행수들의 흥분한 외침이 회합장 안을 쩡쩡 울렸으나 대부분의 행수들 표정엔 불안감이 가득했다.

어문기는 행수들 중에서 나이로 보나 오랜 경험적 연륜으로 좌중을 주도하고 있었다.

"그럼 그들이 그냥 말을 몰고 돌아가도록 두고 보자는 겁니까?"

그의 날카로운 일침에 좌중은 조용해졌다.

"……."

"……."

어문기가 침중한 어조로 말을 이었다.

"물건이 딸리면 물건을 가진 자가 가격을 높이기 마련입니다. 더구나 이쪽의 약점을 이미 저들은 알고 있는 듯 보입니다. 이 자리에 모인 행수들 중에서 이번 군수에 응찰하지 않은 행수가 있습니까? 문제는 저들이 아니라 군수 그 자체입니다. 저들이 우리의 약점을 쥐고 흔들면 우리로서는 속수무책일 수밖에 없습니다. 아닙니까?"

"거래를 해야 무슨 방도가 있는 것이지 아예 거래도 않고 돌아가겠다니 하는 말이 아닙니까?"

화북 지방(華北地方)의 거상 화북상단(華北商團)의 행수 배도고가 흥분하여 소리쳤다.

산동성을 거점으로 하는 어문기가 속한 번룡상단과는 경쟁적인 관계에 있고, 거래 규모로는 화북상단이 번룡상단보다 배 이상 규모가 컸다. 화북상단이 강호오대세가 중 하나인 화북용가(華北龍家)의 상단인 만큼 하북성(河北省), 산서성(山西省), 산동성(山東省) 등의 화북 지방에서는 자타가 인정하는 상단의 맹주인 것이다.

어문기가 코웃음을 치며 그를 자극했다.

"군수를 독차지하고 좋아할 때는 언제고 그러시오? 우리가 고작 말 오백 필의 군수를 받을 때 배 행수께서는 하북과 산서는 물론 산동성에 이르기까지 무려 오만 필의 군수를 받으셨으니 배가 터질 지경 아닙니까? 배탈이 나도 날 일이지요.”

“그래서 지금 싸우자는 겁니까?”

배도고가 얼굴을 시뻘겋게 붉힌 채 고래고래 소리를 질렀다.

이때 좌중에서 누군가의 외침이 크게 터져 나왔다.

“그만 하시오! 여기 십만 필의 군수를 받은 행단도 있소이다!”

십만 필이란 말에 행수들이 고개를 돌려 외친 자를 쳐다보았다. 보지 않아도 누군지 뻔히 짐작이 가는 일이었으므로 확인하는 것에 불과했다.

바로 중원에서 가장 인구가 많은 화남 지방을 거점으로 한 화남상단의 행수 오자원이었다. 화남상단은 강호오대세가의 하나이며 가장 세력이 큰 남궁세가의 직계 상단이었다.

어문기가 다시 말했다.

“작으나 크나 여기 모이신 행수들의 처지는 모두 같소. 그러니 저들이 우리의 약점을 쥐고 흔드는 이상 우리도 힘을 합쳐야만 할 것이오. 우리가 당장 할 수 있는 일부터 찾읍시다.”

오자원이 주저하지 않고 의견을 개진했다.

“먼저 북방 부족들이 말을 끌고 돌아가는 것을 막아야 할 겁니다! 북방의 날씨는 변덕스럽고 이미 겨울로 접어들었습니다! 이제 돌아간다면 어찌어찌 개별적으로 거래를 튼다고 해도 너무 시간이 많이 소요됩니다!"

배도고가 말을 이었다.

"저들도 말을 팔지 않고는 부족의 겨울 살림을 제대로 꾸릴 수가 없을 겁니다! 저들에게 필요한 물자는 우리에게 있고, 서로 간의 필요에 의해 거래는 이루어지게 되어 있습니다! 물론 조급한 것은 우리지만 그렇다고 무조건 끌려 다닐 게 아니라 힘을 과시해서라도 저들을 협상에 응하게 해야 할 겁니다!"

어문기가 배도고를 쏘아보았다.

"그렇다면 배 행수께서 취향루에 다녀오시겠습니까? 다녀오시는 김에 혼천귀도 백자흔도 만나서 으름장을 좀 놓으시고요."

배도고가 강경한 모습을 뒤로 감추고 난처한 표정으로 더듬거렸다.

"그… 그것을 어찌 내게……."

오자원이 그를 두둔하려는 듯 재빨리 끼어들었다.

"취향루에 다녀오는 일은 번룡상단의 어 행수께서 맡아주십시오. 북방의 일에 관한 한 어 행수님만큼 식견이 탁월하신 분이 없지요. 선견지명이 있어 벌써 어제 철흑사의 새 우두머리 천정창을 만난 것으로 알고 있습니다."

배도고가 소리쳤다.

"그렇습니다! 이 일을 맡으실 분이 어 행수님 말고 누가 또 있겠습니까?"

좌중에 요란한 박수 소리가 터졌다.

누구도 맡고 싶지 않은 일을 한 사람에게 강제로 떠맡기는 것에 서둘러 동의하는 탓이었다.

어문기가 가벼운 미소를 머금었다. 어차피 이렇게 될 일이라는 것을 예견하고 있는 탓이었다.

*　　　*　　　*

레이 공주는 어문기의 방문을 받았다. 제사 타룩이 함께 그를 맞았으므로 타룩과 안면이 있는 어문기는 곧장 협상에 들어갔다.

"원하시는 게 무엇입니까?"

레이 공주가 완곡하게 고개를 흔들었다.

"우린 원하는 게 없습니다."

"그럼 말을 팔지 않겠다는 건 무슨 뜻입니까?"

"우리가 판 말로 군대를 짜서 우리를 토벌하는 데 쓰는데 어찌 우리가 말을 팔아야 한다고 합니까?"

"……."

어문기는 그만 말이 막혔다. 그러나 이대로 물러날 수는 없는 노릇이었다.

"그럼 정말로 우리가 빈손으로 돌아가기를 바라십니까?"

레이가 침착한 표정으로 가늘게 웃었다.

"어차피 빈손으로 돌아갈 수 없다는 건 나도 알고 어 행수께서도 아는 일이죠. 각 상단의 호위무사들의 움직임도 이미 간파하고 있습니다."

"무력 충돌을 원하십니까?"

"한번 해보시겠어요?"

"……."

어문기가 또다시 말문을 닫았다.

레이 공주가 워낙 세게 나오는 터라 협상이 잘되지 않았다. 그녀의 의도는 명백했다. 중원의 상단 쪽에서 백기를 들고 협상에 응하는 것이었다. 그건 협상이 아니라 일방적인 강요가 되겠지만.

어문기가 잠시 생각하고는 조심스럽게 입을 열었다.

"북방 부족들이 공주님과 같은 생각으로 말을 팔지 않는다면 조정에서는 이 일을 크게 문제 삼을 수도 있습니다. 북방 부족들이 힘을 하나로 뭉쳐서 전쟁을 준비하고 있다 오해라도 한다면 어쩌시겠습니까?"

레이가 흠칫 놀란 표정을 보였다.

충분히 가능성 있는 일이었다. 오래전부터 북방 영토를 탐내온 중원이 아닌가? 자칫하면 어문기의 말대로 정벌의 빌미를 제공할 수도 있는 일이었다.

어문기가 목소리에 힘을 실었다.

"북방 부족들도 말을 팔지 않고는 이 긴 겨울을 무사히 넘길 수 없습니다. 이제 거래의 명확한 조건을 얘기해 보십시오. 무엇을 원하십니까?"

레이가 호흡을 가다듬으면서 침착하게 말했다.

"중원의 상단들은 이번 군수에 높은 가격으로 응찰했을 겁니다. 분명히."

어문기가 순순히 고개를 끄덕였다.

"예. 예년과는 상황이 많이 달랐습니다. 말이 필요한 건 우리 상인이 아니라 나라와 각 성의 군대니까요."

레이가 살포시 웃었다.

"상인들을 무조건 이문을 남기려 합니다. 하지만 어떤 거래는 결코 이문을 남길 수 없는 것도 있습니다. 난 이번 거래를 그렇게 만들 작정입니다."

어문기가 눈살을 찌푸렸다.

"이문을 남기지 못한다는 건……."

"당신들이 응찰한 가격보다 더 비싸게 말을 팔겠다는 겁니다. 당신들에게 반드시 손해를 입혀야 되겠다는 거죠. 오랫동안 우리에게 헐값으로 말을 사들여 크게 이문을 보았으니 한 해 정도는 손해를 봐도 무방하다고 생각하는데 어 행수의 견해는 어떻습니까?"

"저희들이 어느 정도나 손해를 봐야 합니까?"

"당신들이 필요로 하는 말 수는 채워드리겠습니다. 대신 당신들이 응찰한 가격의 두 배를 내세요."

"두 배씩이나요?"

어문기가 화들짝 놀래서 입을 쩍 벌렸다.

레이가 가늘게 웃었다.

"말을 수급하지 못해 군수를 박탈당하여 입을 손해에 비하면 그나마 적은 손실입니다. 이 조건은 절대로 철회되지 않으며 이를 결정할 수 있는 기한은 내일 자정까지입니다."

*   *   *

같은 시각 천정창은 백자흔을 찾았다.

오늘도 백자흔이 기거하는 방에는 술 냄새가 진동하고 있었다. 취향이 나른한 모습으로 백자흔의 옆에 붙어 술시중을 들었다.

앞에 앉은 천정창에게 백자흔이 시선을 던졌다.

"할 말이 있는 얼굴이다. 말해라."

천정창이 공손하게 머리를 수그렸다.

"말갈족 레이 공주의 일 처리가 너무 지나칩니다. 강경한 태도로 일관하다가 중원의 상단들이 반발이라도 하게 되면……."

"지금까지는 잘하고 있는데 뭐가 문제냐?"

"중원의 상단들은 강호오대세가의 비호를 받고 있습니다. 강호오대세가가 이 일에 개입하게 되는 건 좋은 일이 아닙니다."

백자흔이 달라붙어 있는 취향을 밀어내고는 몸을 일으켰다.

"나가자. 바람 좀 쐬어야겠다."

삭풍이 몰아치는 벌판이었다. 장평을 막 벗어나면 바람은 북풍한설로 다가오고, 벌판은 끝도 보이지 않는 설원으로 펼쳐졌다. 그 막막함이 한겨울의 추위를 더욱 춥게 만들었다.

설원의 한복판에 백자흔이 천정창을 데리고 섰다.

"봐라. 그들은 더 북풍한설 속에서 겨울을 견디어낸다. 가축을 기르고 자식을 낳는다. 손이 다 터질 테고 입술이 다 찢어질 테지만 양을 기르고 말을 기른다."

"……"

"중원의 옥토에 사는 자들과는 다르다. 그들에겐 달리 살아야 할 뾰족한 방법도 없다. 주어진 운명을 자연의 순리대로 순응한다. 그러나 중원의 상단들은 그들의 삶이 얼마나 척박하든 개의치 않는다. 그저 더 많은 이문을 남기기 위하여 피를 빠는 흡혈귀처럼 값을 깎으려 할 뿐이다."

“…….”

“왜 내가 레이를 도울 뜻을 굳혔는지 아느냐?”

“모릅니다.”

“흩어진 부족들을 모으기 위한 자금을 만들고자 한다고 했다. 대막신궁과는 다르다. 대막신궁은 북방 부족들의 고혈을 팔아 그들 자신이 호화롭게 살기 위한 발판으로 삼았다. 그에 비하면 레이 공주와 제사 타륵의 뜻은 갸륵하다. 난 그것으로 족한다. 그러니 이번 일은 레이가 알아서 하도록 내버려 둘 것이다.”

“백자흔님의 뜻이 그렇다면 따르겠습니다.”

천정창이 백자흔 앞에 무릎을 꿇고 앉았다. 복종의 뜻을 명백하게 전하기 위함이었다.

백자흔이 갑자기 옆구리에 찬 칼을 뽑았다.

천정창이 겁을 잔뜩 먹은 눈으로 백자흔을 바라보았다.

백자흔이 칼을 쥔 채 한 걸음 앞으로 나아갔다.

“잘 봐라. 보여주는 건 한 번뿐이나.”

백자흔의 신형이 아주 느릿하게, 그러나 절도있게 움직였다. 칼이 허공에 휘둘러지고 걸음이 흩어지기도 하고 모이기도 했다.

휙! 휙!

허공을 가르는 파공성이 삭풍 속에서도 또렷하게 들렸다.

천정창의 시선이 백자흔의 움직임을 열심히 쫓았다. 바로 자신에게 가르쳐 준다는 그 무예를 시전하는 것임을 알고 있었다. 조금 다르게 보였지만 백자흔이 시전하는 무예가 화산의 독문 절예인 구궁매화검(九宮梅花劍)에 기초하고 있다는 것을 깨달았다.

구궁매화검은 화산의 진산절예로 장문제자를 통해서만 전해졌으며, 천정창 자신도 여러 번 보기는 했으나 배운 바가 없는 것이었다.

그런데 백자흔이 어떻게 화산의 구궁매화검을 알고 있는 것일까.

백자흔이 시전을 다 마치고 돌아섰다.

"보았느냐?"

"예, 보았습니다."

"느낀 게 있느냐?"

"제가 배운 적이 없습니다. 그저 몇 번 장문제자들이 수련하는 걸 훔쳐본 적이 있을 뿐입니다."

"그렇다면 다시 보아라. 이번에는 느껴라."

백자흔이 다시 몸을 돌리며 칼을 휘둘렀다. 날이 한쪽 밖에 없는 검이었지만 그는 개의치 않고 날이 양쪽에 있는 것처럼 칼을 놀렸다. 그리고 이번의 그의 동작은 처음과는 비교할 수 없을 만치 빨랐다.

천정창의 얼굴에 경악한 표정이 떠올랐다. 처음과는 비교할 수 없게 백자흔이 펼치는 구궁매화검이 위력적으로 보였다.

그것은 화산의 장문제자들이 시전하던 위력과도 비교할 수 없었다. 전혀 다른 검법 같았다. 그 흐름은 처음 시전한 때와 같음에도 불구하고.

백자흔이 자세를 멈추고 다시 그를 쳐다보았다.

"느꼈느냐?"

천정창이 마지못해 대답했다.

"빠릅니다. 빠르니까 위력이 달라졌습니다."

"빨라진 건 무엇 때문이냐?"

"변화가 없습니다. 변화를 담지 않았습니다."

"이제 내가 네게 말하려는 게 무엇인지 알겠느냐?"

"…예."

천정창은 어렵게 고개를 끄덕였다. 다 알지는 못했으나 그 느낌은 알 수 있었기 때문이다.

백자흔이 칼을 옆구리에 꽂아 넣으며 말했다.

"화산의 검법은 많은 변화를 추구하는 데 장점이 있을 수 있다. 그러나 난 네가 화산의 검법에서 꼭 남겨야만 하는 변화만을 살리고 불필요한 수식은 과감하게 없애기를 바란다. 다시 얘기하지만 그건 너의 몫이다."

천정창이 물었다.

"그런데 어떻게 화산의 구궁매화검을 알고 있는 겁니까?"

백자흔이 피식 웃었다.

"나의 사부가 누구냐?"

천정창이 대답했다.

"십팔마궁의 궁주 혼천명왕입니다."

"그건 그분이 십팔마궁의 궁주에 앉은 후에 얻은 별호이다. 그 이전에 그분은 천하제일인으로 불렸고, 만박불패(萬博不敗)의 무위로 천하인들의 간담을 서늘하게 했다. 그분이 무엇 때문에 무림의 각대문파를 찾아다니며 비무를 나눴겠느냐. 이기는 것보다 상대의 비기를 찾아내 자신의 것으로 취하기 위함이었다. 그러니 그분이 화산의 구궁매화검을 겪어보았을 테고, 제자인 내가 그 장단점을 사부에게서 배웠으니 내가 구궁매화검을 아는 게 이해가 안 될 일이 무엇이냐?"

천정창이 망연자실한 표정을 지었다.

십팔마궁은 애초에 흑도의 가장 강맹한 열여덟 개의 문파가 자신의 자제들을 당시의 천하제일인으로 추앙받는 흑도의 전설적인 고수 만박불패 혁련호의 제자로 만들고자 축조했던, 그저 수련을 위한 궁이었다.

만박불패 혁련호는 그들의 요청으로 흑도의 후기지수를 양성하는 궁주의 직위에 앉았지만 꼭 그들 열여덟 문파의 자제만을 제자로 받아들이지는 않았다.

보다 문호를 넓게 하여 천하에서 광범위하게 뛰어난 무골을 찾아 받아들였으니 백정의 자식인 백자흔도 그의 제자가 될 기회를 얻을 수 있었다.

그러다 만박불패 혁련호가 죽고 십팔마궁의 궁주는 이를 만든 열여덟 개의 문파들이 돌아가면서 궁주를 순계하기에 이른 것이었다.

흑도에서는 십팔마궁의 궁주가 되는 자가 곧 흑도무림을 차지할 수 있다고 믿었다.

그러나 지금의 상태로는 어느 한 사람이 십팔마궁의 궁주로서 그 자리를 오래 유지하는 것이 불가능했다.

천정창은 조용히 검을 빼 들었다. 그리고 백자흔이 펼쳐 보였던 구궁매화검을 응용한 새로운 검법을 익히기 시작했다. 하나라도 잊지 않고 자신의 것으로 만들기 위해 해가 저무는지 모르고 몰두했다. 그가 온몸이 땀에 젖어 정신을 차렸을 때 백자흔은 아직도 그곳에 석상처럼 우뚝 서 있었다.

백자흔이 천정창을 보며 말없이 웃었다.

천정창 또한 말없이 웃음으로 화답했다.

그리고 한순간 두 사람은 누가 먼저라 할 것 없이 소리 내어 웃기 시작했다.

"하하하!"

"하하하하!"

놀아오는 길이었다.

천정창이 물었다.

"제게 원하는 게 무엇입니까?"

"난 네게 취향을 맡겼다. 그러니 넌 그녀를 돌봐야 한다. 내게 무슨 일이 생겨도 그건 나의 일일 뿐이다. 네 일은 그녀를 돌보는 것임을 잊어서는 안 된다."

"그뿐입니까?"

백자흔이 천정창을 고개 돌려 쳐다보았다.

"주제넘은 짓이다. 네 물음은 내가 네게 원하는 것을 묻는 게 아니라 네가 나에게 원하는 것이 있음을 말하는 것이다. 네게 무엇을 원하느냐?"

천정창이 고개를 떨어뜨렸다.

그랬다. 천정창은 시간이 가면 갈수록 백자흔에게 매료되어 가는 자신을 발견했다. 백자흔의 동무가 되어 함께 강호를 질타하는 꿈을 꾸기도 했다.

백자흔의 꾸짖음은 당연했다.

"주제넘은 짓이었습니다. 용서하여 주십시오."

백자흔이 허공에 시선을 던졌다.

"지금의 너의 감정은 냉정하지 못하다. 내가 처음 느낀 네 느낌하고는 사뭇 다르다. 냉철하게 판단한다면 내 곁에 있는 건 네게 아무런 도움이 되지 못한다. 그럼에도 난 네게 큰 짐을 떠맡겼다. 내 가르침은 그에 대한 대가에 불과하다. 그러니 내게 고마움 따위는 갖지 않아야 한다."

"……."

무슨 말인지…….

천정창은 이해할 수 없다는 눈빛으로 백자흔을 쳐다보았다. 그러나 그의 머리는 이미 이해하고 있었다. 그것은 곧 다가올 불운한 징조를 그들 둘이 모두 알고 있는 때문이었다.

그리고 그 불운한 징조는 바로 그들 앞에 펼쳐져 있었다.

돌아가는 길, 그리고 그 길목에 놓여져 있는 관 하나. 관을 발견한 것은 두 사람이 거의 동시였지만 천정창의 걸음은 불운한 징조에 대한 예감에 얼어붙었고, 백자흔은 성큼성큼 관을 향해 걸어갔다.

백자흔이 몸을 숙이더니 관을 잡고 관 뚜껑을 힘주어 뜯었다.

끼이익!

관 뚜껑에 박혀 있던 못들이 강제로 뽑혀 나오더니 덜컹 관 뚜껑이 열렸다.

호기심을 참지 못하고 천정창이 백자흔의 뒤로 다가왔다가 관에 눕혀져 있는 시신의 얼굴을 보더니 질겁하고 엉덩방아를 찧으며 쓰러졌다.

"사, 살아 있습니다!"

얼굴은 시커멓고 굵은 상흔들이 지렁이가 기어가는 듯 여기저기 얽히어 있었다. 눈은 부릅뜨고 있는데 생기가 분명하고 퉁퉁 붓고 터진 입술이 알아들을 수 없을 만큼 작은 읊조림을 흘려냈다.

"대… 대주……"

털썩.

백자흔이 그 앞에 무릎을 꿇고 주저앉았다.

관 안의 사내의 눈이 천천히 감기어졌다. 그뿐이었다. 더 이상 사내의 눈은 떠지지도 않았거니와 미약하게 움직이던 숨결마저 멈추었고, 몸은 매서운 삭풍에 얼어붙고 있었다.

천정창이 관 안을 들여다보며 나직이 중얼거렸다. 흘러나온 음성에 떨림이 가득했다.

"흉안혈부(凶顔血斧) 막각… 입니까? 이렇게 얼굴에 상처가 많은 사람이라면 역시 흉안혈부… 막 대협이……."

흉안혈부 막각.

도끼 한 자루를 들고 양자강을 주름잡는 녹림십팔채(綠林十八寨)를 피로 물들인 무용으로 천하에 널리 이름을 알린 흑도의 젊은 고수였다. 파(派)는 전하지 않고 낭인(浪人)으로 명성을 떨치다 십팔마궁에 투신하여 백자흔과 같은 길을 걸으니 구천흑살대의 열여덟 명 중 거의 유일하게 계보가 없이 무배경으로 성장한 고수라 하겠다.

그 때문에 백자흔과는 일찍부터 동병상련의 처지로 엮여 형제로서 우애를 닦던 자였다.

백자흔이 느릿하게 몸을 일으켰다. 그리고 혼잣말로 알아들을 수 없을 만치 작은 읊조림을 흘렸다.

"단 한 마디만 할 수 있는 숨결만 남겨놓았다. 그 단 한 마디를 내게 하고 죽었다."

대주라는 단 한 마디였다.

그 한 마디에 슬픔과 격노를 담았을 것이고, 죽음과 복수를 당부했을 것이다.

백자흔은 아무렇지도 않은 듯 걸음을 떼어놓았다.

천정창이 서둘러 관 뚜껑을 덮고 관을 어깨에 들쳐 멨다.

*　　　*　　　*

레이가 방에 들어섰을 때 취향은 많이 취해 있었다. 그녀가 들어선 것을 전혀 알지 못할 만큼.

레이가 취향에게 다가들어서 그녀가 쥐고 있는 술병을 뺏어 들었다.

"무슨 술을 이렇게 많이 했어?"

취향이 그녀를 힐긋 보더니 재차 술병을 뺏었다.

"이리 줘요."

"왜 그래? 무슨 일이야?"

"그 사람이 떠날 준비를 하는 거라고요."

"떠날 준비를 하다니? 그게 무슨 소리야?"

레이가 놀라서 반문했다.

취향이 간드러지게 웃어댔다.

"까르르르! 왜, 그가 떠난다니 겁이 나요? 공주님의 마음만 흔들어놓고 그냥 가버릴까 봐요?"

“…….”

레이가 속내를 들켰다는 듯 취향을 흘겨보았다.

취향이 술병을 입에 처넣고 술을 벌컥벌컥 들이켰다.

“그 사람이 천정창을 왜 내게 붙여주었는지 알아요? 왜 며칠째 나와 잠자리를 하지 않는지 알아요?”

“…….”

“떠날 준비를 하는 거라고요! 정을 떼고 있는 거라고요!! 이제 알겠어요? 내가 왜 술을 마셔야 하는지?! 왜 처먹는지?!”

레이가 울부짖는 취향을 가슴에 끌어안았다.

취향이 울음을 그치지 않고 주절거렸다.

“그래서… 나 혼자선 안 되니까… 안 되니까… 공주님이 도와주기를 바란 거라고요. 공주님이라면 그를 붙잡을 수 있을지도 모르니까… 요.”

그때였다.

마치 만년빙굴에서 부는 바람같이 차가운 음성이 그들의 뒤로부터 날카롭게 들려왔다.

“아주 지랄을 해요, 지랄을.”

레이가 흠칫 놀라며 고개를 뒤로 돌렸다.

분명히 닫혀 있는 창문 앞, 언제 들어왔는지 그곳에 붉은 홍의를 세련되고 요염하게 걸쳐 입은 계집 하나가 양 허리에 손을 올린 채 싸늘한 표정으로 서 있었다. 그 도도함이 예사롭지 않은 데다 얼굴에 드리운 차가운 표정이 살기처럼 서슬이 퍼랬다.

"누… 누구냐?"

레이가 물었으나 홍의녀는 대답도 않고 성큼성큼 그녀에게로 걸어왔다.

그녀가 레이의 위아래를 훑어보더니 냉랭하게 코웃음쳤다.

"흥! 하고 있는 꼬락서니 하고는. 오랑캐 계집이라 그러려니 했지만 공주라고 해서 좀 긴장했지 뭐야."

레이가 발끈해서 분개한 표정으로 소리쳤다.

"네년이 누구냐고 묻지 않느냐?"

홍의녀가 그런 레이의 뺨을 다짜고짜 갈겼다.

따악!

"악!"

뺨을 맞은 레이의 몸이 휘청거리면서 취향에게 떨어져 바닥에 쓰러졌다.

취향이 게슴츠레한 눈으로 홍의녀를 올려보았다.

"너… 넌 누구야? 누군데 함부로 들어와서……."

홍의녀가 취향의 머리채를 확 낚아챘다.

"악!"

취향이 비명을 지르면서 뒤로 고개를 꺾었다.

홍의녀가 취향의 얼굴을 들여다보면서 나직하게, 그러나 엄중하게 말했다.

"내가 누구냐고? 구유음요 요요라고 하면 네가 알까? 알지도 모르지. 내가 워낙 유명하긴 하니까."

"아… 알아요. 알아요."

취향은 고통에 눈물을 글썽이면서 얼굴 앞으로 두 손을 가지런히 모았다. 고통도 고통이지만 두려움은 당장 살이 도려지고 뼈가 발라지는 것만 같았다.

홍의녀 요요가 움켜잡았던 취향의 머리카락을 맥없이 놓았다.

"널 상대하고 있으면 내가 더 상처받을 것 같아. 상대할 가치도 없는 년이다, 넌."

그러더니 그녀가 창 쪽을 보면서 빽— 악다구니를 터뜨렸다.

"아직 멀었어?!"

그 순간이었다.

와작!

소리와 함께 창문을 부수면서 무엇인가 큰 물체가 안으로 날아들더니 둔탁한 소리를 내며 바닥에 쿵! 하고 떨어졌다.

무복을 한 무사였는데 이미 숨이 끊어져 있었다.

그를 시작으로 무사의 시신이 육칠 구나 연속으로 날아들었다.

요요가 눈 하나 깜짝하지 않고 시신을 지켜보면서 나직한 목소리로 읊조렸다.

"쥐새끼들이 꽤나 많았네."

창문 쪽에서 가늘지만 높은 목소리가 들려왔다. 보지 않아도 누구나 알 수 있을 만큼 또렷한 계집의 음성이었다.

"더 있었는데 여럿 놓쳤어. 몇 놈 잡아서 족쳤더니 중원에서 온 상단의 호위무사들이더군. 소속은 제각기 달랐어."

레이와 취향이 고개들 돌려 부서진 창문을 통해 안에 들어와 있는 검은 옷의 계집을 쳐다보았다. 흑나찰 소소였지만 그녀들은 소소의 정체를 알지 못했다. 그저 얼음장같이 차가워 보이는 모습에 검은 옷이 그녀에게 꽤나 잘 어울려 나찰(羅刹) 같아 보일 뿐이었다.

요요가 소소를 보면서 미묘한 웃음을 지어 보였다.

"쥐새끼는 여기도 있던 걸."

말이 끝나는 순간 그녀의 신형이 허공으로 솟아올랐다.

대들보 위에서 빠르게 움직이는 신형 하나가 있었지만 그의 앞을 가로막는 소소의 동작이 더 빨랐다.

"어딜 가려고!"

퍼억!

"으웩!"

소소의 발이 인영의 어디를 걷어찼는지 인영이 돼지 멱 따는 비명을 지르면서 아래로 떨어져 내렸다.

쿵!

"윽!"

떨어진 인영의 목을 어느새 소소가 발끝으로 짓누르고 있었다.

대들보에 숨어 있다 잡힌 인영의 복장은 앞서서 잡힌 무복의 무사들과는 사뭇 달랐다. 얼굴에 검은 복면을 하고 있는 것이 그랬으며, 몸에 완전히 밀착되게 달라붙는 검은 옷을 입고 있는 것이 그랬다. 적지에 들어가 동태를 살피고 정탐하는 전문 밀인(密人)이었다.

요요가 바닥에 내려서더니 밀인의 앞으로 다가왔다.

밀인은 소소의 발끝에 목이 눌려 숨도 제대로 쉬지 못했다. 양손에는 표창 두 개씩을 쥐고 있었는데, 미처 쓸 틈이 없이 당한 것을 알 수 있게 했다.

요요가 오른발을 들더니 밀인의 사타구니에 올려놓았다.

“내가 누군지는 들어서 알 것이고, 내게 허튼소리를 했다가는 어찌 될 것도 능히 짐작할 것이다. 맞느냐?”

“…….”

밀인이 복면 속의 눈을 고갯짓 대신 깜박거렸다.

요요가 소소를 쳐다보자 소소가 밀인의 목을 누르고 있던 발을 치웠다.

“컥!”

밀인이 참았던 숨통을 텄다.

요요가 발끝에 힘을 줘 그의 사타구니를 눌렀다.

“윽!”

밀인이 놀라서 비명을 지르며 양손에 쥐고 있던 표창을 엉겁결에 놓고 말았다.

소소가 그중 하나를 주워 들더니 얼굴 앞에 들고 자세히 살폈다.

"독이 묻어 있지는 않으니 누굴 죽이려고 들어온 자는 아니로군."

밀인이 서둘러 말했다.

"그… 그렇습니다. 사람을 해치려는 뜻은 없었습니다. 그저 동태를 살피라는 명을 받아서……."

요요가 웃으며 입을 열었다.

"숨어든 게 언제냐?"

"사… 사흘 되었습니다."

그의 말에 요요가 의미심장하게 웃으며 고개를 돌려 취향을 쳐다보았다.

"들었느냐? 왜 사흘이나 백자흔이 널 품지 않았는지 이제 그 이유를 알겠느냐?"

"……."

취향이 대답도 못하고 그녀를 쳐다보았다.

요요가 뇌쇄적으로 미소를 지었다.

"네 어리석은 머리로 백자흔의 생각을 속단하지 말라는 말이다. 백자흔이 정말 너 같은 년에게 마음이 있었겠느냐? 한낱 몸 파는 미천한 기녀 주제에 너무 많은 걸 원하는 것 아니냐. 너희 같은 것들이 어찌 그의 마음을 돌보겠다고……."

참고 듣고 있던 레이가 기어코 분통을 터뜨렸다.

"네가 백가와 어떤 관계인지는 모르지만 같은 여자로서 말을 너무 함부로 하는구나! 신분은 취향이 미천한지 모르지만 천박한 걸로 치면 네년이 으뜸이다!"

"저년이 아까부터!"

요요가 살기를 돋우었다. 그녀의 눈에서 보기에도 섬뜩한 푸르스름한 녹광(綠光)이 흘러나왔다. 어둠 속에서 마주친 야수의 눈빛과 같은 것이었다.

레이는 그러나 눈빛을 피하지 않았다. 피하지 않을뿐더러 더 기세등등해 소리쳤다.

"보아하니 네가 백가에게 버림받은 모양이구나! 하하하! 은근히 백가는 치켜세우면서 취향은 멸시하고 내리깎는 꼴이 가소로워 웃지 않을 수가 없다! 하하하!"

요요의 얼굴이 벌겋게 상기되었다.

"네년의 주둥아리부터 닥치게 해야겠다!"

그녀의 신형이 밀인을 떠나 레이에게로 단숨에 날아갔다. 그 보도 듣도 못한 상승 경공에 레이의 안색이 창백하게 변했다. 피할 수 없는 것을 직감한 그녀는 눈을 질끈 감아버렸다. 그 뒤에 일어날 공포에 대해 알고 싶지 않다는 듯. 그러나 주먹이라도 날아올 것을 예감한 그녀에게 아무런 일도 일어나지 않았다.

레이는 천천히 눈을 떴다. 순간 그의 앞을 가로막고 선 넓은 뒷등이 시야에 꽉 찼다. 그 뒷모습만 봐도 누군지 알 수 있었다.

백자흔이었다.

대체 언제 온 거지?

그녀는 의문을 풀 새도 없이 백자흔의 등 옆으로 고개를 빼서 요요를 쳐다보았다. 요요의 내뻗은 주먹의 손목을 백자흔이 잡고 서 있었다.

말은 요요의 입에서 먼저 흘러나왔다.

"대… 대주……."

백자흔의 얼굴엔 표정이 없었다. 그가 무슨 생각을 하는지 아무도 짐작할 수 없었다.

그가 나직이 말을 내뱉었다. 억양의 고하가 전혀 없는 무심한 어투였다.

"단목설도 왔느냐?"

요요가 낮게 대답했다.

"오지 않았습니다. 하지만 어제까지는 함께 있었습니다. 급하게 어딘가 다녀오겠다고 했으니 곧 뵐 수 있을 겁니다."

"……."

백자흔이 아무 말도 없이 잡고 있던 요요의 손목을 놓았다. 요요가 조용히 뒤로 물러섰다.

백자흔의 시선이 자연스럽게 흑나찰 소소를 향했다.

소소의 눈빛이 한순간 크게 파문이 일면서 출렁거렸다.

백자흔이 먼저 그녀의 시선을 외면해 고개를 돌렸다.

이때 바닥에 쓰러져 있던 밀인이 전광석화처럼 빠르게 부서진 창문을 향해 날아갔다. 그로서는 젖 먹던 힘까지 다한 일이었다.

순간 그의 목을 노리고 한줄기 날카로운 광망이 따라붙었다.

쉐엑, 퍽!

살을 뚫는 둔탁한 소리와 함께 그의 목에는 표창이 꽂히고, 그는 비명을 지르며 허공에서 몸이 굳어졌다.

"어욱!"

표창은 본래 그의 것이었으나 조금 전에 소소의 손에 들려 있던 것이었다.

소소가 몸을 돌려 백자흔을 향해 공손하게 머리를 수그렸다.

"밀인은 사천당문(四川唐門)의 제자입니다. 밀인이 사용하려던 표창이 그 증거입니다. 사흘 동안 숨어 있었으니 대주의 사소한 일거수일투족까지 알고 있을 것이기에……."

백자흔이 말했다.

"내가 이미 알고 있었다는 건 요요가 짐작한 대로다. 굳이 죽일 필요까지는 없었다. 죽여도 내가 죽였어야 할 일. 사천당가와 원한을 맺는 건 네게 좋은 일이 못 된다."

털썩.

갑자기 소소가 무릎을 꿇었다.

"대주, 도대체 무엇 때문에 이러십니까? 무엇 때문에 이런 오지에 와 하찮은 자들과 섞여 계시는 겁니까? 흑도를 버리시는 이유가 무엇입니까? 구천흑살대의 뿌리가 흔들이고 있습니다. 그만 돌아와 우리를 거두어주세요. 제발… 이렇게 간곡하게 부탁드립니다."

요요도 즉각 백자흔 앞에 무릎을 꿇었다.

"우리는 모두 한 사부 밑에서 수업을 같이한 사형제지만 피를 나눈 형제, 자매 못지않았습니다. 어떻게 하루아침에 이 모든 것을 버리고 한마디 말도 없이 떠난 겁니까? 연유를 아는 것도 중요하지만 대주께서 제자리로 돌아오시는 건 더욱 중요합니다."

백자흔이 허공을 올려보며 고개를 가늘게 흔들었다.

"난 모든 것을 버렸다. 너희들이 뭐라고 하든, 그들이 내게 무슨 짓을 하든… 난 결코 돌아가지 않을 것이다. 이제 너희들의 운명은 내 운명 밖의 것이다. 난 더 이상 너희들과 결부되기를 원치 않는다."

소소가 소리치듯 말했다.

"결부되지 않는다고 결부되지 않겠습니까? 이미 보았듯 뇌광자천 육도광과 흉안혈부 막각이 죽임을 당했습니다. 다음이 누구 차례인지 또 보셔야 되겠습니까? 그들이 왜 죽어야 합니까? 그리고 우리는 왜 그들에게 지금 목숨을 위협받고 있습니까?"

백자흔이 천천히 걸음을 옮겨 취향이 술을 마시던 자리로 걸어갔다. 술병을 집어 들더니 입에 거꾸로 처박고는 단숨에 술병의 술을 비워 버렸다.

"꺼져라. 남궁천록이 무슨 짓을 하든 난 돌아가지 않는다. 그리고 너희들의 일은 더 이상 나의 일이 아니다. 내가 너희들을 버렸듯이 너희들 또한 나를 버리면 되는 것이다. 그뿐이다."

"……."

"……."

요요와 소소가 갑자기 침묵했다. 아니, 분노했다. 그들의 표정에 분노가 뚜렷하게 떠올라 있었다.

요요가 먼저 돌아섰다.

"가자, 소소."

소소는 마지못해 몸을 돌렸다.

"…그래, 가자. 그는 더 이상 우리의 사형도 아니고 아무것도 아니다."

두 여자의 신형이 부서진 창문을 통해 붉고 검은 천처럼 포물선을 그리며 날아갔다.

와작.

백자흔의 손에 쥐고 있던 술병이 한순간 요란한 소리를 내며 깨졌다. 부서져서 숱한 조각도 흩어지며 떨어져 내렸다.

그에게 먼저 달려온 것은 취향이었다.

취향이 그의 손을 잡고 손가락을 펴고자 했다. 하지만 백자흔의 손은 깨진 술병 조각들을 움켜쥔 채 그녀를 밀어냈다.

레이가 다가와 백자흔의 입술을 작은 천 조각으로 닦아냈다. 언제부터인지 모르지만 그의 입에서 붉은 핏물이 흘러내리고 있었다.

취향의 얼굴이 그의 사타구니 사이에 처박혔다.

백자흔은 그녀가 무슨 짓을 하든 우두커니 그 자리에 붙박인 듯 서 있었다.

"……."

혼이 달아난 사람 같았다.

第六章

수궁사(守宮砂)의 비화(秘話)

黑道戰士

　상단의 행수들이 둘러앉은 자리는 침울하기 이를 데 없었
다.

　각 상단에서 백자흔의 동태를 살피기 위해 보낸 호위무사
들 태반이 죽었고, 살아 돌아온 자들의 보고에 의하면 그들은
더욱 곤경에 처했기 때문이다.

　백자흔 하나만 해도 상대하기 힘든 판에 천하에 더할 수 없
는 잔인한 손속과 사나운 무예로 웬만한 사내들도 감낭할 수
없다는 구천흑살대의 요녀와 살녀 구유음요 요요와 흑나찰
소소까지 나타났다니 그들이 어떤 수를 쓰든 상대가 되지 못
한다는 판단이었다.

어문기는 좌중의 눈치를 살피며 입을 열었다.

"이제 자정이 지났으니 최후통첩이 딱 하루 남았소. 우리가 결정할 건 정해진 것 같소. 말을 살 것인지 말 것인지."

화북상단의 행수 배도고가 버럭 소리를 질렀다.

"우리들이 응찰한 가격의 배를 내라지 않소! 이게 어디 말이나 되는 소리요!!"

어문기는 웃으며 고개를 설레설레 흔들었다.

"화북상단은 매점매석을 통해 열 배 이상의 이문을 본 적도 허다하지 않소. 그게 터무니없는 바가지라면 배 행수는 열낼 자격이 없소."

배도고가 끓어오르는 분기를 참느라 어쩔 줄을 몰랐다.

어문기가 어깨를 펴면서 말을 이었다.

"난 통고했고, 난 이미 결정했소. 번룡상단은 레이 공주의 제의를 받아들일 것이오. 그러니 각 상단은 오늘 자정까지 각자의 입장을 내게 통고해 주시오. 난 통고받은 대로 전하겠소."

상단의 행수들이 웅성거렸다.

"어허, 이런……."

"안 살 수는 없는 일이고… 사자니 손해가 막심하고……."

"어찌하겠나. 말을 아니 갖고 돌아가면 더 큰 손해가 기다리고 있을 텐데……."

작은 규모의 상단은 은근히 거대한 상단의 큰 손해를 즐기는 듯도 했다.

어문기가 그랬다. 그는 이번 일로 특히 화북상단이 크게 손해를 입게 된 것에 내심 즐거워하고 있었다. 경쟁 관계에 있는 상단인 데다 같은 상인으로서 도를 넘은 행위를 일삼는 화북상단의 횡포에 평소 불만이 많은 때문이었다.

중원에서 화북 지방과 화남 지방은 가장 인구가 많은 지역으로 이를 차지하고 있는 화북상단과 화남상단의 규모는 상상 이상이었다.

달리 말하면 그만큼 강호오대세가의 힘이 강맹하다는 것으로, 화남 지방의 호족이자 맹주를 자처하는 남궁세가나 화북 지방의 터줏대감인 화북용가의 상단이 차지하는 위상을 대변했다.

배도고가 화남상단의 행수 오자원의 의견을 구했다.

"오 행수는 어찌하시겠소?"

오자원이 어색한 웃음을 지어 보였다.

"난들 뾰족한 수가 있겠습니까? 어띤 희생을 치르더라도 예정된 말의 규모를 갖추어갈 수밖에요."

어문기는 벌써 자리에서 일어나 밖으로 나가고 있었다.

배도고가 못마땅한 표정으로 어문기의 뒷모습을 보며 눈을 흘겼다.

"사사건건 시비를 걸다니… 날 잡아서 번룡상단을 통째로 손봐주는 수밖에."

　　　　　*　　　　　*　　　　　*

“벗어.”

어둠 속에서 그의 말은 거역할 수 없는 지고한 엄명과 같았다. 대단한 존재감만큼이나 위압적인 어투였다.

단목설.

십팔마궁의 현 궁주 낙일검성 단목강의 무남독녀로서, 십팔마궁을 구성한 열여덟 흑도 문파 중 가장 큰 세력을 지닌 흑사문의 후계자로서 일찍부터 영명을 날려온 촉망받는 강호 후기지수의 한 명인 그녀는 어둠 속에 창백한 표정을 하고 서 있었다.

방 안엔 작은 유등(油燈) 하나만 불빛을 반짝거리고, 사내는 어둠 속 깊숙한 침상에 몸을 누인 채 다시 말을 이었다.

“거부하는 건가? 여기까지 날 찾아왔을 때는 나와 네 아버님과의 밀약을 지키겠다는 뜻으로 알았는데.”

단목설이 가늘게 경련하며 떨리는 음성으로 말했다.

“나의 아버님이 당신에게 뭘 약조했다는 거죠?”

사내 남궁천록이 낭랑하게 웃었다.

“하하하, 무얼 약조했느냐고? 네 아비가 내게 널 주겠다고 하였느니라. 그러니 넌 이 자리에서 네 뜻을 밝혀라. 네가 내게 몸을 바치고 살길을 찾는다면 나 또한 네 아비에게 주기로 한 것을 줄 것이다."

단목설이 분기탱천하여 소리쳤다.

"남궁천록! 야비하고 치졸하구나! 내 마음을 사고자 하는 자가 이렇게 나오느냐?"

남궁천록의 웃음이 끊이지 않았다.

"하하하, 누가 네 마음을 사고자 한단 말이냐? 난 그저 노리개로서 널 마음에 둘 뿐이다. 그놈이 내 누이동생을 건드렸으니 난 그놈과 정약이 되어 있는 널 건드리는 것뿐. 이에는 이, 눈에는 눈일 뿐이다."

"그놈? 백자흔을 말하는 것이냐?"

백자흔의 이름이 거론되자 남궁천록이 벌떡 몸을 일으켰다.

"그럼 네년과 정약한 놈이 백자흔 말고 또 있단 말이냐?"

"백자흔이 네 누이동생을 건드렸다는 건 무슨 말이냐? 네 누이동생이라면 강호제일미(江湖第一美) 천기선녀(千技仙女) 남궁수하가 아니냐?"

천기선녀 남궁수하.

천 가지 기예를 지닌 선녀라는 이름으로 당대 최고 미인 중 하나로 손꼽히는 사내들의 선망의 대상이었다. 강호오대세가 중 남궁세가의 여식으로 황실의 공주 이상의 귀하고 높은 신분인 이 절세가인을 흠모하지 않는 사내가 없는, 그야말로 금지옥엽(金枝玉葉). 당금 황제의 태자들이 서로 눈독을 들이고 있으나 그들 모두를 마음에 두고 있지 않다고 나라를 벌컥 뒤집어놓은 일화로 유명하다.

마교와의 전쟁 중에는 남궁천록을 따라 추혼표풍대의 한 명으로 무용을 떨쳤을 만치 무예 또한 뛰어났다.

남궁천록이 성큼성큼 단목설을 향해 걸어왔다.

단목설은 그의 두 눈에서 불덩이가 이글거리는 것을 보며 주춤 뒤로 물러났다.

그러나 이미 남궁천록은 그녀의 앞까지 이르러 거친 숨을 토하며 말하고 있었다.

"그 벌레만도 못한 백정 놈이 감히 내 어여쁜 누이동생을 건드렸으니 내가 놈을 어떻게 할 것 같으냐?"

남궁천록이 얼굴을 단목설에게 가까이 붙이고 이를 갈면서 말을 이었다.

"벗어!"

단목설은 겁먹은 생쥐처럼 어깨를 파들파들 떨었다. 그 어깨에 남궁천록의 손이 닿았다. 닿았다 싶은 순간 찌익! 소리를 내며 그녀의 옷이 거칠게 찢겨져 나갔다.

그가 그녀의 옷을 모두 찢어버리는 데는 일다경(一茶更:차 한 잔 마실 시간)도 채 걸리지 않았다.

단목설은 반항도 한 번 제대로 하지 못하고 두 손으로 드러난 몸을 가리는 데 급급했다. 가끔씩 그저 비명 같은 신음을 흘릴 뿐이었다.

"꺄악… 악!"

남궁천록이 거친 숨을 헐떡거리며 떠들었다.

"내게 잘 보이면 너는 물론 네 아비, 네 가문이 상권(商權)을 나누어 가져 더 이상 음지가 아닌 양지에서 떳떳하고 영화롭게 살게 될 것이다. 내가 네 아비와 약조한 바 있으니 내가 그리해 줄 것이다."

"……."

"하나, 너와 네 아비가 내 뜻에 어긋나는 짓을 한다면 흑도 무림의 어느 누구도 살아남지 못할 것이다."

남궁천록이 단목설의 턱을 손끝으로 받쳐 들어 올렸다. 그의 눈에서 줄줄 흐르는 살기가 섬뜩하기 이를 데 없었다.

"어찌하겠느냐? 내 노리개가 되어서라도 후광을 보겠더냐, 아니면 멸족의 길을 가겠느냐?"

"……."

단목설은 가타부타 말을 못하고 어깨만 움츠렸다.

이때 남궁천록의 눈이 반짝 빛나며 그녀의 왼쪽 가슴 위에 고정되었다.

작은 연분홍의 유두 위로 빨간 꽃처럼 맺혀 있는 혈점(血點)이 있었다.

"그래, 수궁사(守宮砂)로군. 내 누이는 왼쪽 팔뚝 위에 새겼는데 넌 이곳에 새겨놓았군."

그의 입술이 그녀의 작은 가슴 위 붉은 점에 다가와 혀를 내밀었다.

“이곳에 있으니 더 흥미로운걸. 흐흐.”

“…….”

단목설의 머리에는 많은 생각이 복잡하게 실타래처럼 엉키고 있었다.

백자흔이 있고서 흑도무림이 그를 중심으로 백도무림과 싸움을 벌인다면 충분히 해볼 만했다. 그러나 백자흔이 다시 돌아올지 확신할 수 없는 상황이었다. 만일 백자흔이 없는 상태라면 구심점을 잃은 흑도는 일양공자 남궁천록이란 거대한 산이 버티고 있는 백도무림을 대적할 수 없었다.

차라리 백자흔을 먼저 만났어야 했다. 그가 어떤 이유로 일신의 호위호식을 모두 버리고 떠났는지, 그를 설득해서 되돌릴 수 있는 것인지 확신할 아무런 근거가 없었다.

그런데다 가문이라니…….

남궁천록의 협박은 허언이 아닐 것이다. 그녀의 부친이 남궁천록과 밀약을 맺었다면 그건 자신과 가문을 일으키고자 함이었을 것이다.

따라야 하는 게 자식 된 도리였다. 오죽하면 자신을 남궁천록의 노리개로 내놓았을까.

비참한 심정이었지만 방도가 생각나지 않았다. 당장 이 낭패스런 자리를 모면할 꾀도 떠오르지 않았다.

그녀는 자신의 가슴을 혀를 굴려 마음대로 유린하고 있는 남궁천록을 내려다보며 길게 한숨을 내쉬었다.

"이러면… 이렇게 하면 우리가… 우리 단목 가문이 강호오 대세가의 한자리에 끼어들 수는 있는 건가요?"

그녀의 가슴을 훑으며 남궁천록이 대답했다.

"그야 네 하기에 달린 일이지. 내가 네 아비를 보고 야합했 겠느냐? 처음부터 널 노리고 한 짓이야."

비참한 심정이었지만 야릇한 충동과 쾌감이 가슴을 타고 전율처럼 퍼져 오는 것은 느끼며 단목설은 터져 나오려는 울 음을 억지도 참았다.

"우리 아버지 얘기 좀 더 해봐요. 이왕 이렇게 된 거, 나도 돌아가는 전후 사정은 알아야 할 거 아니에요?"

"백자흔 그놈이 내 누이를 건드렸으니 내가 가만있지 않을 거라는 건 명약관화한 일이지. 놈이 내 누이를 건드린 사실을 나보다 네 아비가 먼저 알고 있었어."

"아버지가 그걸 어떻게 먼저 알 수 있었죠?"

"네 아버지는 흑도무림의 총지휘자야. 십팔마궁의 궁주라 는 직책에 있으니 모든 일을 보고 받지. 백사흔은 흑도무림의 중심이고, 그의 일거수일투족은 낱낱이 보고되지. 아침에 트 림을 몇 번 했는지… 똥을 쌌는지 안 쌌는지 따위의 사소한 것까지 빠짐없이 보고 받아. 그런데 다른 여자를 만나 잠자리 를 같이한 중요한 일인데 십팔마궁의 궁주가 모른다는 건 말 이 안 되지. 그 다른 여자가 백도무림의 사실적인 종주(宗主)

강호오대세가하고도 그중에서 가장 큰 남궁세가의 여식이라
면 그는 과연 어떤 생각을 하게 될까?"

"백자흔이 말을 바꿔 탈 수 있다는 걸 걱정할 수도 있겠군
요. 아버지는 소심하지는 않지만 세심하신 분이라 무슨 일을
하시든 완벽하길 원하죠."

"그렇지. 더구나 백자흔의 일에는 네 문제가 걸려 있지. 세
상 사람들은 다 너와 백자흔이 백년가약을 맺을 것이라 알고
있으니까."

"그래서 아버님이 당신을 만나자고 했나요?"

"맞아."

남궁천록의 입술이 아래로 미끄러져 내려갔다. 그녀의 몸
을 뒤로 돌리게 하여 그녀로 하여금 벽을 짚고 서게 했다. 그
리고 그의 입술은 그녀의 엉덩이를 향해 미끄러졌다.

"네 아비는 마교와의 전쟁이 끝난 이후의 사태를 이미 다
파악하고 있었지. 내가 논공행상에 흑도가 참여하지 못하도
록 손을 쓸 걸이라는 걸 벌써 예견하고 있었어."

"그 정도는 누구나… 하아… 예견하는 일이죠. 강호오대세
가가 자신들의 입지를 지키기 위해 어떤 일들을 해왔는지 모
두가 다 알고 있는 일이니까요."

"그렇군. 모두가 예견하고 있는 일이었군. 난 또 네 아비가
유난히 똑똑해서 그러는 줄 착각했지."

남궁천록이 그녀의 부친 십팔마궁 궁주 낙일검성 단목강을

드러내 놓고 비꼬았지만 단목설은 의외로 침착했다.

"그래서요. 그래서 어떻게 됐다는 거죠?"

"네 아비는 흑도와 백도의 전쟁을 피하고 싶어했지. 아울러 내 복수의 칼이 자신에게 겨누어지는 것을 두려워했고. 사실 말이 나왔으니 말이지, 백도와 흑도가 싸운다면 그건 일방적으로 흑도가 몰락하는 걸 예고할 뿐이지. 흑도는 무림의 반이라고 우기지만 오래전부터 흑도가 무림에서 차지하는 비중이나 역할은 보잘것없지."

"강호오대세가의 강맹한 힘에 대해 부인할 생각은 없어요. 하지만 흑도 전체를 그렇게 폄하하는 건 옳지 못해요. 수면 위에 떠오른 빙산이 그 전체의 일부분이듯 음지 속의 흑도는 세상에 알려져 있는 부분이 일각에 불과하죠. 백자흔만 흔들리지 않았다면 아버님은 백도와의 싸움을 망설이지 않았을 거예요."

"백자흔… 그놈이 내 상대가 된다고 생각하나?"

남궁천록이 불쑥 고개를 들면서 물었다. 그의 눈에 강렬한 살의가 이글거렸다.

단목설이 그를 내려보며 배시시 웃었다.

"백자흔이 대단하기는 하군요. 천하의 남궁천록이 나 실시를 하고."

남궁천록이 벌떡 몸을 일으키더니 오른손을 뻗어 단목설의 작은 가슴을 움켜잡았다.

“악!”

단목설이 비명을 질렀다.

남궁천록이 분기 가득한 표정으로 그녀의 얼굴 가까이 자신의 얼굴을 들이밀고는 또박또박 말했다.

“내가 놈에게 흥분하는 건 놈이 내 누이를 건드렸기 때문이지 놈을 내 호적수로 인정하기 때문이 아니야. 쓸데없는 망상과 판단은 버려.”

“그… 그만 해요. 너무 아파요.”

단목설이 완강하게 그를 밀어냈다.

남궁천록이 순순히 그녀에게서 떨어졌다. 그리곤 그녀의 알몸을 위아래로 훑어보며 말했다.

“아주 드물게 잘빠진 몸을 가졌군. 내 누이동생을 제외한다면 내가 본 어떤 여자보다 훌륭해. 그런데 왜 백자흔 그놈이 널 지금까지 그냥 내버려 둔 거지?”

단목설이 한 손으로는 가슴을, 한 손으로는 사타구니를 가렸다.

“백자흔에게는 따르는 여자가 많죠. 흑도의 여자는 자유분방한 애들이 많아 적극적인 자세를 가지지 않으면 그의 관심을 끌기 어렵죠.”

“쉬운 여자들이 주위에 널렸다고 마음에 드는 여자를 배척하지는 않아.”

“난 그에게 구속의 조건이에요.”

"무슨 말이야?"

"백자흔은 십팔마궁에 들어온 것을 후회했어요. 차라리 작은 마을의 왈짜로 사는 게 더 나았다고 늘 입버릇처럼 얘기했죠. 통제받는 것에 익숙해하지 못했어요. 대개의 사람들은 더 큰 욕망과 미래를 걸고 살지만 그는 어떻게 살아도 자신의 자유대로만 살기를 원했죠. 기회만 생기면 십팔마궁을 떠나 야인(野人)으로 돌아가기를 원했는데… 흑도가 마교와의 전쟁에 참여키로 하고 그는 떠날 기회를 잃었죠."

"……."

"그래서 떠났을 거예요, 그는."

남궁천록이 소리를 버럭 질렀다.

"놈이 떠난 건 내가 화난 걸 알았기 때문이야! 살기 위해서 날 피해 숨으려 한 거야!"

단목설도 덩달아 소리를 질렀다.

"그는 누구도 두려워하지 않아요! 내가 아는 한 그는 이 세상에서 가장 남자다운 남자예요! 남자라고요, 그는! 당신처럼 이리 야비하고 지술한 짓은 하지 않는! 아니, 못 하는! 안 하는 게 아니라 못해요, 그는!"

"이……!"

남궁천록이 이를 악물고 그녀를 노려보았다.

단목설은 그제야 겁을 집어먹고 주춤했다. 뒤로 물러서 벽에 등을 기댔다.

남궁천록이 야수처럼 그녀를 노려보았지만 그렇다고 그녀를 해치는 건 아니었다.

이윽고 남궁천록이 살기를 거두어들이더니 몸을 느릿하게 돌렸다.

"좋아. 네 말을 전부 인정할 수는 없지만 놈이 내가 두려워 도망쳤다는 말은 거두지. 그런 겁쟁이라면 놈에 대한 지금까지의 나의 생각 전부가 다 부질없는 짓일 테니까."

"……"

"놈의 존재감에 내가 영향받은 것은 인정해. 세상 사람들이 놈과 나를 두고 비교하는 게 못마땅하지만 이 땅에 그런 적수 한 명 정도는 있는 게 내게도 좋겠지. 적어도 자극은 되어주니까. 날 긴장하게 하니까."

"……"

"하지만 한 산에 두 마리 호랑이가 살 수는 없는 노릇이지. 우리 둘 중 하나는 죽어야 끝나는 거야. 그리고 난 놈을 죽여야 할 분명한 이유를 가졌지."

"……"

"그래서 놈에게도 날 죽일 분명한 이유를 심어줄 생각이거든. 그래야 서로 전력을 다하는 공평한 싸움이 될 테니까."

단목설이 불현듯 생각이라도 난 듯 소리쳤다.

"뭐가 공평하다는 거죠? 그의 팔과 다리를 다 잘라낸 후에 싸우는 게 공평한 건가요?"

남궁천록이 우뚝 걸음을 멈추었다. 그가 천천히 고개를 돌려 그녀를 응시했다.

"기회가 된다면 내 얘기를 놈에게 전해. 난 놈이 중원에 들어오기를 원해. 중원 한복판에서 수많은 사람들이 보는 가운데 이 땅의 최고 무사가 누구인지 증명해 보이겠다."

그는 어둠 속에 우뚝 선 산과 같아 보였다.

단목설은 문득 그런 남궁천록에게 매료되어 가는 자신을 느꼈다.

강한 남자에게 이끌리는 자연의 속성과 같은. 그것은 백자흔을 통해서만 느낄 수 있었던 감정이다.

남궁천록은 강하다. 그리고 그는 모든 것을 가진 완벽한 이상이었다. 냉철하게 생각해 보면 어느 여자라도 끌리지 않을 수 없는.

그래서… 그래서 내가 흔들렸던 거야 그의 혀가 내 몸에 닿을 때마다 전율 같은 쾌감이 느껴지더라니.

남궁천록이 낮게 말했다.

"모용혜, 그녀에게 입을 만한 옷을 가져다 줘라."

"예."

대답은 단목설의 머리 위쪽에서 늘려왔다.

휙.

소리와 함께 대들보에서 가녀린 그림자 하나가 밖으로 빠져나갔다.

단목설은 그제야 수치를 느꼈다.

자신의 벗은 몸을, 남궁천록과 함께 벌인 그 해괴한 짓거리를 누군가 보고 있는 사람이 있었던 것이다.

그림자는 금방 다시 돌아왔다. 본래의 그 대들보 위로.

"여기 있어요."

대들보 위에서 펄럭이며 옷이 단목설의 머리 위로 떨어져 내렸다.

마치 미리 준비되어 있었다는 듯 그녀의 찢겨진 것과 같은 노란 색상이었다.

남궁천록이 옷을 주워 드는 그녀를 향해 말했다.

"오늘은 네 의지가 아니었으니 이 정도로 한다. 하지만 다음엔 네 의지로 와야 할 것이다. 네 아비의 얼굴을 봐주는 건 한 번이면 족하니까."

"……."

단목설은 말없이 빠르게 옷을 추려 입었다.

옷을 입다가 문득 생각이 났다. 그녀는 고개를 들어 남궁천록을 응시했다.

"그가 중원으로 다시 들어오기를 바란다면서 천근벽해 목곽은 왜 보낸 거죠? 그는 왜 백자흔이 있는 장평을 에워싸고 있는 거죠?"

남궁천록이 엷게 미소를 띠었다.

"그러고 보니 네가 이곳에 온 목적이 무엇인지 묻지 않았군. 그것 때문에 온 건가? 목곽 때문에?”

　“나도 사실대도 말하면 아버님에게 들은 얘기가 있어요. 내가 무슨 결정은 하든지 아버지께서는 당신을 한 번 만나 본 후에 결정하기를 원하더군요. 이제 그 이유는 알게 되었죠.”

　남궁천록이 고개를 끄덕였다.

　“나를 만나서 너의 결정이 바뀔 수 있기를 바란다. 너의 결정이 바뀌지 않는다면 반드시 후회하게 될 테니까.”

　“…….”

　단목설이 함구한 채 남궁천록을 똑바로 응시했다.

　남궁천록이 소리 내어 호탕하게 웃었다.

　“하하하! 이런 이런. 그만한 일로 벌써 흔들린 건가? 글쎄 그렇다니까. 사랑이란 것도 현실 앞에서는 나약해지기 마련이지.”

　“…….”

　“힘들면 내게 기대. 어차피 놈에게는 아무것도 기대할 수 없다는 걸 알게 되었으니까. 놈은 그런 놈이란 말이야. 놈에 대한 네 사랑을 전혀 기대할 수 없게 하는.”

　“…….”

　“그래서 내가 더 놈을 싫어하지. 내 누이동생을 그렇게 만들었으면 책임을 져야 하는 게 당연한 일인데, 책임을 지려면 제 목숨이 위태로우니 도망가는 그런 놈이거든. 네가 과연 그런 놈에게 네 모든 것을 걸 수 있는지 궁금해.”

"……."

단목설은 조용히 듣기만 했다. 아니, 자신의 생각을 정리하고 있었다.

마음의 결정을 내려야 했다.

백자흔에게 모든 것을 걸 것인지, 아니면 모멸을 감수하고 편하게 살아남는 길을 택할 것인지. 그의 부친은 이미 후자 쪽을 선택한 것 같았다. 사실 백자흔이 모든 힘을 다해 흑도의 전력을 모아 남궁천록이 이끄는 백도와 싸움을 벌인다 해도 승산은 별로 없어보였다. 그의 부친은 이미 그것을 판단하고 남궁천록에게 붙어버린 모양이다.

강호오대세가.

그들은 천하무림의 모든 것이자 금력과 권력을 장악하고 있는 실세 중의 실세였다. 그들을 중심으로 천하가 움직이고 있었다. 황제라도 강호오대세가만큼은 건드릴 수 없었다. 그것은 달리 말하면 강호오대세가와는 적어도 적대 관계에 있지 않아야 한다는 것을 의미했다.

더구나 그녀에겐 백자흔을 떠날 명분까지 확실했다. 백자흔이 천기선녀 남궁수하를 건드린 것이 그것이었다.

단목설은 입술을 꼬옥 물었다. 자신에게 다짐하듯.

"내가 어떤 결정을 내리든 그건 오늘의 일과 무관해요. 우리 사이엔 아직 아무 일도 일어나지 않았으니까."

그녀는 말을 끝내며 바람처럼 몸을 돌렸다. 그녀의 신형이 벌써 밖의 어둠 속으로 한 마리 야조(夜鳥)처럼 날아가고 있었다.

남궁천록이 흐드러지게 웃었다.

"하하하! 하하하하하!"

대들보 위에 있는 모용혜가 처음으로 말문을 텄다.

"그녀가 천근벽해 목곽이 하고자 하는 일을 방해할 수 있어요. 그냥 돌려보내는 건……."

남궁천록이 웃음을 그쳤다.

"넌 그녀가 우리와 다르다고 생각하느냐? 그녀도 태어나면서부터 일파의 소주였다. 비록 흑도 문파의 나부랭이지만 자란 환경은 우리와 별로 다르지 않다. 다른 사람을 위해 희생한 적은 없고, 다른 사람의 희생을 강요하면서 살아온 거지. 너나 나나 저 여자나 모두 자신을 위해 희생할 수는 있어도 남을 위해 희생하는 데는 인색할 수밖에 없지."

"그녀가 어떤 결정을 내릴지 확신하고 있군요."

"그녀는 나약해. 거친 벌판에 버려지는 것을 두려워하고 있어. 더구나 백자흔에게 사랑받지 못했시. 그녀의 몸을 더듬으면서 알 수 있었어."

"그런데 목곽이 과연 백자흔을 잡을 수 있을까요?"

"몇 번 말해야 알아듣겠어. 목곽이 백자흔을 잡든 백자흔이 목곽을 잡든 양패구상이라니까. 어떻게 되어도 우리에게 나쁜 건 없는 거지. 우린 그냥 즐기면 되는 거야. 조용히 지켜보면서.”

“……..”

“내려와.”

그의 말이 끝나기가 무섭게 대들보 위에서 모용혜가 그의 앞으로 뚝 떨어져 내렸다. 그의 코앞에.

＊　　　＊　　　＊

번룡상단의 행수 어문기는 늦은 밤이었지만 취향루를 찾아 레이 공주를 만났다.

평소와 달리 취향루엔 손님이 없었고, 영업을 하지 않는 평범한 저택처럼 조용했다. 마시장 때문에 들어선 중원의 상인들이 돈을 쓸 여유가 없는 때문이었다.

어문기는 한 뭉치의 종이를 꺼내 레이 공주의 앞에 내밀었다. 레이 공주의 옆에는 천정창이 배석하고 있었다.

“각 상단에서 필요한 마필의 수와 그들이 제시한 가격입니다. 상단이 중원의 조정이나 성부(省府)로부터 얼마에 입찰했는지 알 수 없는 일이나 시세보다 상당히 고가를 제시한 것은 분명합니다.”

레이가 종이를 받아 몇 장 훑어보더니 웃음을 머금었다.

“두 배 가격을 내라고 했지만 상단에서 이 가격을 두 배라고 우기면 알아낼 방도는 없겠죠. 여기 적힌 말 전량을 내일

바로 각 상단에 넘겨 드리죠. 물론 말을 건네는 것과 동시에 돈이 지불되어야 합니다.”

“물론입니다.”

어문기가 호쾌하게 대답했다.

레이의 곁에서 가만히 듣고 있던 천정창이 말했다.

“어 행수께서 수고를 많이 하셨는데 선물이 있어야 하지 않겠습니까?”

어문기는 귀가 솔깃해 레이를 바라보았다.

레이가 고개를 끄덕였다.

“어 행수께서 필요한 삼백 필의 말은 우리 말갈족의 것을 드리겠습니다. 받아보시면 알겠지만 정말 훌륭한 말들이라 좋은 선물이 될 것입니다.”

“고맙습니다.”

어문기가 대답하자 레이가 몸을 일으키며 천정창에게 시선을 던졌다.

“우리 얘기는 끝났으니 이제 천 두령 차례입니다.”

어문기가 의혹 어린 표정으로 천정창을 쳐다보았다.

천정창이 레이가 밖으로 나가는 것을 보며 입을 열었다.

“어 행수님께 긴히 드릴 말씀이 있습니다.”

“뭡니까?”

천정창이 아무도 없는 주위를 조심스럽게 훑어보더니 말했다.

"아무래도 내일 날이 밝는 즉시 말갈족에게 말을 건네받아서 이곳을 뜨셔야 할 것 같습니다. 고래 싸움은 구경하는 쪽에서도 피해를 입기 마련이니까요."

어문기가 눈살을 찌푸렸다.

"상황이 그렇게 긴박합니까?"

"예. 그리고… 상단 행렬에 은밀하게 저와 취향루의 주인을 넣어주십시오."

"백 대주하고는……."

"아직 얘기는 나누지 않았습니다. 하지만 백 대주께서도 제가 아가씨를 데리고 여길 떠나길 바라고 계실 겁니다."

"돌아가는 즉시 엄명을 내려놓겠습니다."

"감사합니다."

천정창은 진심 어린 표정으로 머리를 수그렸다.

상황을 파악하는 것과 그에 따라 취향의 목숨을 지키는 건 그의 몫이었다.

밤이 되어도 잠은 쉽게 들지 않았다.

백자흔이 누운 자리 옆에는 그의 분신과 같은 칼이 손만 뻗치면 닿을 곳에 잘 세워져 있었다.

사위는 고요한 정적에 파묻힌 채 조용하기만 했다.

그때 갑자기 백자흔의 눈이 날카롭게 빛났다. 그러나 그 날카로운 눈빛은 나타날 때보다 빠르게 사라졌다.

그리고 말.

백자흔이 아무도 없는 어둠 속에서 혼잣말처럼 중얼거렸다.

"뭐냐? 왜 온 거냐?"

천정으로부터 계집의 가는 음성이 흘러나왔다.

"도처에 적이 깔렸는데 아는 거예요, 모르는 거예요?"

"그런 넌, 넌 어떠냐?"

"내가 적이냐고 묻는 건가요? 그런 질문이 어디 있어요?"

백자흔이 옆으로 몸을 돌렸다.

"난 네가 날 죽이려 왔는 줄 알았다."

"어떻게 그런 말도 안 되는 상상을……!"

천장 위의 음성이 격앙되어 따지는 듯했으나 이내 무엇 때문인지 갑자기 말을 닫았다.

조용한 정적을 깨고 방문 밖에서 작은 걸음 소리가 들렸다.

방문이 스르르 열리며 옅은 장향(粧香)과 함께 조심스럽게 들어오는 인영이 있었다. 얼른 보아도 체구가 작고 몸이 가는 게 계집이라는 것을 알게 했나.

열린 빙문의 틈새를 비집고 들어온 달빛이 인영의 얼굴을 비췄다. 드러난 얼굴의 주인공은 뜻밖에도 레이 공주였다.

"주무시지 못하는 걸 알고 있습니다."

레이는 조금도 주저하지 않고 백자흔의 침상을 향해 걸어왔다.

백자흔은 옆으로 돌아누운 자세 그대로 꼼짝도 하지 않고 있었다.

레이가 몸을 숙여 그가 눈을 뜨고 있는 것을 확인하면서 말을 붙였다.

"취향의 말로는 당신이 이번 일이 끝나는 대로 떠날 것 같다는데… 사실인가요?"

얼굴을 워낙 가까이 붙여 그녀의 입술에서 나는 향기가 얼굴을 간질였다.

백자흔이 고개를 돌렸다.

"그럼 내가 언제까지 이곳에 있을 거라고 생각했습니까?"

레이의 얼굴이 빨개졌다. 백자흔이 그녀를 피해 고개를 돌렸기 때문이다.

"취향에겐 아직도 당신이 더 필요해요. 물론 나에게도, 우리 말갈족에게도."

백자흔의 말이 그녀의 말을 잘랐다.

"그래서 이러는 건가?"

레이가 잠시 망설이더니 이내 입술을 꼬옥 물었다.

"나… 당신… 좋아해요. 말갈족의 여전사들은 강한 남자에게 반해요. 당신만큼 강한 사람은 없으니까."

스르르.

그녀의 옷이 아래도 미끄러져 내렸다. 한 겹의 옷이 흘러내리자 안은 실오라기 하나 걸치지 않은 알몸이었다. 처음부터 작정하고 온 것을 알 수 있었다.

다른 여자와 다른 그녀의 가무잡잡한 피부에는 탄력이 느껴졌다. 만지면 손가락이 튕겨 나올 것 같았다. 특히 동그랗게 부풀어 오른 가슴은 탱탱하다 못해 터져 버릴 듯한 느낌이었다.

소리로 그녀가 옷을 벗는 사실을 알고 있는 백자흔이 어느새 고개를 다시 돌려 그녀를 보고 있었다.

그러나 그가 내뱉은 말은 엉뚱했다.

"네가 좋아하면 나도 좋아해야 하나?"

레이가 표정이 굳어져 말했다.

"싫단 말인가요?"

백자흔이 차갑게 대꾸했다.

"내가 지금 그렇게 말한 것 아니었나?"

"……."

"공주라고 우대할 때 받지 공연히 창녀 취급받잖아. 내 말이 더 심해지기 전에 꺼져."

"……."

레이는 한마디도 할 수 없었다. 이미 수치심이 온몸을 굳게 만들었다.

그녀는 터져 나오려는 울음을 손으로 입을 틀어막고 그대로 몸을 돌렸다.

그녀의 뒷모습이 방을 다 빠져나간 후에야 백자흔이 입을 열었다.

"네가 나를 따르는 이유도 저 여자와 같은 것이냐?"

"강한 사내라고 무조건 그를 따른다면 세상에 사랑받는 사내는 단 한 사람밖에 없겠죠."

"아름다운 여자도 마찬가지지. 겪는 환경과 감정에 따라 매번 달라. 그렇지 않다면 남자도 한 여자에게 모든 걸 얽매이겠지."

"편리하군요, 그런 사고방식은."

"고리타분한 건 너야."

"……."

"어쨌든 레이 공주는 네가 봐서 알겠고, 취향은 네가 질투하기엔 너무 불쌍한 여자다. 해치지 마라."

"알고 있었군요."

"그래서 난 네가 불쌍해. 차라리 요요처럼 자유분방한 게 낫겠어. 말도 못하고 옷을 벗을 용기는 더더욱 없고… 질투를 복수처럼 풀어내는 네 방식은 마음에 들지도 않고, 네 자신에게 도움이 되지도 않는다는 걸 아니까."

갑자기 그의 침상 옆으로 천정에서 인영 하나가 뚝 떨어져 내려섰다.

온기없는 시신처럼 창백한 얼굴을 가진 미녀. 흑나찰 소소였다.

백자흔은 공허한 눈빛으로 그녀를 바라보았다.

소소가 나직이 뇌까리듯 말했다.

“언제 알았죠? 내가 대주와 함께 잔 계집들을 계속 해치고 다닌 걸?”

백자흔이 손을 뻗어 그녀의 손을 잡았다.

“오래됐어. 네가 요요를 죽이지 않는 이유도 알고 있지. 그녀를 죽이면 모든 것이 네가 한 짓이라는 걸 알게 될까 봐 염려한 모양이지만 벌써 알고 있었지. 내가 말하지 않은 건 네가 요요까지 죽일까 봐 염려됐기 때문이었어. 넌 이 세상에서 날 죽일 수 있는 유일한 사람이니까.”

“…….”

소소는 조용히 그의 손에 이끌렸다. 백자흔이 그녀를 당겨 품에 안았지만 그녀는 얌전하게 모든 걸 내맡겼다.

백자흔의 입술이 그녀의 입술 위에 포개지자 그녀는 비에 젖은 한 마리 작은 새처럼 온몸을 부르르 떨었다. 곧 그녀의 몸은 그의 강한 육체 아래 깔렸다.

백자흔이 그녀의 얼굴을 부드러운 시선으로 내려다보았다.

“이제 풀자. 그만 해도 좋아.”

소소가 고개를 옆으로 돌렸다.

“그래도 그 계집을 죽이지 않겠다고 약속은 못해.”

이어 그녀는 백자흔을 자신의 위에서 밀어냈다.

“그리고 지금은 이럴 때가 아니야. 천근벽해 목곽이 포위망을 좁히고 있어. 서둘러 빠져나가지 않으면 정말 위험해져.”

경어를 쓰다가 갑자기 반어를 쓰는 소소였다. 마치 오래전 한 사부 밑에서 수업을 하던 동무처럼.

백자흔이 빙그레 웃었다.

“그래. 오늘만 날이 아니니까.”

휙.

소리와 함께 소소의 신형이 천장으로 날아올랐다. 그와 함께 침상에 있는 것이 그녀에게는 참을 수 없을 만치 부끄러운 일이기도 했다. 그녀는 그가 다른 여자와 있는 것을 용납하지 못할 만큼 질투와 시기가 강한 여자였던 것이다.

“그런데 정말 이제 어떡할 거예요?”

또다시 경어였다.

백자흔이 몸을 뒤집더니 베개 위에 얼굴을 파묻었다.

“단목설은? 단목설은 뭐래?”

“아직 돌아오지 않았어요.”

“그럼 그녀가 결정하겠지. 너도 그 결정에 따라야 할 테고.”

“어째서요?”

“난 떠나왔지만 너희들은 아직도 머물러 있잖아. 십팔마궁에. 그러니 너희 모두는 십팔마궁의 명을 받는 수밖에. 단목설은 십팔마궁의 제이인자이고.”

“……”

사라진 건지 말이 없는 건지 이후 천장 위에선 아무런 말도, 기척도 없었다.

새벽 일찍 채 어둠이 가시지 않은 미명에 백자흔은 천정창을 불러들였다.

밤새 그의 무고함을 확인한 흑나찰 소소가 밖으로 빠져나가는 것을 확인한 직후였다.

"내 주변에서 일어나고 있는 일들에 대해서는 네가 나름대로 판단하는 바가 있을 것이다. 취향의 호위무사로서 네 판단을 듣고 싶다."

천정창이 그럴 줄 알았다는 듯 빙그레 웃었다. 전에 없이 백자흔 앞에서 여유가 있는 모습이었다.

"계획은 이미 세워두었습니다. 번룡상단 어 행수님의 도움을 받기로 하였습니다."

백자흔의 표정이 엄중하기 그지없었다.

"오늘 중으로 빠져나가야 한다."

"예."

천정창이 대답과 함께 고개를 수그렸다. 그의 대답이 호쾌한 때문이지 백자흔이 굳은 표정을 풀며 하늘을 올려보았다.

"네 길은 찾았느냐?"

천정창이 대답했다.

"무사로서는 실패한 길을 걸었습니다. 기껏해야 표국의 표

사 노릇밖에야 더하겠습니까. 쟁자수나 겨우 면하면 다행이
겠죠. 그래서 장사를 배워볼 생각입니다. 취향 아가씨와 함께
술도가를 차려서……."

"상단을 꾸리는 것도 쉬운 일은 아니지. 하기야 어디 뭐 쉬
운 일이 있겠느냐만……."

"당분간 어 행수님 밑에서 있을 생각입니다. 언제 한 번 지
나는 길이 있으면 들러주십시오."

"그러자꾸나. 그때까지 내 목숨이 요행히 붙어 있다면."

"대주께서 남궁천록의 공격을 받는 것을 십팔마궁에서도
아는 것 같은데 십팔마궁 측에서 수수방관만 하고 있겠습니
까?"

"……."

백자흔이 침묵했다.

더 이상 말을 이어야 할 필요성을 느끼지 못했다. 말은 할
수록 많아지고 길어지기 마련이다. 현재의 자신의 입장에 대
해 천정창을 이해시킬 이유도 필요도 없었다.

천정창은 경험으로 백자흔의 그런 느낌을 알아챘다.

말이 많은 사람이 아니고, 더더욱 필요하지 않은 말은 거의
하지 않는 사람이었다.

그는 허리를 굽히며 몸을 뒤로 뺐다.

"물러가겠습니다."

물러서는 천정창을 향해 백자흔이 지나가는 말처럼 지껄

였다.

"그녀가 네 말을 따르지 않고 가지 않겠다고 버티면 강제로라도 끌고 가라. 네가 그녀의 기부(妓夫)가 되어도 난 개의치 않을 것이다."

천정창이 흠칫 놀라며 몸이 굳어 백자흔을 보았다.

백자흔이 고개를 끄덕이며 가벼운 웃음을 머금었다.

천정창의 얼굴에는 반신반의한 표정이 떠올라 있었다. 그도 그럴 것이, 기부란 게 무엇인가. 기녀의 기둥서방이니 취향의 남자로서도 그 존재를 허락하겠다는 말이 아닌가. 백자흔의 여자를 백자흔의 허락을 구하고 취할 수 있다는 건 천정창에겐 지나치게 과분한 일이 아닐 수 없었다.

그러나 드러내 놓고 좋아할 수는 없는 일. 그는 곧 몸을 숙이며 몸을 돌렸다.

백자흔이 멀어지는 천정창의 모습을 담담하게 지켜보고 서 있었다.

천정창의 모습이 완전히 사라지고 그는 주위를 조용히 둘러보았다.

반년 가까이 산 곳이었다. 북방 오지의 한적한 기루지만 벌써 정이 들어버렸다.

그는 생각했다.

왜 좀 더 일찍 떠나지 못했던 것일까? 왜 그들이 쫓아오고 있는 것을 알면서 그들이 자신을 찾아낼 때까지 머물고 있었을까?

취향 때문에?

그는 완강하게 고개를 설레설레 흔들었다.

취향의 마음을 소중하게 생각하고 그녀를 아끼는 건 그녀가 그에게 베푼 배려와 정리에 대한 기본적인 예의였다. 그녀와 그의 관계는 세상을 살아가는 공생의 한 구도이기도 했다. 그녀와 헤어지는 마당에 특별히 그녀에게 미안한 마음을 가지고 있지 않은 게 그걸 증명했다.

그러면 무엇이었을까. 그는 자신의 감정에 대해 갑자기 복잡해졌다.

분명한 것은 너무 오래 머물렀다는 사실이다.

이제 마지막으로 남아 있는 자들을 위한 배려를 할 때였다.

백자흔은 손을 뻗어 옆구리에 차고 있는 칼을 만졌다.

손끝으로 전해진 칼의 차가운 감촉이 서늘하게 온몸에 번졌다.

살아남기 위해 배운 칼질이 소돼지를 잡는 데 쓰이지 않고 사람을 해치는 데 더 긴요하게 쓰이리라고는 생각지 못할 일이었다. 열세 살 되던 해에 처음 사람을 죽이고 지금까지 얼마나 많은 사람을 해쳤는지 알 수가 없었다.

칼만 잡으면 세상을 전부 가진 듯 든든해졌다. 세상에 거칠 것이 없었다.

그러나 언제부터인가 칼을 쥔 자신의 손이 떨리는 걸 느낀 백자흔이었다.

지금도 그의 칼을 만지는 손이 가늘게 떨리고 있었다.

경련을 멈추기라도 하듯 그는 칼자루를 움켜잡았다.

그리고 천천히 걸음을 옮겨 취향루를 빠져나가고 있었다.

＊　　　　＊　　　　＊

"정말 마음에 들지 않는 녀석이로군."

수하의 보고를 받은 남궁천록은 불만스러운 표정으로 나직이 중얼거렸다.

옆에 서 있던 모용혜가 부복해 있는 흰 옷의 사내를 보며 물었다.

"천근벽해 목곽은? 그는 무엇을 하고 있느냐?"

흰 옷의 사내가 우렁차게 대답했다.

"백팔염라수(百八閻羅手)와 함께 백자흔의 뒤를 쫓아갔습니다."

백팔염라수는 천근벽해의 친위대(親衛隊)였다.

추혼표풍대 사십사 명은 남궁천록의 지휘를 받으면서 각기 별도의 친위대를 거느리고 있었다. 그중에서 천근벽해 목곽이 거느린 백팔염라수는 무용이 뛰어나고 용맹하여 최고의 친위대로 평가받았다.

모용혜가 남궁천록을 쳐다보았다.

“백자흔이 포위망을 벗어날 수도 있습니까?”

남궁천록이 고개를 흔들었다.

“놈의 가는 방향이 북쪽이라면 청해성(靑海省)을 호령하는 북관제일(北關第一)의 고수 청해귀수(靑海鬼獸) 우문조용을 만날 것이다.”

“청해귀수가 언제 와 있는 겁니까?”

모용혜가 놀라서 눈을 동그랗게 떴다.

청해귀수 우문조용은 북관제일인으로 불렸다. 청해성은 북쪽과 통하는 북관의 맨 위에 있어 청해성의 제일고수를 대대로 그렇게 불러왔다.

다만 우문조용은 추혼표풍대에 속한 자가 아니므로 모용혜가 놀라는 것이었다.

남궁천록이 빙그레 웃었다.

“놈이 북쪽으로 가고 있으니 놈의 길목마다 지킬 수밖에. 설원에서 일을 벌이기에 청해귀수 우문조용만 한 자가 있겠느냐.”

“언제 그 먼 청해성에까지 힘이 뻗치신 건지 감탄할 따름입니다.”

청해성과 감숙성(甘肅省)은 중원에 속하나 변방과 다름없는 곳이었다. 무림에서도 흑도와 백도 어느 곳에도 속하지 않은 채 독자적인 행보를 했다.

남궁천록이 중얼거렸다.

"백자흔이 북쪽으로 갔으니 선물도 따라갔겠군. 목곽이 쉽게 놈을 놓치지는 않을 것이다."

"선물이라니요?"

모용혜가 눈살을 찌푸렸다.

늘 그런 식이었다. 남궁천록이 의견을 구하거나 나누는 일은 드물었다. 매사를 독단적으로 처리하기 일쑤였고, 더 나쁜 건 아예 비밀에 붙이는 것이었다. 남궁천록이 천근벽해 목곽과 부딪치는 것도 같은 이유였다.

그러나 모용혜는 천근벽해 목곽이 아니었다. 그는 부딪칠 수 있지만 모용혜에겐 부딪칠 용기가 없었다.

"이번엔 내가 놈에게 아주 특별한 선물을 준비했다. 백자흔 그놈이 날 절대로 잊지 못하도록… 나에 대한 원한이 뼈에 사무치도록 하기 위해."

"……."

모용혜는 무언가 말을 하려다 남궁천록의 두 눈에서 뿜어져 나오는 살기에 입을 다물었다.

남궁천록이 전신에서 살기를 일으키며 말을 이었다.

"이번 선물로도 놈의 마음을 돌리지 못하면… 최후의 방법을 쓰는 수밖에."

그를 쳐다보던 모용혜가 주춤 뒷걸음질쳤다. 살기에 찬 남궁천록의 모습이 너무 끔찍해 보인 때문이었다.

남궁천록의 모습이 마치 한 마리 피에 굶주린 살귀(殺鬼)

같았다.

*　　　*　　　*

휘이잉!

눈이 시리도록 하얀 설원이 끝도 없이 광대하게 펼쳐진 곳에 바람이 일으킨 거대한 눈보라가 세상을 덮었다.

발이 찍혀 눈 위에 발자국을 남기는가 싶으면 다시 떼면서 벌써 발자국이 사라졌다.

그 끝도 없는 길을 벌써 두 식경이나 걷고 있는 백자흔이었다.

두툼한 솜을 넣은 옷을 입었다지만 그의 몸이 얼어붙지 않고 있는 것만 해도 신기한 일이었다. 그의 몸 전체에 눈이 얼어붙어 그는 흡사 전설의 설인(雪人) 같았다.

눈 위를 걷는 그의 걸음은 언제나 보폭이 똑같았다. 꼭 같은 길이만큼의 걸음을 같은 시차를 두고 떼어놓았다.

그러던 그의 걸음이 어느 한순간 떼다 말고 멈칫했다.

한 치 앞도 제대로 보이지 않는 시야. 그러나 그의 시야에 보이는 것이 있었다.

눈보라 속에서 귀기스럽게 빛나는 수백 쌍의 눈빛이었다.

"늑대?"

백자흔은 의혹의 표정을 지었다.

분명히 앞에 보이는 눈빛들은 사람의 것이 아니었다. 수백 쌍의 눈빛이 말하는 것은 늑대였다. 늑대가 아니라면 이 설원에서 그렇게 많은 야수는 불가능했다.

이때였다.

푹!

그가 선 자리 밑에서 갑자기 창 하나가 불쑥 시퍼런 날을 들이대며 튀어 올랐다.

백자흔은 이미 알고 있었다는 듯 튀어 오른 창을 발끝으로 걷어찼다.

창이 그의 발끝에 날아가며 눈 밑에서 비명이 터졌다.

"아악!"

창을 놓쳐 버린 손 하나가 눈 위에 드러난 채 경련을 일으켰다.

백자흔이 손을 아래로 뻗어 그 손을 잡더니 위로 잡아챘다.

"으아아!"

인영 하나가 눈 속에서 뽑혀져 나오고, 그의 몸은 백자흔의 힘에 의해 허공을 날아갔다. 전신에 짐승의 가죽으로 만든 옷을 두툼하게 입었는데 한눈에도 가죽이 늑대의 것이라는 것을 알 수 있었다.

널썩!

인영의 몸이 하필 수백 쌍의 굶주린 눈을 빛내고 있는 늑대들 앞으로 떨어졌다.

우웡!

크앙!

늑대들이 인영에게 달려들더니 그를 물어뜯고 순식간에 시뻘건 고깃덩이로 뜯어놓았다.

"으아아악!"

피를 본 늑대들이 거침없이 다음 공격 대상을 찾아 백자혼을 향해 맹렬하게 달려들었다.

백자혼은 눈 속에 숨어 있는 자들의 공격에 주의를 기울이며 칼을 뽑았다.

백자혼이 달려드는 늑대들을 향해 칼을 휘두르며 걸음을 떼자 발밑에서 창이 불쑥불쑥 솟아올랐다. 눈 속에 숨은 자들이 그의 발이 눈을 밟을 때 공격을 가해오는 수법이었다. 바로 그의 발밑에서 솟구쳐 오르니 늑대들을 상대하고 있는 순간에 그들의 공격을 막기란 쉬운 일이 아니었다.

그러나 백자혼이 누군가. 그는 발밑에도 눈이 달린 듯 불쑥불쑥 솟아오르는 창을 정확히 걷어차면서 달려드는 늑대들을 향해 칼을 휘둘렀다.

은백의 설원 위에 뿌려지는 붉은 선혈이 그의 움직임을 따라 꽃처럼 피어났다.

그가 한 번 검을 휘두를 때마다 서너 마리의 늑대가 비명과 함께 피를 뿌리고, 발밑에서 솟구쳐 오른 창수들은 그의 발에 창을 잃거나 창에 도리어 채이면서 돼지 멱 따는 비명을 질러

댔다.

"으억!"

"크악!"

하지만 늑대의 수는 수백 마리에 이르고, 눈 밑의 은자들은 얼마나 많이 숨어 있는지 베고 또 베어도 끝없이 튀어나왔다.

백자흔은 눈 밑에 숨은 은자들이 야만인이라는 것을 알았다.

늑대 가죽을 피복으로 삼으며 늑대들을 부리는 부족이라면 청해성 천산(天山) 자락에 산다는 낭이족(狼夷族)이 가장 유명했다.

그러나 그뿐, 낭이족에 대해 더 이상 아는 것은 없었다. 그들이 왜 이곳에 왔는지, 그들이 왜 그를 노리는지 의구심만 더해졌다.

이대로라면 그가 지치는 건 명약관화했다.

쉽게 지친다면 그것은 그가 죽는 것을 의미했다. 그는 얼른 정신을 차리고 주위를 둘러보았다. 어딘가 분명히 늑대를 부리는 자의 존재가 있을 티이다.

백지흔은 수많은 늑대들을 해치며 피를 뒤집어썼다. 그 피 냄새를 맡고 더 많은 늑대들이 달려들고 있었다. 늑대들을 칼로 베며 그는 멀지 않은 눈 언덕에서 사람의 그림자를 찾아냈다. 늑대 가죽을 머리끝까지 뒤집어쓴 자였는데 입으로 작은 풀피리를 불고 있었다.

풀피리 소리는 작고 가늘어 늑대들이 짖는 소리에 파묻혀 잘 들리지는 않았다.

그러나 워낙 예민한 코와 귀를 가진 늑대들에게는 잘 들릴 것이 분명했다.

백자흔의 신형이 눈을 차고 허공으로 떠오르더니 그의 발이 달려드는 늑대들의 머리와 등을 밟으며 십여 번 도약을 거듭하여 순식간에 풀피리를 부는 자의 앞으로 날아갔다. 그의 신형이 풀피리를 부는 자의 앞에 이르는 순간 칼이 허공에 파공성을 일으키며 날고, 단말마의 처절한 비명이 설원을 울렸다.

"으악!"

목을 잃은 자의 피가 사방에 후두둑 떨어지고, 풀피리가 또한 눈 위에 힘없이 떨어져 내렸다. 그러자 늑대들이 우왕좌왕하는 모습을 보이더니 사방으로 흩어지기 시작했다. 풀피리 소리에 홀렸던 늑대들이 야성을 찾고 자연으로 돌아가기 시작한 것이었다.

늑대들이 흩어지기 시작하면서 눈 속에 숨어 있던 낭이족들이 밖으로 기어나왔다. 그들 또한 늑대들의 뒤를 쫓아 삼삼오오 무리를 짓더니 뭐라 알 수 없는 괴성을 지르며 흩어졌다.

"하악… 하악……!"

백자흔은 그제야 참고 있던 긴 호흡을 토해냈다.

이때 눈 언덕 위에서 기척이 들렸다. 언덕의 맨 꼭대기에 전신을 흑포로 두른 검은 수염의 매부리코 늙은이가 모습을 드러냈다.

"과연 명불허전이로구나. 내 혼천귀도 백자흔이 천하제일의 무예를 가진 사내란 얘기를 누누이 들었도다. 이제 그 실증을 내 눈으로 목도했으니 기쁘기 한량없도다."

백자흔이 시선을 그에게 던졌다.

"늙은이, 정체부터 밝혀라."

흑포노인이 파안대소했다.

"껄껄껄껄! 그래, 그래야지. 난 청해에서 온 청해귀수 우문조용이다. 조용한 곳에서 사는 은자를 네놈이 알아줄지 모르겠구나."

백자흔이 곤혹한 표정을 지었다.

멀고 먼 변방 청해성의 고수를 자칭한 청해귀수 우문조용을 그는 알지 못했다. 적을 알지 못하는 건 싸움에서 무조건 불리해지는 것을 뜻했다.

흑포노인 청해귀수 우문조용이 큰 입을 찢어지도록 벌리며 말했다.

"나와 거루는 게 두려운가, 백자흔?"

백자흔이 냉소했다.

"그럴 리가 있겠소. 하지만 늙은이의 목을 치기 위해 얼마나 많은 목숨을 희생시켜야 하는지 곤혹스럽기는 하오."

우문조용이 조용히 웃음을 거두더니 오른팔을 높이 치켜들면서 외쳤다.

"다 알고 있단다! 모두 나와라!"

그의 말이 끝나기가 무섭게 백자흔의 사방에서 눈 거죽을 뚫고 백여 명에 이르는 무사들이 솟구쳐 나왔다. 모두 검은 옷을 입고 있었고, 병장기도 제각각이었다.

그중 이십여 명의 궁을 든 자들이 백자흔을 향해 벌써 화살을 장진해 겨누었다.

야만족 낭이족이 아니라 청해성의 무인들이었다.

백자흔은 예상한 것보다 많은 그들의 많은 숫자에 혼란스러운 표정을 지었다.

이때 어디선가 길고 큰 사자후(獅子吼)가 들려왔다.

"기다려라! 누가 감히 내 밥상에 손을 들이대느냐?!"

멀리서 한 필의 인마가 넓은 설원을 질주해 오고 있었다. 왼손에는 말고삐를 움켜잡고 오른손에는 얼른 보기에도 묵직한 거무튀튀한 철봉을 든.

백자흔이 그를 알아보고 중얼거렸다.

"천근벽해 목곽이로군."

천근벽해 목곽이 빠르게 말을 몰고 달려와 백자흔의 앞에 말을 멈추었다.

그는 당당하게 말에서 내렸고, 거침없는 모습으로 백자흔을 마주하고 섰다.

그리고 주위를 둘러보며 소리쳤다.

"너희 같은 떨거지들이 상대할 자가 아니다! 썩 물러나라!"

청해귀수 우문조용이 빈정이 상해 툴툴거렸다.

"보아하니 우리는 한편인 것 같은데 너무 말이 거칠군."

목곽이 눈을 부릅떴다.

"누가 너와 한편이란 말이냐? 늙으면 주책밖에는 없느냐?"

우문조용으로선 낭패스런 일이 아닐 수 없었다. 그는 머리를 굴리며 목곽을 설득하기 시작했다.

"내 천근벽해 목곽이 대단한 무예를 지녔고, 넓고 큰 가슴을 지닌 열혈장부라 알고 있다. 그러나 백자흔을 상대하는 일은 너무나 중요하고 난 네 윗분의 부름을 받아 이곳에 온 것이다. 힘을 합치자면 합칠 테지만 네 기세는 싸우자는 모양이니 내가 어찌하면 좋겠느냐?"

"그러면 입 닥치고 구경이나 해라!"

목곽이 대갈(大喝)하고는 백자흔을 쳐다보았다.

백자흔이 빙그레 웃었다.

"그놈, 성질 한번 괄괄하구나."

목곽의 얼굴이 벌게졌다.

"내가 네 아랫놈인 줄 아느냐? 예의를 지키지 못할까?!"

백자흔 입가의 웃음이 더 크게 번졌다.

"네가 내 아랫놈은 아니나 네 윗분이 나와 동격이니 배분상 내 아래가 되는 게 당연한 일인데 아니라고 우기는 건 뭐냐?"

마치 타이르듯이 말투가 점잖았다.

목곽이 분기를 억누르지 못하여 분기탱천했다.

"네 이놈! 다른 사람들은 백자흔을 두려워할지 모르나 나 천근벽해 목곽에게는 네놈의 소리가 다 개소리로 들린다! 그만 지껄이고 한판 붙자!"

"그러자."

백자흔이 호쾌하게 응답하며 칼을 움켜잡았다.

목곽이 벌써 신형을 박차더니 그의 신병인 만근봉(萬斤鋒)을 휘두르고 달려들었다.

그의 무기는 천 근이 넘는 것이나 인간의 힘으로 자유자재로 부리기엔 턱없이 육중한 무기. 만근봉이란 이름은 무게보다는 병기의 위력에 놀란 사람들이 붙인 것이었다.

카앙!

백자흔은 목곽의 만근봉을 칼로 받아냈다. 순간 그는 손목에 시큰한 고통이 전해지는 것을 느끼며 놓치려는 칼 손잡이를 힘껏 잡았다.

본래 무쇠로 만든 철봉을 휘두르는 자를 검이나 칼을 쓰는 자로선 함부로 부딪쳐 마주치는 것을 금기로 하기 마련이었다. 더 무식한 것이 철퇴지만, 무게가 천 근이 넘어가는 만근봉이고 보면 그 위력이 철퇴에 못지않을 것은 자명한 일이었다.

목곽은 칼로 철봉에 맞서는 백자흔을 보며 내심 크게 놀랐다.

지금까지 어떤 자도 검이나 칼로 자신의 만근봉을 정면으로 막아낸 자가 없었던 탓이다.

"제법이구나, 백자흔!"

목곽은 크게 소리치며 만근봉을 거두어 허공에 풍차처럼 돌렸다. 회전력을 크게 하여 더욱 큰 힘을 실어내기 위한 것이었다.

단병(短兵)을 사용하는 자는 장병(長兵)을 쓰는 자에게 거리를 주지 않기 마련. 백자흔이 빠르게 신형을 튕겨 목곽에게 달라붙었다.

목곽이 서둘러 만근봉을 백자흔의 머리를 노리고 내려쳤다.

"머리통 조심해라! 깨진다!"

카앙!

백자흔이 칼을 올려 철봉을 막았다.

목곽의 눈이 휘둥그레졌다.

그의 만근봉이 철벽을 때린 듯 튕겨져 올랐으니 조금도 무지운 병기의 이점을 얻지 못한 때문이었다.

그 짧은 순간, 백자흔의 발이 올라가더니 재빨리 목곽의 가슴을 내질렀다.

퍼억!

"억!"

외마디 소리를 지르며 목곽의 신형이 뒤로 오 장여나 날아가 눈 속에 곤두박질쳤다.

보기에 따라서는 형편없이 싱거운 싸움이었다.

그러나 이를 지켜본 청해귀수 우문조용의 얼굴은 무겁게 침잠되었다.

천근벽해 목곽이 대단한 무용을 지닌 자라는 것은 그의 명성 때문이 아니더라도 그가 사용하는 천 근이 넘는 철봉을 봐도 짐작이 가는 일이었다. 그런 자가 자신의 오늘을 있게 한 육중한 철봉의 이점을 조금도 살리지 못하고 상대에게 무너진 것은 곧 그 상대의 고절함을 말하는 것이 아닌가.

이때 나가떨어졌던 목곽이 벼락처럼 신형을 일으켜 세웠다.

"내가 잠시 방심했느니라! 다시 붙자!"

그가 눈을 차며 철봉을 높이 쳐들고 성난 멧돼지처럼 달렸다. 허공 높이 들어 올린 철봉에는 가히 태산이라도 가루로 만들 것 같은 웅혼한 기운이 담겨 있었다.

백자흔이 순간 흠칫했다.

순간적으로 명확한 판단이 서지 않았다.

구우!

허공을 내려쳐 오는 파공성이 앞서와는 비교할 수 없다는 것을 말해주었다. 정면으로 부딪쳤다간 칼을 쥔 손목이 파열

될 수도 있었다.

정면으로 맞서지 못하면 피해야 했다.

그러나 단 한 번도 걸어오는 승부를 피해본 적이 없는 백자흔이었다. 인생 자체가 도전과 죽음의 능선을 수도 없이 밟는 벼랑길 같은 사선을 디뎌왔다.

판단할 시간조차 없었다.

백자흔은 습관처럼 칼을 허공에 뻗었다.

카앙!

순간 산더미가 내려앉아 칼을 짓누르는 것 같았다.

"윽!"

그는 입에서 짧은 비명을 터뜨리며 칼을 잡은 손을 놓았다. 아니, 칼을 놓쳤다.

목곽 같은 고수가 그 기회를 놓칠 리 만무했다.

젖 먹던 힘을 다해 내려쳤던 철봉이 칼에 부딪쳐 탄력을 얻자 그 탄력을 이용해 순간적으로 방향을 옆으로 바꾸었다.

만근봉은 그래도 백자흔의 어깨를 때렸다.

퍼억!

백자흔의 신형이 그게 휘청거리며 넘어갔다.

"어윽!"

철봉으로, 그것도 천 근이 넘는 철봉으로 후려갈긴 충격이라 백자흔도 견디지 못하고 눈 속에 엎어졌다.

목곽이 다시 달려들면서 쓰러진 백자흔의 머리통을 노리

고 만근봉을 내려쳤다.

만근봉이 거의 백자흔의 머리를 내려치는 순간 목곽은 흠칫 놀라며 힘을 거두어들였다.

만근봉이 백자흔 머리 한 치 앞에서 아슬아슬하게 멈추었다.

그러나 그가 만근봉을 멈추지 않았다면 그의 목이 먼저 칼에 구멍이 뚫렸을 것이다.

어느새 백자흔이 바닥에 떨어졌던 칼을 쓰러진 자세에서 주워 목곽의 목을 겨누고 있었다.

목곽이 온몸을 격렬하게 떨었다.

"이… 일부러 얻어맞았단 말이냐? 카… 칼을 줍기 위해……?"

백자흔이 옷을 툭툭 털고 일어나며 하얗게 웃었다.

"내가 칼을 집으려는 것을 미리 알려주면 네놈이 내게 칼을 집을 여유를 주겠더냐. 고육지계(苦肉之計)라도 할 수 없는 일이지. 급하며 체면 불구하고 삼십육계 줄행랑도 놓는데 이까짓 것쯤이야."

목곽이 백자흔보다 머리 하나는 더 컸다. 백자흔을 내려다보며 목곽이 말했다.

"아까 네놈은 분명히 날 죽일 기회가 있었다. 목을 칠 기회가 있었는데 왜 치지 않은 거냐?"

"그놈, 꼬장꼬장하기는."

백자흔이 목곽의 목에 겨눈 칼을 치웠다.

목곽이 어리둥절한 표정을 지었다.

백자흔이 웃으며 말했다.

"네 무예가 약한 탓이 아니다. 경험에서 내가 앞서기 때문이지. 처음의 네 실수는 상대를 경시한 네 자만심이 문제였다. 두 번째는 나 같은 고수가 꼼수를 쓸 것이라는 걸 예견하지 않은 탓이니 이야말로 경험 부족에서 오는 무지였다. 나로선 너처럼 미련한 놈을 보낸 남궁천록의 저의가 궁금할 뿐이다."

"왜 네 목을 치지 않느냐?"

"내가 목을 치는 놈은 이 땅에서 살아야 할 아무런 가치가 없는 놈이거나, 다른 사람들에게 해가 되는 놈들이다. 한데 네놈은 살아 있어도 되겠거니 싶다."

"네가 뭔데 네 잣대로 사람의 생과 사를 심판한단 말이냐? 강호에서 무인으로 사는 것이 깨지면 죽고 이기면 사는 거지 네놈 같은 이상한 잣대는 내게 필요없다!"

"지고서 목숨을 연명하는 게 부끄러우냐?"

"……"

"난 졌을 때 목숨을 구걸했다. 진정으로 강하고지 하면 승부에 집착하지 마라. 그런 마음으로는 살기 위해 휘두르는 칼을 이길 수가 없다."

"……"

목곽은 갑자기 말을 할 수 없었다. 백자흔의 말대로 진 것
이 부끄러웠기 때문이다. 승부에서 진 자가 이긴 자를 억박지
르는 것 자체가 말이 되지 않았다. 목곽, 그 자신의 성품으로
억지를 부리는 건 어울리지 않았다.

목곽이 돌연 백자흔의 앞에 무릎을 꿇으며 주저앉았다.

"내가 졌으니 죽이든 살리든 네 마음대로 해라."

백자흔이 웃었다.

"그래서 내가 널 살려주는 것이다. 부끄러움을 모르는 건
후안무치한 짓이다. 부끄러움은 아는 것보다 인정하는 것이
더욱 어렵다. 네 자신에게 떳떳하게 살아라."

그는 말과 함께 몸을 돌렸다.

목곽이 참담한 표정으로 그의 뒷모습을 응시했다. 난생처
음 당하는 굴욕이었다. 굴욕에 충고라니…….

그가 소리쳤다.

"넌 뭐냐? 계집이나 건드리고 쫓기는 주제에 감히 누굴 충
고하는 거냐?"

백자흔이 고개만 돌렸다.

"너희들 관점으로만 나를 평가하지 마라. 말이란 양자의
것을 다 들어야 비로소 평가할 수 있는 거다."

"그럼 네 말을 들어보자. 뭐냐? 뭐 때문에 도망치고 쫓기는
거냐? 맞서 싸울 힘과 능력이 없는 것도 아니고. 너에겐 널 따
르는 자들도 있다. 그들의 희생까지 감수하면서 지키려는 것

이 무엇이냐?"

백자흔이 몸까지 다 돌렸다.

"다 버리고 온 놈이 지키긴 뭘 지켜. 네 눈엔 내가 지켜야 할 것이 내 목숨 말고 있더란 말이냐?"

목곽이 두툼한 손으로 가슴을 쿵쿵 두드렸다.

"그럼 날 이해시켜 봐라! 네가 무림을 등지고 갑자기 강호를 떠난 이유를!"

"내가 널 왜 이해시켜야 하느냐?"

백자흔의 반문에 목곽이 순간 정색을 했다. 질문의 요지를 그 자신도 이해할 수 없었다.

백자흔이 다시 몸을 돌려 걸어갔다. 그러나 몇 걸음 못 가 청해성의 무사들이 에워싸는 바람에 걸음을 멈춰야 했다.

목곽이 벌떡 신형을 일으키더니 청해귀수 우문조용을 향해 사자후를 터뜨렸다.

"물러나라! 너희 같은 떨거지들이 어찌 저 위대한 무사를 상대할 수 있다는 거냐? 썩 물러나지 못하겠느냐?"

第七章

설원(雪原)의 절규(絶叫)

黑道戰士

　장평의 남쪽 초입에 두 필의 인마가 나타났다. 일남일녀였는데, 흡사 용봉(龍鳳)처럼 빼어나고 잘 어울려 보였다. 북방 변경에서는 흔히 볼 수 없는 차림새인 데다 선남선녀 같은 자태와 어울리는 용모가 사람들의 이목을 집중시켰다.

　그들이 기리에 들어서자 사람들의 이목이 쏠린 건 너무나도 당연했다.

　일신에 백의를 걸친 사내는 기히 인중지용(人中之龍)으로 범접할 수 없는 위압감이 넘쳐 났다. 보는 것만으로도 압도당하는 그 위엄에 사람들은 절로 경외심을 느끼는 것 같았다. 마주치는 시선을 피했고, 보기는 해도 가까이 다가가려 하지 않았다.

사람들이 보려는 것은 사내가 아닌 계집인 듯, 모든 이의 시선이 백의사내의 옆에서 말을 천천히 몰고 있는 계집에게 쏠렸다.

화용월태(花容月態), 침어낙안(侵魚落雁)이라는 말이 무색하게 아름다운 용모에 밝은 청의 경장를 한 계집의 미색은 가히 경국지색(傾國之色)이라 할 만했다.

한 나라를 흔들 아름다움이란 것이 아무에게나 붙일 수 있는 아름다움은 아니니 변방의 사람들에겐 예사로운 구경거리가 아니었다.

남궁천록은 생각보다 작은 마을의 규모에 시큰둥한 표정으로 모용혜에게 말을 건넸다.

"북방에서는 가장 큰 도시라더니… 별거없군."

모용혜가 고개를 끄덕여 수긍한다는 뜻을 보였다.

"변방의 오랑캐들이 세운 마을인데 별거 있겠습니까. 소녀는 백자흔이 왜 이런 곳에 와서 용미사두(龍尾蛇頭)가 되려고 설쳤는지 알 수가 없습니다. 아무리 용 꼬리보다야 뱀 머리가 되는 게 낫다지만 뱀 머리도 뱀 머리 나름 아니겠습니까."

"원래부터 오지랖이 넓은 놈이다. 그러니 쓸데없는 일에 많이 참견하는 거겠지. 무식한 놈들일수록 잘난 체하기 좋아하기 마련이거든."

"불쌍한 사람들을 도와준다는 것도 결국은 그런 거겠죠.

잘난 체하려는."

　말은 거기까지 이어지다 끊어졌다. 맞은편에서 급박하게 달려오는 한 필의 인마가 있었기 때문이다.

　두두두!

　맞은편에서 달려오는 인마는 좁은 거리를 맹렬하게 달려오며 그들과의 거리를 좁혔다.

　"비켜!"

　말 위에서 레이가 채찍으로 말을 갈기며 외쳤다.

　남궁천록과 모용혜는 피하지 않았고, 레이가 스스로 그들을 비켜 말을 몰아갔다.

　바로 옆을 지나치는 레이를 보면서 남궁천록이 말했다.

　"좋은 말이로구나. 저런 말은 처음 보는데……."

　레이가 타고 간 말은 바로 흑선풍이었다.

　모용혜가 맞장구쳤다.

　"잡털이 하나도 섞이지 않은 순흑색의 말이로군요. 털에 윤기가 자르르하고… 체구도 큰 게 보통 잘 내달리는 게 아니네요. 명마가 틀림없어요."

　남궁천록이 고개를 끄덕였다.

　"저런 말을 소유한 계집이라면 알 만도 할 것 같은데… 오랑캐 계집치고는 미색이 아주 빼어나구나."

　모용혜가 남궁천록을 쳐다보았다.

　남궁천록의 눈에서 계집에 대한 욕정이 느껴졌다.

남궁천록이 말했다.

"가서 계집을 잡아와라. 물론 말도."

모용혜가 입술이 뿌루퉁해져서 대답했다.

"예."

그의 비위를 맞추면서 가문의 부흥을 꾀하기로 결정한 그녀에게 못할 일은 없었다.

그녀는 벌써 말머리를 돌려 레이의 뒤를 쫓아가고 있었다.

남궁천록은 말을 몰아 천천히 앞으로 나아갔다. 말이 몇 걸음 떼지도 않았을 때 누군가 그의 앞을 불쑥 가로막더니 무릎을 꿇고 부복했다.

"도련님이 아니십니까? 도련님을 이런 곳에서 뵐 줄은 몰랐습니다!"

창노한 음성이 격한 감정을 담고 떨려 나왔다.

남궁천록이 시선을 내려보니 화남상단의 행수 오자원이었다.

"오 행수 아닌가?"

"그렇습니다! 오자원입니다!"

"그렇군. 군납할 말 때문에 이 먼 곳까지 온 것이로군."

오자원이 몸을 일으키더니 말고삐를 잡았다.

"소인이 묵는 숙소로 가시죠. 마침 장평 제일의 여각 항룡각이 비어 있습니다. 번룡상단과 함께 통째로 빌렸는데 번룡상단이 아침 일찍 떠나고 지금은 소인들뿐입니다. 항룡각이 아니면 머무르실 곳이 마땅치 않습니다.”

남궁천록이 고개를 저었다.

“난 취향루로 갈 것이다. 그러니 취향루로 안내해라.”

오자원이 놀란 표정으로 남궁천록을 쳐다보았다.

“취향루라니요? 그곳에 백자흔이 있다는 걸 아시고…….”

남궁천록이 빙그레 웃었다.

“백자흔은 이미 떠났다. 내가 오는 걸 알고 새벽녘에 이미 도망쳤다. 설사 놈이 있다 한들 내가 한낱 기루에 가지 못할 이유가 무엇이냐?”

장사로 뼈가 굵은 오자원이었다. 빠르게 돌아가는 정황을 정리해 유추하며 그는 간사스런 웃음을 흘렸다.

“백자흔이 이곳까지 내몰린 것으로 놈이 곤경에 빠졌다는 것은 소인도 짐작하고 있었습니다. 놈이 어지간히 똥구멍이 탔던 모양입니다. 모두가 잠든 새벽을 틈타 줄행랑을 놓다니요.”

남궁천록이 거만하게 성체를 폈다.

“도망쳐 봐야 부처님 손바닥 안의 손오공이지. 제 놈이 가야 어디까지 가겠느냐?”

분위기를 살핀 오자원이 갑자기 남궁천록의 앞에 넙죽 엎느렸다.

“아이고, 도련님! 소인 좀 살려주십시오!”

“무슨 일이냐?”

남궁천록이 의아한 표정을 띠고 묻자 오자원이 입이 봇물 터진 듯 말을 쏟아냈다.

"백자흔 그놈이 오랑캐 놈들과 짜고 말 값을 얼마나 올렸는지 이번 상단은 엄청난 적자를 보고 말았습니다! 돌아가면 상주님에게 날벼락이 떨어질 것이 불을 보듯합니다! 소인과 함께 온 호위무사가 불과 오십여 명인데… 소인이 어떻게 백자흔을 상대할 수 있었겠습니까? 도련님께서 하루만 일찍 당도하셨어도 소인이 이런 어처구니없는 꼴은 당하지 않았을 겁니다! 제발 소인을 살펴주십시오!"

"취향루로 가자. 가서 얘기를 듣겠다."

그들이 취향루에 도착했을 때 취향루는 이미 남궁천록이 보낸 밀인들에 의해 점령되어 있었다.

점령이라고 할 것도 없었다. 백자흔이 빠져나간 취향루에 무혈 입성했을 뿐이며, 이 신출귀몰한 밀인들에 대한 두려움에 취향루의 기녀들과 허드렛일이나 보는 일꾼들은 감히 말도 못 붙였다. 더구나 주인 된 취향조차 없는 사정이었다.

남궁천록과 오자원이 자리를 잡고, 밀인의 수좌가 그들이 앉은 자리 앞에 부복하고 있었다.

"취향이란 계집도 사라졌단 말이냐?"

"백자흔이 떠나고 계집의 호화사자를 자처하는 천정창이

란 자가 계집을 혼절시켜 이곳을 떠나는 것을 보았습니다.”

“어디로 갔느냐?”

“항룡각에 있는 번룡상단에 드는 것을 보았고, 번룡상단이 그들을 상단에 넣어 떠나는 것까지 확인했습니다.”

“…….”

남궁천록은 드러내 놓고 속내를 불평하지 않았지만 왠지 떨떠름한 표정이었다.

오자원이 고개를 갸웃거리며 물었다.

“취향이란 계집은 무엇 때문에 찾으십니까? 객고를 풀고자 하시고 새 계집을 원하신다면 소인이 얼마든지 구해…….”

남궁천록의 얼굴이 순간 살기를 일으켰다.

“입 닥쳐라!”

“…….”

오자원이 지레 겁을 먹고 몸을 낮추었다.

남궁천록이 밀인 수좌를 보며 말했다.

“단목설에게 다녀와라. 내가 이곳에 있으니 들르라고 해라.”

“알겠습니다!”

밀인 수좌가 고개를 숙이며 우렁차게 대답했다. 다음 순간, 그의 모습이 벌써 열린 창문으로 날아가고 있었다.

*   *   *

"지금 당장 물러나지 않는다면 너희들이 그를 상대하기 전에 나 천근벽해 목곽과 백팔염라수를 먼저 상대하여야 할 것이다!"

목곽의 우렁찬 외침은 설원을 쩌렁쩌렁 울렸다.

청해귀수 우문조용은 침묵했다.

높은 곳에 서 있는 그의 시선에 한 무리가 말을 타고 달려오는 것이 보였다.

천근벽해 목곽이 말한 백팔염라수가 분명했다.

백자흔도 고개를 돌려 달려오는 무리를 응시했다. 설원을 질주해 오는 무리의 모습이 여간 위풍당당한 것이 아니었다. 자세히 보면 태양혈이 불룩하고 두 눈에 정광이 가득 찬 고수들임을 알 수 있었다.

백팔염라수는 순식간에 장내에 닿았다.

그들은 빠르게 백자흔의 주위를 말을 몰아 에워쌌고, 청해성의 무사들은 뒤로 빠져나가 청해귀수 우문조용의 주위에 운집했다.

득의양양한 목곽이 우문조용을 향해 외쳤다.

"내가 오늘 위대한 무사를 보았다! 사지 한복판에서 당당함과 여유를 잃지 않으며, 하늘을 가슴에 담은 남자를 만났다! 내가 그의 친구가 될 것이다! 그러니 니희들은 물러가라! 지금 물러가지 않으면 피로 응징될 것이다!"

우문조용이 노성을 내질렀다.

"네가 지금 하는 짓거리가 무엇이냐? 감히 배신을 하고 적에게 동화되다니! 그러고도 네가 추혼표풍대라고 할 수 있느냐?"

그러나 목곽은 당당했다.

"사내가 사내로 태어나서 어찌할 바를 모르겠느냐? 내 감히 오만하여 지금까지 벗으로 삼을 자를 한 명도 만나지 못하였다! 그런데 오늘 진정한 지기로 삼을 만한 자를 찾았으니 그가 비록 적이라 한들 친구가 되지 못할 게 없다!"

백자흔이 듣고 있으니 가당치도 않다.

그가 곧바로 참견하고 들었다.

"목곽, 누가 네 친구가 되어준다는 거냐? 내 아랫놈으로 들어와도 내칠 판인데 감히 내 친구를 하겠다니 지나가던 개가 다 웃을 일이다!"

목곽은 그러나 개의치 않았다. 모욕적인 말에도 결코 당당함을 잃지 않았다.

"어떤 자는 십 년을 사귀어도 그 속을 알 수 없지만 어떤 자는 단 한 번을 보아도 백년지기처럼 정겹다고 했다. 그가 바로 친구이니 지금 내 마음이 그렇다!"

백사흔이 혼잣말을 중얼거렸다.

"미친놈이로군."

목곽이 알아듣고 떠들었다.

"그래 잘 봤다! 내가 바로 미친놈이다! 너같이 미친놈을 보

고 나도 미쳤다! 사지 한복판에서 적의 장수를 살려주는 미친
놈에게 내가 미쳤다!"

백자흔이 고개를 설레설레 흔들었다.

"넌 나의 친구가 될 수 없다."

"왜 안 된다는 거냐? 내가 다 버리고 가겠다는데 왜 안 된
다는 거냐?"

이때 허공을 찢으며 날카로운 목소리가 멀리서 들려왔다.

"목곽! 삼족(三族)이 멸화(滅禍)를 당하고 싶은 거냐? 네 부
모와 네 형제까지 모두 죽일 셈이냐?"

두두두!

멀리서 한 필의 인마가 달려오고 있었다.

날수염도(捋手艶刀) 모용혜였다.

레이 공주를 태운 흑선풍을 쫓았지만 흑선풍이 너무 빨라
놓친 터에, 멀지 않은 곳에서 들려오는 외침에 상황을 살피러
왔다가 끼어들지 않을 수 없어서 끼어들게 되었다.

천근벽해 목곽은 그녀가 남궁천록 다음으로 마음에 두고
있는 사내였다. 남궁천록과 잘 되지 않는다면 목곽이라도 잡
아야 할 판이었다. 사내로서도 그렇지만 정략적으로도 목곽
의 존재는 그녀에게 매우 중요했다.

굳이 비교하자면 모용세가는 강호오대세가 중에서 가장
그 세력이 열악했다. 마교가 일어나면서 호족들을 몰아낼 때
피해를 많이 입기도 했다. 남궁천록이 단목설을 받아들임으

로써 그녀의 문중을 키워주기라도 한다면 그 피해를 가장 많이 입을 문중이 모용세가이기도 했다.

일어나는 세력이 있으면 기우는 세력이 있기 마련 아닌가.

부리나케 달려오는 모용혜를 보면서 목곽은 불안한 표정을 지었다.

그녀의 말이 단순한 엄포가 아님을 잘 알고 있는 때문이었다.

이미 전쟁은 끝났고, 백자흔만 제거되면 흑도가 와해되는 것은 시간문제였다. 백도무림의 맹주인 대화성이 천하의 주인이 될 것이고, 대화성의 뜻에 반하는 자는 곧 천하의 적이 되는 것을 의미했다.

척!

모용혜가 마상에서 신형을 그대로 차올려 솟구치더니 목곽의 앞으로 떨어져 내려 착지했다.

"목곽, 백자흔은 결코 네 친구가 될 수 없다. 아니, 되어선 안 된다. 내가 일깨워 주어도 모르겠느냐?"

목곽이 심드렁한 표정을 지었다.

"남궁천록은 속이 좁다. 만일 그가 내게 친구가 되기를 청한다면 내가 거절할 것이다. 그러나 백자흔은 내가 좋다. 내기 좋으니 난 그의 친구가 될 것이다."

모용혜가 어처구니없는 표정을 짓더니 뾰족하게 소리쳤다.

"현실을 직시해! 백자흔은 네가 도움을 뻗쳐도 살아남을 수 없어! 남궁천록은 벌써 이곳에 와 있고, 추혼표풍대가 곧

속속들이 들이닥칠 텐데 놈이 하늘로 솟아, 땅으로 꺼져! 그
러고 나면 이 일로 네게 닥칠 재앙은 너 혼자만의 것이 아니
라고! 네 부모와 형제를 다 죽일 거야?!"

"……."

목곽의 표정이 어두워졌다.

모용혜가 계속 그를 몰아붙였다.

"너나 나나 대주에 대해 잘 알아. 그가 어떤 사람인지, 그
의 분노를 사는 게 어떤 대가를 약속하는지. 알아, 몰라?"

목곽이 어렵게 대답했다.

"안다. 그래서 난 그가 싫은 거다."

"그럼 대주가 널 일부러 선봉에 내세운 이유도 알겠네."

"그래."

목곽이 비분강개한 표정을 지으며 고개를 끄덕였다. 그러
나 고개를 끄덕이는 순간 그의 표정은 비감(悲感)에 젖었다.
분노가 슬픔으로 바뀌는 건 약자의 몫이었다. 지금 이 순간
그는 더 이상 강자가 아니었다.

다른 사람에게는 몰라도 일양공자 남궁천록에 대해서만큼
은 약자인 것이 분명했다.

비감한 표정으로 쳐다보는 목곽에게 모용혜가 다가가 어
깨를 다독거렸다.

"어쩔 수 없는 거잖아. 남자라고 꼭 자신이 좋아하는 일만
하고 살 수는 없는 거라고. 때론 죽기보다 싫은 일도 해야 할

때가 있는 거지."

목곽이 고개를 돌려 백자흔을 쳐다보았다.

백자흔이 말없이 고개를 끄덕였다.

목곽이 입술을 깨물었다.

"현세에서는 우리가 인연이 없는 모양이오."

백자흔이 빙그레 미소를 지었다.

"네 뜻은 가슴에 담아두마. 하지만 지금은 우리가 서로의 입장에 충실해야 할 모양이니……."

그의 말이 끝나기도 전에 목곽이 만근봉을 잡은 손을 높이 쳐들었다.

"쳐라!"

외치는 그의 얼굴이 발악이라도 하는 것 같았다.

*   *   *

"내가 할게요. 내가 그를 죽이면 되잖아요."

말하는 소소의 얼굴은 결의로 가득해 비장해 보였다.

단목설은 그러나 고개를 흔들었다.

"안 돼. 그건 너무 위험해."

옆에 앉아 있는 요요도 고개를 흔들었다.

"그래. 네가 간다고 해도 남궁천록을 죽인다는 보장이 없어. 잘못되면 그야말로 타초경사(打草驚蛇)지. 뱀만 놀라게 할 뿐이야.”

“병법 타초경사를 그런 식으로 비유하다니…….”

단목설이 어처구니없다는 표정으로 요요에게 눈을 흘겼다.

요요가 입술을 뾰족하게 내밀었다.

“내가 좀 무식한 거 이제 알았어요.”

소소가 혼잣말처럼 중얼거렸다.

“좀 무식해? 많이 무식하지는 않고?”

요요가 굳은 표정으로 날카로운 눈빛을 던지며 이상한 웃음소리를 냈다.

“호호호.”

단목설이 소소를 보며 말했다.

“네가 설사 남궁천록을 암살한다고 해도 그 이후 벌어질 전면전의 피해자는 우리 흑도가 될 것이다. 백자흔이 없으면 흑도와 백도의 싸움은 사실상 해보나마나 결과가 너무나 분명해.”

소소가 얼굴이 붉게 상기되어 항의했다.

“그렇다고 대주가 놈들에게 죽게 되었는데 가만히 있자는 건가요?”

“그의 선택이다. 그가 선택한 길이야. 산 사람은 살아야지. 좀 더 냉정하게 판단하자.”

“아무리 냉정하게 판단해도 난 보고만 있을 수 없어요! 아가씨가 정히 모른 체하겠다면 우리라도 나서겠어요! 그러면 되잖아요!"

단목설이 완강하게 고개를 흔들었다.

"그거 안 될 말이지. 난 너희들의 상관이야. 백자흔이 구천흑살대의 책임을 놓은 이상 지금의 구천흑살대 대주는 나야. 내 명령 없이는 어떤 일도 해서는 안 돼."

"그건 억지예요!"

소소가 벌떡 신형을 일으켰다.

그와 동시에 그녀의 손에서 솔잎처럼 가는 암기가 창문을 향해 날아갔다.

쉐엑.

창문가에 있던 그림자 하나가 허공으로 솟구쳐 올랐다.

"단목설님을 만나러 왔소! 공격을 그만두시오!"

"웬 놈이냐?"

단목설이 고개를 돌려 조용한 어조로 말했다. 그녀의 표정은 담담하기 이를 데 없었다.

허공으로 솟구쳤던 인영이 다시 아래로 떨어져 내리는가 싶더니 창 문턱을 가벼운 몸짓으로 넘어 들어왔다.

밀인 수좌였다.

그는 단목설 앞에 공손하게 무릎을 꿇고 앉았다.

"남궁천록님을 보좌하고 있는 수석밀좌(首席密座) 공손염이라 합니다. 전갈을 전하러 왔습니다."

단목설이 차분한 눈길로 공손염을 보며 입을 열었다.

"오라더냐?"

공손염이 공손하게 머리를 수그렸다.

"예. 지금 취향루에 계십니다."

단목설이 고개를 끄덕였다.

"알았다. 금방 가겠다고 전하여라."

"예."

대답과 함께 공손염이 무릎 꿇고 앉은 자세에서 그대로 신형이 튕겨져 창문으로 날아갔다. 그 놀라운 재간에 흑나찰 소소의 눈빛이 흔들렸다.

단목설이 소소의 그런 반응을 간파하고는 의미심장한 미소를 지었다.

"지금의 남궁천록의 위상이라면 황제도 부럽지 않을 것이다. 그런 자가 신변에 뛰어난 밀인들을 두어 은밀히 호위를 하는 건 지극히 당연한 일. 그만한 경우도 생각지 못했느냐?"

소소가 대답했다.

"아무리 대단한 밀인을 호위로 둔들 죽이고자 하면 못 죽일 게 없습니다."

단목설이 느릿하게 몸을 일으켰다.

"난 친자매처럼 지내온 너를 잃고 싶지도 않고 눈곱만큼의 가능성도 없는 싸움을 해야 할 이유도 없다. 모두 따라나서거라."

소소가 무슨 말인가 하려고 했지만 요요가 더 빨랐다.

“우리도 함께 가야 합니까?”

단목설이 걸음을 옮겼다.

“가야 하고말고. 이곳에 있으면 살 기회가 없을 것이다. 내 곁에 꼭 붙어 있는 게 목숨을 보존하는 길이다.”

소소와 요요가 서로의 얼굴을 쳐다보았다.

단목설이 걸어가며 말을 계속했다.

“죽은 자가 어디 뇌광자천 육도광과 흉안혈부 막각뿐이더냐. 구천흑살대의 열여덟 중 대체 몇이나 살아 있는지 알 수가 없다. 난 너희들만이라도 살려야겠다. 그러니 나를 따라라. 절대로 내 곁을 벗어나지 마라.”

“……”

“…….”

소소와 요요가 말을 하지 못했다.

그녀가 무슨 말을 하는지 모두 알아듣고 있었다.

요요가 참지 못하고 물었다.

“우리 외에 살아 있는 이가 몇이나 됩니까?”

단목설이 고개를 흔들었다.

“없다. 우리가 살아 있는 전부다.”

*　　　*　　　*

백여덟 필의 말.

그리고 백여덟 명의 말을 탄 무사.

그들이 병장기를 휘두르며 말을 달려왔다. 오직 한 사람을 노리고.

백자흔은 칼을 들었다.

달려오는 말을 피하기는커녕 그들을 향해 성난 맹수처럼 덮쳐 갔다.

허공에 휘둘러지는 칼과 솟구치는 피분수.

"으악!"

"커억!"

칼은 정확하게 한 치의 어김도 없이 백팔염라수의 목을 거침없이 베어냈다.

잘라진 수급이 허공을 날다가 새하얀 눈 위에 시뻘건 피를 뿌리며 떨어졌다.

그러나 백팔염라수도 공세를 늦추지 않았다.

마교와의 전쟁은 길었고, 그 긴 전쟁의 경험은 그들의 몸에도 잘 배여 있었다.

"죽여라!"

"놈은 혼자일 뿐이다! 일당백을 자처하는 우리가 백이 넘는 숫자로 놈 하나를 당하지 못한다는 건 말이 되지 않는다! 계속 공격하리! 쳐라!"

백자흔의 옆에 이른 백팔염라수가 마상에서 신형을 날리며 온몸을 던져 백자흔에게 살수를 펼쳤다.

죽음을 결코 두려워하지 않은 용맹무쌍한 공격이었다.

이쯤 되자 백자흔도 주춤 공격을 멈추며 한 발 뒤로 물러섰다.

그러자 백팔염라수의 공격이 더욱 맹렬해졌다.

쉬쉬쉭!

길고 짧은 병장기가 파공성을 일으키며 백자흔을 향해 사방에서 날아들었다.

백자흔의 신형이 선 자리에서 도약해 오르더니 신형이 풍차처럼 회전했다.

이를 지켜보던 목곽과 모용혜의 입에서 동시에 비명 같은 외침이 터져 나왔다.

"피해!"

콰우!

풍차처럼 회전하는 백자흔과 함께 그의 칼도 크게 원을 그리며 돌았다.

순간 그의 칼에서 뿜어진 도광(刀光)이 사방에 뿌려지면서 공격하던 백팔염라수의 몸에 화살처럼 처박혔다.

"으악!"

"크어억!"

"캐액!"

비명이 난무하고 잘려진 팔다리, 목과 몸통이 여기저기에 날아다녔다.

백자흔의 이 단 한 초에 그의 주위 오 장 안의 사람과 말이 형체를 알아보기조차 힘든 피 곤죽이 되었다. 죽은 자의 수만 이십여 명에 이르렀다.

가공할 광경에 백팔염라수의 모든 움직임이 일시에 멈추었다.

"도… 도강(刀罡)이다. 마… 말로만 듣던 칼 빛으로 사람을 죽이는……."

도강.

검으로 펼치면 검강(劍罡)이고, 칼로 펼치면 도강이다.

손에 쥔 병장기의 길이와 상관없이 뿌려지는 강기(罡氣)를 말하는 것이니 그 효과는 수만 개의 화살을 일시에 날리는 것과 진배없다.

하나, 이런 강기를 펼치기 위해서는 내력이 인간의 능력이 허락하지 않은 입신지경(入神之境)에 이르러야만 하는 것. 우화등선(羽化登仙)이니 등봉조극(登峯造極)이니 하는 경지가 바로 그런 것들이다.

목곽과 모용혜가 놀란 눈을 부릅뜨고 말을 나누었다.

"설마 했는데… 정말 도강이로군."

"공격을 갑자기 멈추고 한 발 뺐을 때 위험을 초래했고, 그게 의도적인 행위였다면 도강만이 그 위험을 모면할 수 있는 유일한 방법이었죠. 하지만 아직 완벽해 보이지는 않네요."

"완벽하지 않으니까 몸의 탄력을 이용한 거겠지. 저 나이에 도강을 완벽하게 펼치면 그게 사람이라 할 수 있겠어? 어쨌든 놀랍군. 놀라워. 남궁천록도 검강을 펼친다고 하지만 내 눈으로 목도한 바가 없어서 반신반의하고 있었는데……."

"남궁천록이 왜 백자흔을 모든 수단과 방법을 다 써서 제거하려고 하는지 알겠어요. 저런 골칫덩이라면 당연히 없애야……."

"진정한 사내는 사내만이 알아보는 법이지. 저 친구, 아무리 생각해도 너무 멋있어. 하늘보다 더 크고 넓은 호연지기(浩然之氣)를 가슴에 품었단 말이야."

"네 수하들이 놈에게 죽어가고 있어. 이 마당에 뭘 생각하고 있는 거야?"

"……."

말문이 막힌 목곽이 망연한 표정으로 모용혜를 쳐다보았다. 이 땅에 남자로서 존재감을 갖는 게 자신에게 얼마나 중요한 일인가. 같은 남자를 바라보는 시각으로 상대에 대해 존경심을 갖는다는 게 무엇을 뜻하는지 자신을 바라보고 있는 모용혜에게 설명하고 싶지는 않았다. 설명을 해도 알아듣지 못할 것이 분명하니까.

그리고 또한 그것이 말로 설명해서 될 일인가. 가슴으로 느껴지고 품어지는 일에 대해서 말로는 아무리 장황하게 늘어놓아도 설명이 되지 않는 일이 허다하다. 첫눈에 이성에게 사로잡히는 사랑의 감정 따위와 같은 것이니까.

모용혜는 침착하고 냉정했다.

그녀는 목곽에 대해 불만스러웠지만 결코 내색하지 않으며 상황을 살펴 나갔다.

모름지기 어린애와 노인, 그리고 사내는 달래는 게 상책이다. 건드리면 건드릴수록, 자극하면 자극할수록 달아오르는 게 그들이 아닌가.

"생각해 보면 네 수하들이 죽는 건 네가 저지른 일에 대한 작은 대가일 뿐이야. 네가 잘못함으로써 너의 가문, 네 혈족 전체가 어떻게 될지 모르겠어?"

가문과 혈족.

확실히 이 말은 목곽에게 영향을 미쳤다. 그의 안색이 부지중에 하얗게 떠버렸다.

모용혜의 말은 계속 이어졌다.

"강호오대세가는 수백 년간 운명을 같이해 왔어. 사돈이면서 겹사돈으로도 엮이면서 어떤 형태로든 밀착된 관계를 잘 지켜왔지. 그걸 깨겠다는 거야? 따지고 보면 골육상잔인데 그걸 하자고?"

수백 년간 정략적인 혼례를 통해 피를 나누어온 다섯 가문이었다. 골육상잔이란 말은 그래서 딱히 반박할 여지도 없거니와 실제로 어울리는 느낌이었다.

모용혜가 마른침을 삼키더니 한참 싸움이 치열해진 백자흔의 모습을 힐금거렸다.

목곽이 이끄는 백팔염라수의 합공이라면 천하에서 버텨낼 고수가 없다는 게 정평이었지만 백자흔은 위태위태한 위기를 잘 버텨내고 있었다.

그녀의 단순호치가 벌어지며 경탄성을 흘렸다.

"정말 대단하군. 대단해."

그러더니 이내 그녀의 시선이 다시 목곽의 얼굴에 던져졌다.

"정말 대단한 사내야. 그렇지? 사내인 네가 보기에도 그렇게 느낀다면 여자인 난 어떻겠어? 좀 더 솔직한 내 생각을 말해줄까?"

"……."

목곽은 조용히 듣고만 있었다. 그의 눈동자만이 이따금 백자흔과 백팔염라수의 싸움을 쫓고 있을 뿐이었다.

모용혜의 붉은 입술이 계속 나풀거렸다.

"혈건적하고 싸우면서 저 녀석을 볼 때가 몇 번 있었지. 그런 날 밤이면 저 녀석이 어김없이 네 꿈에 나타나는 거야. 깨고 나면 네 이랫도리기 축축이 젖어 있지."

"픽."

목곽이 어이가 없는지 바람 빠진 웃음소리를 냈다.

"그건 무슨 웃음이지?"

모용혜가 볼멘소리로 쏘아붙였다.

목곽이 징그럽게 이빨을 드러내며 웃었다.

"그럼 한 번 하자고 하면 되잖아. 백자흔도 좋아할 것 같은

데. 너 정도면 꽤 괜찮아. 자신을 가져.”

그녀가 수줍은 듯 고개를 떨어뜨렸지만 이내 다시 차가운 표정으로 고개를 들었다.

“지금 이해를 구하고 설득시키려는 건 나야. 얘기가 좀 꼬이긴 했지만. 어쨌든 내 말은… 자신의 개인적인 감정으로 일을 처리해서는 안 된다는 거야. 내가 그 순간을, 그 충동을 참아냈듯 너 또한 지금의 네 감정을 극복해야 한다는 거지. 그렇게 하지 않으면 겪어야 할 풍파가 너무 크고 엄청나 결국 네 자신을 망가뜨리게 될 테니까.”

“난 남자야. 내가 하고 싶은 일도 하지 못하면서 사는 건 내게 아무 의미가 없어.”

“남자라면 더 큰 꿈과 야망을 가져. 이를테면 차라리 남궁천록을 무너뜨려 보는 건 어때? 넌 그를 싫어하잖아. 못마땅해하잖아.”

그녀의 말에 목곽이 미묘한 웃음을 지어 보였다. 비웃음이었다.

“지금 당장 나를 설득하는 게 중요하니까 할 말 안 할 말 다 갖다 붙이는군. 내게 관심이라도 있는 척 말이야.”

“어릴 땐 네게 관심이 많았어. 그건 너도 알잖아.”

“네가 이성적으로 판단해 남궁천록에게 마음이 기울어진 것처럼 나도 네 거짓 미혹에 흔들리지 않을 만큼 네게는 이성적이야. 우리 사이는 그렇게 끝난 거지.”

"지금 와서 끝난 사이를 돌이키자는 건 아니야. 하지만 친구가 잘못된 길을 가는 건 막아줘야지."

목곽의 눈빛이 화염처럼 이글거리고 있었다.

"모용혜, 네가 날 버리고 돌아섰을 때 우리 사이는 그것으로 끝난 거야. 친구라는 말로 날 미혹할 생각은 버려. 내가 아무리 어리석어도 계집과는 친구하지 않으니까."

"계집이라고?!"

모용혜가 발끈했다.

목곽의 분노의 음성이 더욱 커졌다.

"계집들이 모두 현실적이라지만 내가 네게서 본 것은 더 충격적이었어. 단지 계산 때문에 마음에도 없는 남자의 품에 안기는 네 꼴은 창녀와 다름없었지. 창녀의 대부분은 그 자신의 선택이 아니라 어쩔 수 없는 환경 때문에 저지르는 일이라지만 네가 남궁천록의 품에 안긴 건 네 자신의 선택이었어."

"그게 뭐가 나빠! 난 날 지켜주고 내 문중을 지켜줄 위대한 남자를 선택했을 뿐이야! 그게 뭐가 그렇게 나쁜 일이라는 거지?"

"네가 네 자신의 문제를 그렇게 호도하는 한 바뀌는 건 아무것도 없어. 넌 이 세상에서 가장 끔찍한 고통을 겪게 될 거야. 비참해지는 건 네게 시간문제일 뿐이다."

"너나 잘하시지! 웬 참견……."

그때였다.

“으악!”

“크엑!”

두 마디 단말마의 비명 소리가 참혹하게 울려 퍼졌다.

급히 고개를 돌려본 곳에는 허공을 날고 있는 두 개의 수급. 어김없이 목 위에서 절단된 수급에서 뿜어진 시뻘건 피가 허공에 혈화처럼 번졌다.

백팔염라수가 동료의 죽음에 주춤거리는 순간, 백자흔의 신형이 물을 만난 고기처럼 빠르게 움직였다.

“으악!”

“크억!”

삽시간에 진세가 무너지고 십여 명의 백팔염라수가 저항도 제대로 하지 못하고 목숨을 잃었다. 그것도 어김없이 목이 잘려.

단 한 사람의 힘이 백팔 명 정예 고수들을 압도하고 제압했다.

모용혜가 다급하게 신형을 솟구쳤다.

“백자흔! 너무 잔인하구나!”

단숨에 날아든 그녀의 신형이 어느새 뽑아 든 채찍을 백자흔의 머리 위에서 휘둘렀다.

쉐엑!

백자흔이 동공을 위로 슬쩍 쳐들더니 이내 왼손을 허공에 뻗어 올렸다.

척.

그의 손이 날아든 채찍을 잡는 순간 모용혜가 휘두르던 채찍을 힘껏 당겼다.

채찍에는 쇠로 만든 비늘이 침처럼 돋아 있고, 이는 시전한 자가 잡아당길 경우 작고 날카로운 칼이 되어 상대를 해하게 되어 있는 것이었다.

"욱."

백자흔은 채찍을 잡은 손에 찢어지는 고통을 느끼며 외마디 신음을 흘렸다.

피가 흥건하게 번져 나오더니 뚝뚝 아래로 떨어져 내렸다.

모용혜가 채찍을 손에 쥔 채 그의 앞으로 떨어져 내렸다.

"혈룡편(血龍鞭)에 대한 얘기 정도는 들어봤을 텐데 미련한 짓을 했네. 아니면 너무 다급했던가."

"……."

백자흔은 말없이 그녀를 쳐다보았다.

노용혜의 입술이 가늘게 웃었다.

"뭐야, 그 눈빛은?"

백자흔이 비로소 입을 열었다.

"남궁천록의 계집이 되었다니 좀 아까워서."

"목곽과 한 얘기를 다 들었다는 거냐?"

"듣지 않을 수가 없었지. 전혀 조심하지 않고 떠들더구먼."

"……."

모용혜의 얼굴에 당황한 표정이 역력했다.

일부러 들으려고 한다 해도 들을 상황이 아니었다. 도검이 난무하는 위험 속에서 지켜보는 자들이 하는 얘기를 듣는다는 것은 결코 쉬운 일이 아니었다. 아니, 들으려 한다고 해도 듣지 못하는 게 마땅했다.

그런데 상대는 다 들었다는 게 아닌가.

더구나 그 얘기 속에는 그녀를 부끄럽고 당혹하게 할 내용도 섞여 있는데 말이다.

백자흔이 계속 말했다.

"하고 싶은 걸 왜 참아. 하고 싶다고 말하지."

"닥쳐!"

모용혜는 채찍을 힘껏 당기며 악다구니를 터뜨렸다. 부끄러움을 면하려는 수작이었지만 동시에 기습적인 효과도 노렸다.

찌익!

백자흔의 손에서 채찍이 살을 찢으며 미끄러졌다. 칼날처럼 날카로운 쇠 비늘이 백자흔의 채찍을 잡은 손에 박혀든 건 자명한 일이었다. 그렇게 작은 쇠 비늘 조각은 혈관을 타고 심장까지 들어가 결국 백자흔의 목숨을 위협할 것이다.

모용혜는 득의의 웃음을 지었다.

"내 혈룡편에 독이 묻혀 있다는 건 모르시나? 빨리 손을 쓰지 않으면 목숨을 구하기 어려울걸."

백자흔의 표정은 그러나 흔들림이 없었다.

"독이라면 아주 오래전에 진절머리 나게 겪었지. 독이라면 너보다 내가 더 잘 쓸걸."

"쇠 비늘은 네 핏줄을 타고 심장에 가 박힐 거야. 쇠 비늘이 심장 안에서 산화한다는 건 네 목숨이 그리 오래 살지 못한다는 것을 뜻하지."

"오래 살 생각은 해본 적이 없어. 그러니 그건 네가 걱정해 줄 일은 아니지."

말하면서 백자흔이 채찍을 확 잡아당겼다.

"어머!"

순간적인 힘에 모용혜의 몸이 미처 채찍을 놓을 겨를도 없이 끌려왔다. 끌려온 그녀의 몸이 백자흔의 품에 안기는 꼴이 되었다. 이미 그의 왼손이 채찍을 놓고 대신 그녀의 잘록한 허리에 감겨 있었다.

"한 번 할까?"

"미친놈!"

노욕적인 상황에 모용혜가 욕지거리를 해대며 몸을 비틀어냈시만 그의 완강한 힘에 그저 버둥대는 꼴이었다.

척!

목곽의 신형이 백자흔의 앞에 떨어져 내린 것은 바로 그때였다.

"백자흔! 남자답지 못하다! 어서 그녀를 놔주어라!"

백자흔이 고개를 들어 목곽을 쳐다보았다. 모용혜의 목에 칼을 들이대며 말했다.

"그럼 이럴 때 남자다운 건 뭐지? 단칼에 이 계집의 목을 잘라줄까? 그럼 남자다운 건가?"

"……"

모용혜의 얼굴은 공포에 시퍼렇게 질려 있었다. 목곽 또한 할 말을 잃은 듯 멍하니 백자흔의 얼굴만 쳐다보았다.

백자흔이 모용혜의 등을 떠밀었다. 떠밀어진 모용혜의 몸이 앞으로 뛰쳐나가 목곽의 품에 안겼다.

그사이 백자흔이 등을 돌려 걸어갔다.

"날 막기 위해선 더 많은 인원이 필요할 거다. 얼마나 많이 동원됐는지 나로선 알 길이 없지만."

"……"

바라보는 목곽의 눈빛이 출렁거렸다.

그의 품에 안긴 모용혜도 망연자실 백자흔의 뒷모습을 바라보고 있었다.

두 사람 모두 아무 말도 하지 않았다.

앞으로야 어떻든 지금 당장의 싸움에선 그들이 패한 것을 인정하지 않을 수 없었다. 상대가 너무 당당했으며 관용 또한 베풀었으므로.

第八章
백발마녀（白髮魔女）1

黑道戰士

눈보라가 휘몰아치는 설원을 아까부터 한 필의 인마가 달리고 있었다.

말은 온몸이 새까맣게 검은 흑마였지만 눈보라에 날려온 눈이 흰 때처럼 곳곳에 얼음처럼 굳어비려 지지분해 보였다. 그것은 마상의 낭자도 마찬가지였다. 얼굴에 굳은 눈이 덕지덕지 묻어 애초의 젊고 아리따운 모습은 찾을 수가 없었다.

흑마 흑선풍은 거칠게 허연 숨을 뿜어냈다. 레이의 입에서도 가쁜 숨결과 함께 허연 입김이 토해졌다.

"못 찾겠어. 못 찾겠어."

중얼거리는 그녀의 한탄 섞인 음성과 함께 그녀의 눈시울은 붉게 충혈되어 있었다.

"빌어먹을! 이랏!"

말을 채근하는 그녀의 동작이 떨어지기가 무섭게 흑선풍은 앞으로 내달렸다.

그때였다.

눈보라가 날리는 전면으로부터 갑자기 눈덩이를 뚫고 솟아오르는 그림자들이 있었다.

파악!

몇 명인지 알 수도 없는, 아니, 족히 수십 명에 이르는 자들이 삽시간에 레이와 흑선풍을 에워싸고 말았다.

레이가 깜짝 놀라며 외쳤다.

"뭐냐, 너희들은?"

그녀의 앞으로 눈처럼 하얀 옷을 입은 사내가 천천히 다가왔다.

레이와 흑선풍을 둘러싼 자들이 모두 그처럼 하얀 옷을 입고 손에는 날카롭고 가늘어 보이는 특이한 검을 쥐고 있었다. 검의 면이 지나치게 얇아 긴 꼬챙이 같았다.

다가온 자가 차가운 눈으로 레이를 쳐다보며 입을 열었다.

"그건 오히려 이쪽에서 물을 말이다. 넌 누구며 눈보라가 몰아치는 설원에서 무얼 찾고 있는 거냐?"

레이가 옆구리에 찬 칼로 손을 가져가며 날카롭게 소리

쳤다.

"난 말갈 족장의 딸! 말갈의 공주 레이다! 내 앞을 가로막는 걸 용서하지 않겠다! 썩 물러나라!"

"물러가란다고 물러날 것이면 애초에 길을 가로막지도 않았을 일, 우리와 볼일이 끝나면 보내줄 것이다. 그렇지 않아도 무료했던 참이거든."

사내의 입꼬리에 매달린 가는 웃음이 사악해 보였다.

레이는 순간 그들이 자신에게 무엇을 원하는지 직감하며 어깨를 파르르 떨었다. 상대는 무려 삼십 명이 넘었다.

"네놈들이 감히……!"

사내가 음산한 웃음을 머금은 채 외쳤다.

"뭣들 하느냐? 잡아라!"

그의 명령이 떨어지기가 무섭게 사방에서 흰 옷의 사내들이 신형을 솟구쳐 레이에게 달려들었다.

레이가 빠르게 칼을 뽑아 들었다.

*　　　*　　　*

장평으로 들어서는 북쪽 입구에는 얼른 보아도 오십여 명이 넘는 자들이 몰려 있었다. 장평으로 들어서는 자들이 아니라 장평에서 나오는 자들이었다.

북방 오지에서 흔히 볼 수 있는 광경이 아닐뿐더러 그 신색이 화려하여 금방 눈에 띄었다.

앞서서 무리를 이끌어오는 자는 다름 아닌 일양공자 남궁천록이었다.

언제 장평에 들어왔는지 단목설과 구유음요 요요, 흑나찰 소소의 모습도 보였다. 그 외는 중원의 상단 행수와 그를 수행하는 호위무사들이었다.

남궁천록이 아스라이 펼쳐진 설원을 바라보며 말했다.

"몰이꾼들이 사냥감을 이쪽으로 몰고 있으니 머지않아 백자흔이 이곳에 모습을 드러낼 것이다."

단목설이 순간적으로 어깨를 흠칫했다.

남궁천록이 오른손을 어깨 높이로 들었다.

"이곳에서 기다리자."

화남상단의 행수 오자원이 두 명의 호위무사를 손짓으로 부르더니 귀엣말을 했고, 호위무사 두 명은 고개를 끄덕이더니 쪼르르 남궁천록에게 달려가 그의 뒤에 네 발 달린 짐승이 되어 엎드렸다.

남궁천록이 고개를 돌려 단목설을 쳐다보았다.

"앉으시죠."

부드럽고 겸양한 그의 목소리엔 누가 보아도 친절과 예의가 깃들어 있었다.

단목설이 뒤로 고개를 돌려 스스로 의자가 된 두 명의 호위무사를 쳐다보더니 뜻 모를 한숨을 낮게 뱉어냈다.

"난 그냥 서 있을 게요."

남궁천록이 더 이상 권하지 않고 그 자신만 뒤에 엎드린 호위무사의 넓은 등판에 엉덩이를 내리고 앉았다. 같이 엎드린 옆의 호위무사는 그러나 단목설이 앉지 않아도 자세를 흐트러뜨리지 않고 그대로 있을 뿐이었다.

"백자흔이 조직의 기강을 어기고 군과 다름없는 무림연합을 이탈한 것은 명백한 죄가 됩니다. 단목 소저께서도 이 점은 분명히 인지하고 계시리라 믿습니다."

단목설이 조용히 시선만 남궁천록에게 던졌다.

남궁천록의 말이 이어졌다.

"놈이 무슨 이유로 조직을 이탈했든 도망친 자에 대해선 참형으로 다스리는 것이 원칙. 놈을 방조하거나 놈에게 도움을 주는 자 또한 같은 죄로 다스려질 겁니다."

뒤에서 조용히 듣고 있던 소소가 참지 못하고 볼멘소리를 터뜨렸다.

"백 대주는 오래전부터 마교의 산당들을 찾는 데 주력하고 있었어요! 대주가 혈건적의 족적을 뒤지고 다니는 것은 그와 무관하지 않을 거예요!"

그러나 남궁천록은 눈길조차 돌리지 않았다. 철저히 그녀를 무시하는 처사였다. 그의 음성이 점잖게 단목설을 질책했다.

"단목 소저의 수하들은 원래부터 저렇게 버릇이 없는 거요? 윗사람들 얘기에 함부로 끼어들며 경거망동하다니.”

단목설이 고개를 돌려 소소를 눈으로 엄포하듯 째렸다. 소소가 고개를 떨어뜨리고서야 단목설이 입술을 열며 고개를 다시 남궁천록에게로 향했다.

“수하의 잘못은 제 잘못이기도 합니다. 하나, 저 사람은 제 수하가 아니라 제 친구랍니다. 더구나 저 사람은 백자흔의 일에 대해서라면 누구보다 먼저 끼어들 명분이 있습니다. 백자흔의 목숨이 곧 저 친구의 목숨이기 때문이죠.”

남궁천록의 얼굴이 불쾌감으로 붉게 달아올랐다.

중원 대륙에서 남궁천록이 차지하는 위치라는 것은 절대적이었다. 그런 그를 향해 감히 말대꾸를 하다니. 그로선 거의 겪어본 적이 없는 상황이었다.

그러나 그는 불편한 심기를 억누르고 금방 평정을 되찾았다.

“백자흔을 두둔한다고 결과가 달라질 수는 없습니다. 금후 십팔마성과 대화성이 평화를 유지하기 위해서라도 백자흔은 이 땅에서 없어져야 할 놈이라는 걸 명심하십시오.”

단목설이 한숨을 내쉬며 말했다.

“후, 그야 누가 모르겠어요. 오죽하면 아버님조차 귀가 따갑도록 내게 그런 당부를 했을까요.”

“……."

“하지만 어쨌든 간에 그런 생각이 드는군요. 백자흔을 없

애는 일은 쉽지 않을 것이며, 우리의 뜻대로 되지는 않을 것
이라는."

"으하하하하!"

남궁천록이 호탕한 웃음을 크게 터뜨리더니 말을 이었다.

"그건 우리 대화성에서 놈을 위해 준비한 계획을 몰라서
하는 말입니다. 놈에게 펼쳐진 천라지망은 어느 한 사람의 힘
으로는 결코 물리칠 수 없는 것이라고 내 이름을 걸고 단정할
수 있습니다."

"하지만 그는 번번이 그런 적의 계획과 작전을 무너뜨려
왔죠. 우린 이쯤에서 마교가 그를 해하기 위해 얼마나 많은
노력과 희생을 기울여 왔는지 한 번쯤 생각해 봐야 할 겁니
다."

남궁천록이 단목설에게 고개를 돌렸다.

"그렇게 되기를 바라는 것은 아닙니까?"

단목설이 자신을 바라보는 그의 눈을 똑바로 응시하며 밀
했다.

"우린 아직 아무런 협약을 맺은 바가 없어요. 내가 당신의
편일 것이라는 건 그래서 아직은 그저 당신의 생각에 불과하
죠."

"푸하하하하!"

남궁천록이 앙천광소를 터뜨리는데 그 웃음소리가 얼마나
큰지 사자후와 같아 뒤의 많은 사람들이 양손으로 귀를 틀어

막아야 했다.

"그래서… 그래서 내가 이번 일에 십팔마궁의 사람들을 참여시키지 않은 게 아닙니까. 우리의 힘만으로 충분할 터라 군이 도움을 필요로 하지도 않았지만 그것보다는 내부에 적을 심는 행위가 될 것을 우려한 때문입니다."

"……."

"하지만 어떤 경우로든 단목 소저께서 놈에게 도움을 주는 일 따위는 하지 않아야 할 겁니다. 아버님의 얼굴을 봐서라도요. 안 그렇습니까?"

"……."

단목설은 대답하지 않았다. 대답할 가치를 못 느낀다는 듯 고개를 돌려 전면을 응시하며 상념에 잠겼다.

가슴이 두근거리며 뛰었다. 그녀의 불안한 심경처럼 안색도 좋지 않았다.

왜 아닐까. 백자흔이 처한 위험은 천길 낭떠러지 끝에 거미줄을 잡고 매달려 있는 것과 같아 보였다. 자신도 모르게 눈물이 나왔다. 이럴 때 그의 힘이 되어주지 못하는 자신의 처지가 너무나 서글펐다.

그녀의 마음을 안다는 듯 요요가 다가와 그녀의 팔짱을 다정하게 끼고 섰다.

"걱정 말아요. 그들이 백 대주의 능력을 과소평가하는 것뿐이에요. 절대로 이렇게 당할 사람이 아니잖아요?"

"그래… 그는 쉽게 무너질 사람이 아니지. 어떤 고난과 역경도 헤쳐 온 사람이니까."

그러나 말하는 단목설의 음성에는 자신이 결여되어 있었다.

남궁천록이 자신들을 이곳에 불러들인 것도 그녀들이 다른 짓을 할 수 없도록 미리 손 쓴 것이라는 걸 그녀들 모두는 이미 이해하고 있었다.

결국 백자흔은 어느 누구의 도움도 받을 수 없이 철저히 고립되어 있었다.

*   *   *

찌익!

우악스런 사내의 손길에 짐승 가죽으로 만든 그녀의 상의가 거칠게 찢어졌다.

드러난 작은 가슴에는 한 떨기 작은 들꽃처럼 피어난 조그만 융기. 융기의 색은 엷지만 선홍빛처럼 붉었다.

"뭐야? 젖꼭지가 빨갛잖아? 복숭아 물이라도 들인 거야, 뭐야?"

"으하하하! 정말 희한하네!"

그녀의 가슴을 본 사내들이 낄낄거리며 음탕하고 낯 뜨거운 말을 지껄였다.

레이가 황급히 두 손으로 가슴을 가렸다.

"비겁한 놈들! 명색이 사내란 자들이 다수의 힘으로 여자 하나를 핍박하고 즐거워하는 꼴이라니!"

말이 끝나기가 무섭게 그녀의 신형이 칼을 휘두르며 사내들을 덮쳤다. 여자라지만 무서운 맹수와 같은 그녀의 사나움에 사내들이 황급히 뒤로 물러서며 피했다.

카강! 캉!

"으아악!"

사내 하나의 복부가 그녀의 칼에 베어져 붉은 피와 검붉은 창자를 쏟아냈다.

퍽!

레이의 뒤에서 무사의 발 하나가 그녀의 등짝을 내질렀다. 당장 죽일 생각이 없는 탓이었다.

"억!"

레이가 비명을 지르며 앞으로 고꾸라졌다.

예의 그 무리의 수좌로 보이는 자가 엎어진 레이의 등짝을 발로 짓누르며 그녀의 머리채를 한 움큼 잡아 위로 쳐들었다.

"아악!"

고통에 비명을 지르는 레이의 눈에 눈물이 핑 돌았다.

사내 하나가 얼른 그녀의 손에서 칼을 빼앗아갔다.

레이는 가슴이 다 노출된 그대로 눈동자만 위로 쳐들어 머리를 낚아챈 사내의 눈치를 살폈다.

이제는 어쩔 도리가 없었다. 무기도 빼앗겼고, 더 이상 손써볼 여지가 없게 되었다. 절망의 표정은 그녀의 얼굴에 깊은 수심과 두려움으로 표출되었다.

사내가 그녀의 그런 표정을 내려다보더니 차갑게 말했다.

"옷을 벗겨라."

"예!"

기다렸다는 듯 주위의 사내 여럿이 입을 모아 대답했다. 동시에 사내 네 명이 달려들어 레이의 양팔과 양다리를 각기 잡고, 또 다른 한 명이 그녀의 옷을 벗기기 시작했다.

레이가 온몸을 흔들어 반항했지만 이미 사지가 붙들린 그녀에게 저항할 힘은 없었다. 순식간에 그녀의 옷이 다 벗겨지고 까무잡잡한 그녀의 나신이 설원에 드러났다.

오줌을 누면 오줌이 그대로 얼어버리는 혹한의 땅. 아무리 추위에 잘 견디는 근성과 체력을 가졌다 한들 벌거벗겨진 몸으로야 고통을 감낭할 방빕이 없었디.

레이는 온봄을 움츠리며 덜덜 떨었다.

수좌 사내가 급하게 아랫도리를 까더니 레이에게 달려들었디. 추위를 버텨내지 못하던 레이가 엉겁결에 그의 목을 얼싸안는 모습이 사정을 모르는 사람이 보면 그를 반기며 즐거워하는 듯했다.

이때 갑자기 무리가 있는 곳으로 흰 연기 같은 안개가 스멀스멀 몰려들었다.

무리 중 하나가 잔뜩 겁을 집어먹은 소리를 냈다.

"이… 이건……."

막 레이의 나신 위에서 행위를 시작하려던 수좌의 얼굴도 창백하게 변하며 굳어버렸다.

안개는 무리 전체를 가두고 한 치 앞도 보이지 않을 정도로 짙어졌다. 그 속에서 단말마의 처절한 비명이 터졌다.

"으아악!"

『흑도전사』 1권 끝

입소문을 통해 아는 분은 다 알고 계십니다!
올 한해 공인중개사 최고의 화제작!

1~2권 합본 | 이용훈 지음
3~4권 합본 | 이용훈 지음
5~6권 합본 | 이용훈 지음
용어해설 | 이용훈 지음

수험생 기본 필독서
만화 공인중개사

제목 : 만화공인중개사 쓰신 분에게 감사드립니다.

학원을 두 달 다녔어요. 근데 과연 그 숫자 외우기 그런 게 몇 문제나 나올까 생각을 했어요.
아니라는 생각이 드네요. 학원강의를 뒤로하고 서점을 갔어요. 내 머리에 가장 이해될 수 있는
책이 없나 하구요. 거기서 만화를 발견했어요. 무조건 세 번 봤어요. 3개월 걸렸어요. 문제집을 보라고
했는데 그건 시행을 못했어요. 근데 합격을 했네요.
어떻게 감사의 말을 해야 될지……
도서관에서 만화책 들고 다니니까 사람들이 비웃더라구요. 만화책으로 공인중개사를 공부한다고
미친 사람처럼 보더라구요. 근데 그거 다 감수하고 했던 내가 자랑스럽습니다.
어떻게 감사의 말을 해야 할지… 정말 감사합니다.
부디 행복하세요. 제 나이 41살에 좋은 스승을 만난 것 같습니다.
엎드려 감사드립니다.

－본사 홈페이지에 독자분이 올린 메일 中 에서 발췌－